Alles. Nichts. Und ganz viel dazwischen.

Für Mama und Papa

2. Auflage 2019
© Ueberreuter Verlag GmbH, Berlin 2019
ISBN 978-3-7641-7089-9

Dieses Buch wurde vermittelt von der Literaturagentur
erzähl: perspektive, München (www.erzaehlperspektive.de).

Alle Rechte vorbehalten. Das Werk darf – auch teilweise –
nur mit Genehmigung des Verlages wiedergegeben werden.
Übereinstimmungen und Ähnlichkeiten mit lebenden Personen
oder Familien sind rein zufällig und nicht beabsichtigt.

Lektorat: Emily Huggins
Umschlaggestaltung: Alexander Kopainski
unter Verwendung von Fotos von shutterstock.com:
© Lukasz Szwaj, © Tomertu, © Mary Ro und © Artem Musaev
Druck und Bindung: GGP Media GmbH, Pößneck
Gedruckt auf Papier aus geprüfter nachhaltiger Forstwirtschaft.

www.ueberreuter.de

AVA REED

Alles.
Nichts.
UND GANZ VIEL
DAZWISCHEN

ueberreuter

Trag mein Herz, du helle Hoffnung,
übers tiefgraue Meer!

Richard Fedor Leopold Dehmel (1863−1920)

»Ich bin wundervoll!«

Oh ja, das bist du!

Dieses Buch ist für dich! Es ist für alle, die jeden Tag einen unsichtbaren Kampf kämpfen. Gegen Krankheiten und Ängste, die zu viele haben und zu wenige verstehen. Gegen das Leben, gegen Hürden und Mauern. Dieses Buch ist für alle, die zusehen müssen, wie die Menschen, die sie lieben, mit sich hadern und an ihre Grenzen gehen. Und dabei selbst an ihre gelangen.

Und ihr, die kämpft: Hört nie auf damit. Kämpft – für euch, euer Leben und alles, was euch wichtig ist!

Das ist es wert.

Ihr seid es wert.

Und denkt immer daran, dass ihr, auch wenn es manchmal anders scheinen mag, nie allein seid.

Vorwort

Du hast dieses Buch gesehen, du hast es aufgeschlagen und hältst es nun in deinen Händen. Vielleicht stehst du noch im Buchladen und überlegst, ob du es mitnimmst, vielleicht ist es schon deines. Egal, was davon zutrifft: Ich würde mir nichts mehr wünschen, als dass du Leni und Matti auf ihrer Reise begleitest. Doch bevor du dieses Buch liest, gibt es ein paar Dinge, die du wissen solltest, damit du dich darauf vorbereiten kannst.

Die Geschichte ist erfunden, genau wie Leni und Matti. Ihre Krankheiten, Sorgen und Probleme sind es nicht. Es werden Themen behandelt wie Depressionen und Angstzustände. Dinge, die im Alltag unsichtbar scheinen und doch hinter jeder Ecke lauern und gegen die viele von uns kämpfen.
  Darauf möchte ich hiermit aufmerksam machen. Diese Themen sind nicht für jeden leicht zu lesen.

Trotz dieser kleinen Vorwarnung solltest du wissen, dass meine Geschichten immer von **Hoffnung und Mut** geprägt sind.
  Falls du dich nun entschließen solltest, Leni und Matti kennenlernen zu wollen, wünsche ich dir vor allem, dass du am

Ende des Buches lächeln und vielleicht von dir sagen kannst, manche Dinge nun besser verstehen zu können.

Für jeden, der interessiert ist und mehr über alles wissen oder meine Gedanken dazu hören möchte, für jeden, der sich in Leni und Matti wiederfindet, gibt es das Nachwort.

Ich möchte noch kurz erwähnen: Die Tagebucheinträge und Zeichnungen sind von mir, sie wurden mit Liebe per Hand geschrieben und gezeichnet. Außerdem kommt diese Geschichte nicht mit heftigen Wendungen oder Actionszenen um die Ecke. Das soll sie auch nicht. Aber sie soll, falls möglich, Augen und Herzen öffnen und mit etwas Glück hilft sie jemandem da draußen. Irgendwie.

Danke!
Eure Ava

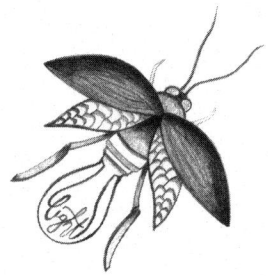

08. JANUAR

Viele Dinge sind nicht mehr so, wie sie es vorher waren. Auch ich nicht. Ich habe mich verändert und ich bin mir nicht sicher, ob man es rückgängig machen kann. Etwas in mir spielt VERRÜCKT.
Als würde plötzlich ein Zahnrädchen im Getriebe klemmen und alle anderen Rädchen ins Stocken bringen. Das ganze System ins chaos stürzen. Mich. Meinen Körper. Mein Leben.

Ich kann den Fehler deutlich spüren.
Er LEUCHTET in mir wie ein

dunkler Fleck auf einem weißen Shirt.

August
6 Monate vor dem Wimpernschlag, der alles verändern und zu einem Tsunami werden wird.

1

Das matte dunkelbraune Leder fühlt sich kühl und weich an in meinen Händen. Mit einem Lächeln auf dem Gesicht fahre ich wieder und wieder über den Einband, sehe mir die kleinen Unebenheiten an, die es so *unperfekt perfekt* machen.

»Du kannst dich schon seit Jahren nicht entscheiden. Das war kaum auszuhalten.« Emma schnaubt laut. »Das hat jetzt ein Ende. Ich hab es gesehen und konnte nicht daran vorbeigehen. Es hat förmlich deinen Namen geschrien.« Sie plappert weiter und auch wenn es für manche so klingen mag, als wäre sie genervt oder gar unbeteiligt, weiß ich, sie freut sich mit mir und ist aufgeregt, schließlich hat sie es mir einfach so mitgebracht. Ja, sie ist sogar nervös. Das merke ich an der Art, wie sie ihr Geschenk in meinen Händen ansieht, wie sie mich und meine Reaktion darauf genau studiert.

Es ist ein Tagebuch.

Schon ewig trage ich den Wunsch, meine Gedanken und Erlebnisse aufzuschreiben, mit mir herum, aber ich entschied mich stets um. Meine Meinung und Entschlossenheit flogen regelmäßig von Ja zu Nein wie ein Jo-Jo von oben nach unten. Es hat mich beinahe selbst ein wenig genervt und auch geärgert, das gebe ich zu. Bis ich mich gefragt habe, ob es wirklich an mir liegt oder an anderen, die stets versucht haben, es mir auszureden, weil Tagebücher schließlich albern seien, nur etwas für Kinder oder für Menschen, die sonst keine Hobbies oder Freunde haben.

Das ist der Moment gewesen, in dem ich erkannt habe, dass es mir egal sein sollte, was andere denken und was sie davon halten. Wieso sollte ich mich davon abbringen lassen, wo ich es mir doch so sehr wünschte? Wahrscheinlich, weil es einfach ist, die Meinungen und Stimmen anderer ignorieren zu wollen, aber schwer, es auch tatsächlich zu tun. Deshalb habe ich bisher wohl nicht den Schritt gewagt, mir wirklich eines zu kaufen.

Das hat Emma mir nun abgenommen.

Ich denke kurz nach, gehe in mich, doch auch in diesem Moment, hier in meinem Zimmer stehend, mit dem Büchlein in der Hand, empfinde ich es nicht als uncool oder kindisch. Für mich fühlt sich das Tagebuch schon jetzt an wie ein weiterer Freund. Es ist ein Geheimnis-Hüter. Ein Gedanken-Bewahrer. Ich wollte eines, das zu mir passt und es wert war, ihm meine Geheimnisse zu verraten, es an meiner kleinen Welt teilhaben zu lassen. Und es fühlt sich an, als wäre das in meiner Hand genau das richtige dafür. Als wäre es nur für mich gemacht worden.

»Verrate es mir!«, entschlüpft es Emma, in einer Mischung aus Ungeduld und Genervtheit, weil ich immer noch nichts gesagt habe. Damit reißt sie mich aus meinen Gedanken, lenkt meine Aufmerksamkeit wieder auf sich. »Es gehört jetzt dir und es hat bestimmt keine drei Sekunden gedauert, bis du ihm einen Namen verpasst hast.« Emma zieht ihre Nase kraus und deutet auf ihr Geschenk, was meine Freude darüber nur größer werden lässt.

Wie gut sie mich kennt.

Es stimmt, ich gebe Dingen Namen. Vielen sogar. Eigentlich allen, die zu meinem Leben gehören. Warum? Ich denke, genau das ist der Grund: Sie gehören zu meinem Leben. Damit sind sie wichtig. Und ich finde, wichtige Dinge verdienen einen Namen. Nicht nur irgendeine Bezeichnung.

»Emma«, antworte ich fröhlich. »Es ist eindeutig eine Emma.« Der Mund meiner Freundin kann sich nicht entscheiden, was er genau tun will. Er ploppt auf und zu wie der eines Fisches, bevor ihr linker Mundwinkel anfängt, komisch zu zucken. Ich lache auf und umarme sie überschwänglich, schließe sie in die Arme und danke ihr für das schöne Geschenk.

»Es ist perfekt, das weißt du, oder?«

»Ja, das war es. Bis du ihm *meinen* Namen verpasst hast.« Ihre Stimme klingt gedämpft durch meine Locken, die sie nun vermutlich überall im Gesicht hat.

Langsam löse ich mich von ihr und sie sich von meinen Haaren. Sie grinst mich an, schelmisch und freudig. Emma ist ganz anders als ich, aber es gibt mehr Dinge, die uns verbinden als trennen. Sie hat superglattes blondes Haar und blaue Augen, während ich mit hellbraunem, chaotischem, lockigem und dickem Haar aufwarten kann, das sogar rote Strähnen aufweist, wenn die Sonne im richtigen Winkel darauf scheint. Braune Augen. Ich sehe so stürmisch aus, wie sie ist, und sie so unscheinbar, wie ich bin. Darüber muss ich den Kopf schütteln. Sie ist meine beste Freundin, seit ich im Kindergarten einfach so meine Kekstüte und meinen Saft mit ihr geteilt habe. Und sie am Tag danach einen Jungen mit Sand aus dem großen Sandkasten beworfen, gefüttert und ihn überall in seiner Kleidung verteilt hat, nachdem er mich ausgelacht hat, weil ich es einmal nicht bis zur Toilette geschafft habe. Sie hat mächtig Ärger bekommen.

»Ich dachte, du magst deinen Namen?«

»Das stimmt. Aber du musst zugeben, deine Sachen haben ungewöhnliche Namen.« Sie zieht eine ihrer schön geschwungenen Augenbrauen nach oben. Etwas, das ich bis heute nicht geschafft habe. Bei mir heißt es beide oder keine.

»Beschwer dich nur weiter, ich weiß, du liebst es und bist ein wenig neidisch.«

Sie streckt mir belustigt die Zunge raus, während sich ihre Wangen rot färben. Sie ist nicht der Typ dafür, ihren Laptop *Logan* zu nennen und ihr Handy *Chuck*. Ihre Lieblingstasse heißt nicht *Luke* und ihr Lieblingssessel hat auch keinen Namen. Sie hat keine Ticks. Aber ich denke, manchmal hätte sie gerne welche. Und ich denke, sie ist gerührt, dass ich mein Tagebuch nach ihr benannt habe. Aber sie kann es nicht so zeigen wie andere. Deshalb lenkt sie ab.

»Wo sind Steph und Tom? Es ist ziemlich ruhig im Haus.«

Ich seufze, bevor ich mir noch mal über die müden Augen reibe. Heute Nacht habe ich schlecht geschlafen und ich werde einfach nicht richtig wach. Ich gähne und antworte irgendwie dazwischen.

»Mum ist schon im Büro, sie hat einen wichtigen Kunden an der Angel oder so. Sie darf irgendein tolles Penthouse einrichten, wenn alles gut geht. Dad ...« Ich seufze erneut. »Heute hat er *einige wichtige Termine*, wie er sagt. Er ist gestern über seinen Papieren eingeschlafen«, erwidere ich.

»Das klingt nach viel Stress und den werden wir beide heute definitiv nicht haben. Also, das nehme ich jetzt einfach mal an – es sei denn, du schmeißt deinen Sommerpyjama nicht endlich von dir. Dann kommen wir nämlich zu spät zum Unterricht, und das am ersten Schultag nach den Ferien. Fänd ich echt schade.« Ihr sarkastischer Unterton entgeht mir nicht und ich boxe sie gegen den Arm. »Au! Schon gut, Rambo! Nun pack Emma Junior weg, schmeiß dir ein paar Sachen über, wir müssen los.«

»Wie spät ist es?«

»In dreißig Minuten klingelt es zur ersten Stunde.«

Oh nein! Wir brauchen mit Ves locker fünfzehn Minuten, eher zwanzig. Ich kann mir einen kräftigen Fluch nicht verkneifen, bevor ich zum Kleiderschrank und danach ins Badezimmer hechte. Hinter mir höre ich Emmas belustigte Stimme, die irgendwas von *Ich hab's dir ja gesagt* faselt.

Im Bad stecke ich die Haare hoch, die ich zum Glück gestern Abend schon gewaschen habe. Morgens wäre das eine Katastrophe, sie brauchen ewig zum Trocknen.

Ab unter die Dusche! Vorhang zu, Hahn an.

Heilige Scheiße, ist das kalt. Das Wasser hat keine Zeit, warm zu werden, und ich keine, um darauf zu warten. Schnell einseifen, abspülen und auf den Zehenspitzen wie eine Bekloppte hin und her tänzeln.

Ich denke, ich bin jetzt wach …

Wir haben einen alten Boiler, den ich Tag um Tag verfluche, meine Mum ebenso, und ich glaube, wenn Dad nicht bald dafür sorgt, dass er ausgetauscht wird, erlebt er Mum das erste Mal richtig wütend. Okay, nicht das erste Mal, sonst wäre es ja keine Drohung. Aber glaubt mir, das will niemand. Es dauert ziemlich lange, bis ihr der Geduldsfaden reißt, aber wenn es so weit ist ... Ich vergleiche sie gerne mit einem Vulkan. Sie sammelt alles in sich – in ihrem Fall Informationen –, Druck baut sich stetig auf und irgendwann explodiert sie einfach. Es wird alles aus ihr herausbrechen und zwar so heftig, dass sich jeder sofort in Sicherheit bringen sollte. Dann wird es nicht mehr nur um den Boiler gehen und warum wir erst warmes Wasser haben, wenn wir schon mit Duschen fertig sind, sondern plötzlich auch um die eine Lampe von vor vier Jahren, die Dad nicht sofort repariert hat, oder den Einkauf von vor drei Jahren, der von irgendwem mal vergessen wurde, oder um den Fleck auf ihrem geliebten Wohnzimmerteppich, der nicht mehr rausgeht und für den keiner verantwortlich gewesen sein will. Aus ihr werden ruckartig all unsere Fehlgriffe herausgepresst werden und niemand, ich wiederhole, *niemand* will das.

Zitternd stelle ich das Wasser ab und flüchte aus der Dusche. Kälte ist echt nicht mein Ding. Meine Hand greift hektisch nach einem Handtuch und während ich mich abtrockne, löse ich meine Haare wieder aus dem Zopf, sodass sie über meine Schultern bis zu den Rippen fallen. Manchmal träume ich davon, sie mir abschneiden zu lassen – aber nur manchmal, denn eigentlich liebe ich diese nervigen und widerspenstigen Flusen.

»Du hast wirklich nur noch zwei Minuten, Lenida!«, dringt Emmas ungeduldige Stimme zu mir ins Bad. Lenida, wie Leni und Merida. Sie hat mich vor ein paar Jahren so getauft, als meine Haare immense Ausmaße annahmen. Sie ist der festen Überzeugung, ich sehe aus wie die Disney-Heldin, nur mit braunen statt roten Haaren und, falls möglich, noch mehr davon. Die Emma, die nicht zugibt, dass sie Disney-Filme mag. Ich schmunzle noch heute darüber.

Die Bürste kommt nur ruckelnd und langsam voran, meine Locken springen vor und zurück und alle drei Sekunden verziehe ich vor Schmerz das Gesicht, weil ich sie gerade in Rekordzeit kämme. Eigentlich ist es mehr das Gefühl, sie sich samt Wurzeln auszureißen.

Ich friere, meine Kopfhaut brennt, meine Locken stehen zu allen Seiten ab. Ich schlüpfe in eine Unterhose und Jeansshorts, ziehe einen BH an und beginne, mir die Zähne zu putzen, während ich versuche, mir mit einer Hand das schwarze Top überzustülpen, das ich wahllos aus meinem Schrank gezogen habe. Kurz dachte ich, es wäre eine gute Idee und würde schneller gehen, aber es ist eine Katastrophe, weil ich mir die Zahnpasta ins ganze Gesicht schmiere und es jetzt noch mal waschen muss, nachdem ich mit Zähneputzen fertig bin. Ich spucke ins Waschbecken, spüle nach, wische mir das ekelhafte Zeug aus dem Gesicht. Bah! Der Geschmack und die Konsistenz von Zahnpasta finde ich einfach widerlich. Ich kann nicht einmal sagen warum. Er ist so eklig wie Pastinaken. Mum hat diese Dinger letztes Jahr gekauft und einem Gericht beigelegt. Dad war danach so übel, dass Mum kurz Panik hatte, sie hätte ihn womöglich vergiftet. Pastinaken-Tod.

»Leni, verflucht! Gleich fahre ich ohne dich!«

Ich blicke in den Spiegel. Schminke? Eigentlich benutze ich sowieso nicht viel davon. Ja, nein, vielleicht …

»LENIDA!«, dröhnt Emmas Stimme gleich einer Urgewalt durch die dünne Holztür und nimmt mir meine Entscheidung damit ab. Mein Gesicht verzieht sich zu einer Fratze, die die ganzen Sommersprossen auf meiner Haut tanzen lässt. Ganz toll! Na, dann also einfach nur Creme.

Ich reiße die Tür auf, stürme an Emma vorbei in mein Zimmer, schlüpfe in meine Sandalen und packe meinen Rucksack. Zurück bei Emma puste ich mir eine Locke aus dem Gesicht und strahle sie an. »Kann losgehen!«

»Ein Jahr vor dem Abi und wir kommen immer noch zu spät«, nölt Emma, nur um im gleichen Satz zu sagen: »Dann können wir eigentlich auch daheimbleiben.«

Ich ziehe sie mit mir durch den dunklen Flur, der voller Bilder ist, die schmale Treppe hinunter und raus aus der Wohnung. Ves steht direkt vor der Tür. Die kleine schwarze Vespa ist Emmas ganzer Stolz und wie immer hängen zwei Helme am Lenkrad.

»Gib Gas, Ves! Zeig uns, was du draufhast!« Ich rede ihm gut zu, während ich die Helmschnalle schließe und Emma angrinse. Sie ist schon bereit, startet den Motor und als ich mich hinter sie setze, die Arme um sie schlinge, dringt ihre gespielt ernste Stimme erneut an mein Ohr.

»Halt dich fest, ich hol heute alles raus!« Emma hört mein Lachen nicht mehr, weil sie uns mit Vollgas nach vorne katapultiert. Das Ganze ist lustig, weil Ves gerade mal vier PS hat oder so und, wenn Emma ihn über fünfundvierzig km/h kommen lässt, man ihm deutlich anmerkt, dass es ihm zu viel wird. Für uns reicht es allemal, wir wohnen in einer Großstadt und da werden schnelle Autos überbewertet. Wir würden ja mit der Bahn fahren, aber wir sind nun mal immer zu spät.

Emma schlängelt uns waghalsig an großen SUVs vorbei, an fluchenden Fahrern, elfenbeinfarbenen Taxi-Autos und natürlich an all den wunderschönen Gebäuden, die die Strahlen der Morgensonne entweder auffangen oder reflektieren. Ich liebe diese Stadt. Sie ist magisch, so voller Gegensätze und in ihrer Größe doch irgendwie klein. Die Stadt verbindet Altes und Neues. Sie ist überschaulich, man findet neben dem großen Fluss, der durch sie hindurchfließt, unzählige Grünanlagen und Parks, alles lässt sich bequem und gut erreichen und die Skyline gibt ihr, in Kombination mit den bestehenden historischen Gebäuden und unzähligen Museen, das gewisse Etwas. Man könnte sagen, Charme, Flair oder eine Art Zauber. Denn das fühlt man, wenn man die Skyline an sich vorbeirauschen sieht. Man ist verzaubert.

Wenn man von dem ganzen Verkehr und der üblichen Hektik absieht und davon, dass sich kein normaler Mensch hier ein Haus leisten kann, ist es wirklich toll. Aber das ist leider der Grund, weshalb wir immer noch in einer Wohnung leben.

Ich lasse meine Gedanken umherschweifen, während der Fahrtwind meine Haare nach hinten mit sich zieht und die Welt an uns vorbeifliegt. Langsam, aber stetig. Ab und an röhrt der Motor auf, Ves japst förmlich unter uns.

Wir lassen die Innenstadt hinter uns, düsen durchs Westend Richtung Norden, bis sich die Straßen und Hochhäuser etwas lichten und das Schulgebäude in Sicht kommt.

Ich wage einen Blick auf mein Handgelenk und ärgere mich sofort. Meine Armbanduhr liegt zu Hause. Auf dem Schreibtisch. Vergessen. Ich hab sie vergessen. Mein Gelenk fühlt sich plötzlich regelrecht nackt an, ich mag das nicht. Vielleicht sollte ich, wie alle anderen, mein Handy als Uhr nehmen und nur noch darauf schauen, aber das gelingt mir nicht so gut. Ich mag meine Armbanduhr, Uhren generell. Meine ist schlicht und alt. Ohne Schnickschnack. Sie zeigt einfach nur die Zeit, nicht mehr.

Keine Ahnung, wie spät es ist, und das macht mich wirklich nervös.

Als der Schulhof in Sicht kommt und ich einen Blick auf die Köpfe einiger Schüler erhaschen kann, atme ich erleichtert auf. Emma lenkt nach rechts ein, Ves knattert über den holprigen Steinboden vor den Parkplätzen und kommt schließlich an einer der Seiten, vor einer kleinen Mauer, neben Dutzenden von Fahrrädern zum Stehen. Die Klingel ertönt, Emma flucht laut und ziemlich wild. Sie sagt nichts mehr, als sie den Helm abnimmt und unter den Arm klemmt, ich absteige und sie ihre Tasche aus dem Stauraum unter dem Sitz holt, aber ich schwöre, sie flucht weiter, auch wenn kein Ton mehr aus ihr herauskommt. Ihre Lippen bewegen sich nämlich noch. Mit einem Knall rastet der Sitz wieder ein und als Emmas Hand plötzlich nach meiner greift, mich ruckartig nach vorne zieht und ich beinahe den Helm fallen lasse, kann ich einen ziemlich schrillen Schrei nicht unterdrücken. Emma sprintet über den Schulhof, mit mir im Schlepptau, die versucht, nicht zu stolpern und sich zeitgleich ihre Locken aus dem Mund zu ziehen. Ich kriege jetzt schon keine Luft mehr. Mein Körper ist gemacht für Vanillemuffins und Schokoladenkekse, nicht für Sprints.

»Emma!« Es soll ein verzweifelter Schrei sein, aber es klingt eher, als würde ich an meinem eigenen Atem ersticken.

»Aus dem Weg!«, ruft sie und die Schüler springen tatsächlich hektisch und überrascht zur Seite. Einige kennen uns, andere – nun ja, die kennen uns ab jetzt …

Emma reißt mir beinahe den Arm aus, mein Handgelenk droht sich auszukugeln und meine Lunge fragt mich verzweifelt, womit sie das verdient hat und warum ich in Gottes

Namen nie Sport gemacht habe und dass sie sowieso nicht versteht, wieso ich noch einigermaßen schlank bin.

»Verflucht, Emma! Das war das erste Klingeln, wir kommen nicht zu spät«, keuche ich. Ich höre ihr Lachen, aber sie rennt weiter an den Spinten im Erdgeschoss vorbei auf die Treppe zu. Oh, bitte nicht die Treppe.

Ich hebe den Kopf, schaue die Stufen hinauf, die ich gleich werde im Laufmodus erklimmen müssen – und dann ... steht er da und grinst.

Wäre ich nicht schon außer Atem, wäre ich es spätestens jetzt. *Tim.* Vollkommen außer Gefecht gesetzt, kann mein Hirn nur noch vor sich hin sabbern, während meine Füße weiterhin Emma nachjagen.

»Hey ...«, beginnt Tim, der über die Sommerferien noch anziehender geworden ist, falls überhaupt möglich. Aber mein Leben wäre nicht mein Leben, wenn Emma nicht sofort schreien würde »Aus dem Weg!«, um mich danach in höchster Geschwindigkeit an ihm vorbeizuzerren.

»Wie immer eine Freude, Emma!«

»Du mich auch!«, brüllt sie zurück und hätte sie die Möglichkeit gehabt, wäre wahrscheinlich noch der Stinkefinger gefolgt.

Kurz darauf kommen wir an unserem Klassenraum an, vor dem Emma eine Vollbremsung hinlegt. Sie atmet ganz normal. Verflucht, wieso atmet sie normal? Meine Wangen stehen in Flammen, meine Lunge stellt sich tot, mein Herz rastet aus, mein Kopf – wir wollen davon gar nicht erst anfangen. Ich schwitze! Und Tim?

»Was. Zum. Ich meine ...«

Mehr kriege ich gerade nicht zusammen, aber Emma grinst,

streicht sich ihre blöden, perfekten Haare über die Schulter und antwortet: »Yoga hilft echt total. Und du weißt, Männer mit hässlichem Nachnamen sollte man nicht zu nah an sich ranlassen. Halt still.« Während ich versuche ihre Worte zu verarbeiten, richtet sie meine Frisur.

»Was hat denn Tims Nachname damit zu tun?«

»Boecker. Klingt, als würde sich gerade jemand übergeben. Sag es mal: Böööckaaa.« Dabei macht sie komische Geräusche, was mich unwillkürlich das Gesicht verziehen lässt.

»Du bist verrückt. Vollkommen verrückt.«

»Das ist ja nichts Neues.«

»Er hat mich angesprochen, Emma. Angesehen. Das erste Mal.«

»Er ist ein Idiot.«

»Das weißt du nicht.«

»Du solltest auf mich hören. Er wird dir nicht guttun.«

Ich reibe mir den Nasenflügel und kneife kurz die Augen zusammen. Langsam, aber sicher geht meine Atmung normal. Emma plappert derweil weiter. »Du wirst einen viel besseren Typen finden. Einen, der …«

»… nicht so verkorkst ist?«, verspotte ich sie.

Emma verdreht die Augen und nimmt mir den Wind aus den Segeln. »Das habe ich so nicht gemeint. Wir sind doch alle irgendwie verkorkst. Ich meine, irgendwann findest du einen, der zu dir passt.«

Ich schnaufe.

»Ich weiß, dass du ihn schon ewig anhimmelst. Jeder weiß das.«

Erschrocken reiße ich die Augen auf.

»Ach komm, Leni. Das war nicht zu übersehen. Wahrscheinlich kommt er jetzt nur an, weil du die Pubertät hinter dir hast und wie eine Amazone aussiehst. Typen wie Tim geht es ums Image.«

»Das weißt du nicht.«

»Du auch nicht! Aber manchmal ... da hat man so ein Gefühl. So wie bei der Zuckerwatte letztens. Ich hab dir gesagt, iss sie nicht ganz! Und was war? Du hast es getan und danach vor Magenschmerzen gejammert *hätte ich bloß auf dich gehört*.«

Unweigerlich muss ich lächeln.

»Weißt du, du kannst deine eigenen Fehler machen. Ich bin die, die am Ende sagt: Ich hab's dir ja gesagt. Aber wenn du Tim willst, bitte! Schnapp ihn dir. Wenn ich ihn danach verprügeln, umbringen und verschachern muss, bist du schuld und wirst mich gefälligst regelmäßig im Gefängnis besuchen.«

Emma fängt zeitgleich mit mir an zu lachen, laut und heftig.

Das zweite Klingeln ertönt, wir gehen in den Klassenraum, atmen die altbekannte stickige, abgestandene Luft ein, winken unseren Freunden zu und gehen zu unserem Platz.

Das letzte Schuljahr kann beginnen ...

2

»Das Abschlussjahr liegt vor euch. Ich würde gerne sagen, dass es für jeden ein Spaziergang wird, aber das wäre gelogen.« Die tiefe Stimme unseres Tutors dringt zu uns, jeder im Raum ist still, sogar Nick, unser Klassenclown, der sonst keine Gelegenheit auslässt, die Dinge ins Lächerliche zu ziehen. Wahrscheinlich, weil auch ihm klar ist, dass nach diesem Jahr alles anders sein wird.

Wenn wir die Schule beendet haben, wartet die Welt auf uns.

»Manche von euch werden hart arbeiten müssen, wenn sie ihr Abitur haben wollen, anderen wird es zufliegen, einfach so«, sagt Herr Fuchs, während er eine wegwerfende Bewegung mit der rechten Hand macht und die Stirn leicht in Falten legt. Er lehnt sich an seinen Tisch und überkreuzt die Knöchel, bevor er weiterspricht. »Das wird eine von vielen Lektionen sein, die euch im Leben weiterbringen und die ihr nicht vergessen solltet: Das Leben ist nicht fair. Manche müssen härter arbeiten als andere.« Er steckt die Hände in seine glatt gebügelte Leinenhose und sieht uns nacheinander an. »Eine Sache, die euch das Leben vielleicht nicht beibringt, aber die ihr lernen werdet – entweder weil ich es euch jetzt sage oder weil ihr es irgendwann selbst verstehen und erkennen werdet – ist, dass es egal ist, wie oft ihr für etwas einstehen müsst. Es ist egal, wie oft das andere tun müssen. Jammern wird euch nicht voranbringen. Damit meine ich nicht, dass es nicht auch mal Tage geben darf, die nicht gut laufen. Das ist okay. Danach geht es aber weiter! *Euer* Leben ist das, was ihr daraus macht. Neid und Missgunst werden euch nicht weiterbringen, sie werden euch lähmen. Vergleiche sind nur sinnvoll zwischen Dingen gleichen Gehalts. Lasst es! Niemand ist weniger oder mehr wert als ihr. Er ist höchstens anders. *Anders* ist nichts Schlimmes. Merkt euch das. Jeder hat andere Talente, Wünsche und Interessen. Intelligenz ist vielfältig. So wie ihr. Vergesst das nicht. Sucht euch Vorbilder, seid selbst Mentoren, der Rest wird euch nicht glücklich machen. Zumindest ist das meine bescheidene Meinung.«

Niemand bewegt sich. Es ist, als verharren selbst die Staubpartikel in der Luft, vollkommen bewegungslos, als habe dieser Raum den Atem angehalten. Wir sind still, beinahe paralysiert. Es ist, als würden die Worte in uns wabern und widerhallen, als wollten sie uns mit aller Macht begreiflich machen, wie wichtig sie sind. Wir starren unseren Lehrer an, den, der immer zu streng und zu zielgerichtet war. Grimmig. Der stets nur erwähnte, was wir falsch machten und was wir besser konnten. Nicht, was wir gut gemacht haben. Bis sein Räuspern diese Stille zerreißt. Ich wäre beinahe zusammengezuckt.

»So, und nun beginnen wir damit, euch auf euren Abschluss vorzubereiten. Punkt eins auf der Liste: der Stundenplan und voraussichtliche Prüfungszeiträume.«

Sechs Stunden Unterricht, vollgepackt mit so viel Input, dass mir der Kopf schwirrt. Ich bin müde, fühle mich gerädert, als ich meine Sachen in den Rucksack packe und ihn dann auf den Rücken hieve. Ein paar Freunde winken mir zu, verabschieden sich, bevor sie den Klassenraum verlassen, und ich möchte genauso fröhlich aussehen, aber irgendwie ist das gerade nicht so einfach. Schwer atme ich aus, versuche, dieses fremde Gefühl abzuschütteln. Meine Hand schnappt sich den Helm, ich gehe um meinen Tisch und Emma kommt neben mir zum Stehen, legt ihren Arm schwungvoll um meine Schultern.

»Was für ein Tag! Ich bin aufgeregt, was dieses Jahr passieren wird.« Sie lacht und das ist auf eine gewisse Art beruhigend – sogar ansteckend. Das Gefühl von eben, so kurz es da war, ist wieder weg und ich fühle mich mit Emma neben mir leichter. Doch in dem Moment, als wir als Letzte aus dem Klassenraum treten und sie beginnt, über ihre Zukunft, Ziele und Träume zu reden, voller Motivation und Hingabe, schleicht sich das Gefühl so schnell zurück, dass es mir die Kehle zuschnürt.

Wir haben bereits ein paar Mal darüber gesprochen, aber nie so wie jetzt. Sie klingt anders. Und mir wird bewusst, wie nah das alles plötzlich ist und dass ich mich in diesem Jahr nicht nur entscheiden muss, was ich im Leben will und wer ich sein möchte, sondern dass unser Tutor heute früh über Emma und mich gesprochen hat. Sie wird das Abi im Schlaf bestehen und ich werde so hart dafür arbeiten müssen, dass mir schon jetzt davor graut.

Ich schlucke schwer, während meine Augen in das fröhliche Gesicht meiner besten Freundin blicken, die gar nicht erwarten kann, erwachsen zu werden. Ich beneide sie. Das erste Mal in meinem Leben beneide ich sie wirklich tiefgehend um etwas und ich kann es ihr nicht sagen.

3

Ruhig. Es ist ruhig zu Hause. Mum und Dad sind noch auf der Arbeit. Sie kommen, seit ich denken kann, spät heim und haben viel zu tun. Das ist okay. An manchen Tagen mag ich die Stille unserer Wohnung, an anderen finde ich sie unerträglich. Dann mache ich laute Musik an oder lasse irgendeine Serie auf Netflix im Hintergrund laufen. Emma muss nachmittags meist auf ihre jüngeren Geschwister aufpassen. Ich habe keine. Auch das ist okay, ich kenne es ja nicht anders. Heute ist sie allerdings noch eine Weile geblieben und erst gegen drei nach Hause gefahren. Wir haben zusammen Käsetoasts gemacht und gegessen, nachdem unsere Mägen fürchterlich laut geknurrt haben. Anschließend haben wir über alles Mögliche geredet, wie immer, wenn wir zusammen sind. Auch wenn es heute etwas ernster war als sonst.

Nachdem Emma sich verabschiedet hat, zappte ich ein wenig durchs TV. Dabei bin ich wohl eingeschlafen. Nach den Sommerferien und somit wochenlangem Ausschlafen ist es kein Wunder, dass mir der Tag in den Knochen sitzt.

Ich stehe auf, schaue auf die Uhr und erschrecke mich. Anscheinend habe ich nicht nur ein kleines Nickerchen gemacht, sondern mehr als vier Stunden geschlafen.

Mein Blick fällt auf das Tagebuch, das Emma mir geschenkt hat und das auf meinem Schreibtisch liegt. Meine Beine schwingen sich über die Bettkante, ich stehe auf. Beim Tisch angekommen greife ich nach Emma Junior, hebe es hoch und schlage es das erste Mal auf. Weiße Seiten starren mich an, Dutzende von ihnen. Das Papier raschelt, als ich eine nach der anderen umblättere, obwohl mir bewusst ist, dass jede Seite so leer ist wie die vorherige. Es ist wunderschön. Ich setze mich auf meinen Schreibtischstuhl, lege das Buch wieder auf dem Holztisch ab und will nach dem Füller greifen, der in einem der Stiftebehälter steckt, aber ich entscheide mich um und schnappe mir einen der Kugelschreiber und einen Letteringstift.

Die erste Seite zu beschreiben und zu füllen hat unerklärlicherweise etwas Magisches an sich und ich frage mich, wie man das anstellt. Also, einfach mit dem Schreiben anzufangen. Gibt es so etwas wie einen Tagebuchkodex?

Ich schürze die Lippen, während der Stift über dem Papier schwebt. Hmm. Was soll ich nur erzählen? Womit fängt man an?

Auf einmal komme ich mir dämlich vor, weil das hier nun wirklich keine besonderen Fähigkeiten erfordert, aber ich kann nicht anders, als über die Wichtigkeit der ersten Seite nachzudenken. Ich werde sie nicht ändern können und ich finde, Worte sollten klug gewählt werden. Man kann sie nicht zurücknehmen. Natürlich kann ich sie auf dem Papier durchstreichen, aber weg sind sie dadurch nicht. Nicht wirklich. Die erste Seite ist wie der erste Blick durch eine Tür in ein Zimmer. Man sollte nicht zu viel sehen oder verraten bekommen, aber genug, damit man in das Zimmer hineingehen möchte, weil man neugierig geworden ist. Das ist das Verrückte daran, denn Tagebücher schreibt man nur für sich, nicht für andere. Gleichzeitig macht es das so logisch, denn welche geschriebenen Worte sind ehrlicher als die, die man nie jemandem zeigen wird?

Sollte ich stumpf und schlicht irgendetwas erzählen? Wie oft will ich überhaupt etwas hineinschreiben? Jeden Tag? Jede Woche? Und will ich das wirklich festlegen? Ich schüttle den Kopf. Nein, ich denke, ich werde hineinschreiben, was ich will, wann ich es will.

Was mache ich nun mit der ersten Seite? In Tagebücher gehören persönliche Wahrheiten, das stimmt, aber ...

Mir kommt ein Gedanke. Unwillkürlich muss ich grinsen. Emma würde die Augen verdrehen, natürlich voller Zuneigung, und mir sagen, dass nur ich auf so etwas kommen würde. Ich mache mich bereit loszulegen. Ja, ich denke, ich habe etwas gefunden, was zur ersten Seite passt.

Ich sollte mich kurz vorstellen. Es wäre doch irgendwie unhöflich, das nicht zu tun, oder?

06. AUGUST

LIEBES TAGEBUCH,

ich frage mich, wie oft diese beiden Worte wohl schon geschrieben worden sind und wie viele Gedanken und Geheimnisse ihnen anvertraut wurden. Damit du nicht eines von unzähligen Büchern bist, ein Fremder, habe ich dir einen Namen gegeben.

Emma,

dein Name ist Emma. Wie der meiner besten Freundin. Besser hättest du es also nicht treffen können, versprochen.

HEY! Ich bin übrigens Leni – und es gibt fünf Dinge, die du über mich wissen solltest:

1. Ich bin wahrscheinlich der einzige Mensch auf der Welt, der keine Erdbeeren mag.
2. Emma wird niemals Game of Thrones sehen, weil ich sie aus Versehen gespoilert habe, und das wird sie mir ewig vorhalten.
3. Ich liebe richtig guten Pfefferminztee, egal zu welcher Jahreszeit.
4. Ich kann keine Spaghetti essen, wenn ich sie nicht vorher klein geschnitten habe.
5. Manchmal denke ich zu viel und manchmal viel zu wenig.

Auf bald! Deine Leni

Langsam entferne ich die Mine des Kugelschreibers vom Papier, hebe ihn von der Seite des Tagebuchs ab. Der allerersten Seite, die ich je in ein solches geschrieben habe. Ich finde sie genau richtig und das macht mich auf irgendeine Art glücklich. Ich lege den Stift beiseite, fahre vorsichtig über die geschriebenen Worte, die zum Glück schon getrocknet sind, und klappe das Buch zu.

Es ist Zeit, sich dem Schulkram zu widmen. Ich schnappe mir meinen Rucksack, ziehe alle Notizen und Informationen heraus, die wir heute bekommen haben, und sogleich verpufft die gute Laune, wird ersetzt durch eine Art von Schwere, die sich in meiner Brust festsetzt und dazu beiträgt, dass sich ein Kloß in meinem Hals bildet.

Der Abschluss. So viele Dinge, die zu tun sind.

Und danach? Ein Studium? Eine Ausbildung? Reisen?

Ich wünschte, in mir würde sich auch nur eine Kleinigkeit formen, der Ansatz einer Antwort, aber da ist nichts als Leere.

Ich weiß es nicht.

Verzweifelt lasse ich den Kopf in meine Hände fallen, fahre durch meine Haare, durch sie hindurch über meinen Nacken und kann meine eigene Stimme hören, die mich selbst leise fragt, worin ich eigentlich gut bin. Ob ich etwas ganz Besonderes kann oder gerne tue. Und ich würde sie gerne mit einem Kissen ersticken, weil ich das nicht hören will. Weil ich Fragen hasse, auf die ich keine Antwort weiß. Normalerweise schaue ich nach, recherchiere. Ja, ich bin neugierig. Aber die Antwort auf diese Art der Fragen werde ich nirgendwo finden können, außer in mir selbst.

Und da sind sie nicht.

Mein Blick wandert zu dem Foto neben meinem Fenster, das gerade von Licht umrahmt wird. Emma, die lacht, mit roten Wangen und einem Partyhütchen, wie sie gerade eine Konfettikanone abfeuert, Liz und Julia daneben, ebenfalls mit Partyhut, sie sind Freunde von uns, und ich mittendrin. Das war bei Emmas Geburtstagsparty letztes Jahr, wir waren alle verrückt und glücklich und unbeschwert. Natürlich waren wir auch da genervt von der Schule, vom Lernen und den Prüfungen. Von unseren Eltern, dem neuen Pickel auf der Stirn und dem Jungen, der uns nicht mochte. Aber wir waren trotzdem auf eine schräge Art glücklich. Nein, wir waren lebendig.

Ein warmes Gefühl breitet sich in mir aus und ich genieße es in vollen Zügen, während einige der letzten warmen Strahlen der Sommersonne mein Zimmer fluten.

So lange, bis ich mich all dem Zeug zuwenden muss, das vor mir liegt. Und all dem, das in meinem Kopf herumschwirrt. Ich werde den Gedanken nicht los, dass es für mich schwerer ist als für andere, und ich lache kurz und freudlos auf, weil ich das zum ersten Mal denke und weil Selbstmitleid stinkt. So kenne ich mich nicht.

»Los, ein Jahr noch. Das schaffst du«, wispere ich mir zu, als plötzlich das Quietschen der Wohnungstür, die Dad noch immer nicht geölt hat, an meine Ohren dringt und einen Moment danach die Stimmen meiner Eltern. Ich stehe auf, eile nach unten und verspreche mir selbst: Danach folgen die Hausaufgaben und Vorbereitungen für die nächsten Wochen. Ich werde das schaffen. Und weil aufschieben es nur schlimmer macht. Die Erfahrungen, die ich auf diesem Gebiet sammeln durfte, sind gigantisch und ich kenne alle Stufen der Prokrastination und

Verzweiflung, die in Verbindung damit stehen. Seitdem bin ich gerne vorbereitet.

Meine Füße entlocken den alten, schiefen Holztreppen komische Laute, während sie ihren Weg nach unten antreten. Ich höre meine Eltern in der Küche, da halten sie sich nach der Arbeit am liebsten auf. Mum holt Dad abends meist ab, morgens fährt er mit dem Bus oder der Bahn. Wir haben nur ein Auto. Immer wenn man das jemandem erzählt, klingt es, als entschuldige man sich dafür. Das ist bescheuert! Überhaupt ein Auto zu haben ist doch toll. Oder nicht?

Dad sitzt an dem hohen Tisch auf einem Hocker, weil er dort Mum zuhören und gleichzeitig weiter seine Papiere lesen kann. Zumindest versucht er es, er war nie ein großes Multitaskingtalent. Während Mum sich trotz der späten Uhrzeit noch einen Kaffee macht und frischer aussieht als die meisten Menschen nach einem Zwölf-Stunden-Arbeitstag, wirkt Dad erschöpft. Das Ticken der Küchenuhr ist wie eine leise beruhigende Melodie im Hintergrund.

»Hey, Liebes. Na, wie war der erste Schultag?«, fragt Mum und stellt ihre Lieblingstasse unter die Kaffeemaschine. Sie lächelt mich warm an. Dann hebt sie den Finger, zeigt mir an, dass ich kurz warten soll, geht zu Dad und haut ihm auf den Hinterkopf.

»Verflucht! Was hab ich schon wieder gemacht?« Vollkommen verwirrt hebt er den Kopf und ich muss mir ein Lachen verkneifen. Meine Mum zeigt auf mich und endlich hellen sich seine Züge auf. »Oh, hallo, Schatz! Wie war dein erster Schultag?«

Mum verdreht die Augen und stöhnt auf und ich kann mein Lachen nicht mehr zurückhalten. Dad zieht die Augenbrauen zusammen. »Was ist? Was hab ich gesagt?«

Mum nuschelt irgendwas vor sich hin, das klingt wie *wieso wundert mich so was noch?*, und sucht nach dem Zucker, also ziehe ich einen der Hocker zu mir und setze mich zu Dad. Er sieht tatsächlich müde und abgespannt aus, hat rötliche Augen und blasse Haut.

»Du solltest mal eine Pause machen«, sage ich und Dad beginnt sich über sein Gesicht zu reiben und zu gähnen.

»Ja, vielleicht«, gibt er zu und schiebt die Akten zur Seite.

»Also?«, fragt Mum erneut und setzt sich samt Kaffee zu uns. Ich habe zwar Dads Gesichtszüge geerbt, aber eindeutig Mums Haare. Sie fallen an jeder Seite aus ihrem Zopf, Locke um Locke. Nur dass sie trotzdem nicht chaotisch und wild aussieht damit.

»Es war okay?« Verdammt, es sollte keine Frage sein.

Dad sieht Mum an, Mum hebt eine Augenbraue, sie kann das so gut wie Emma, und mich erfasst der Fluchtinstinkt.

»Ja, super okay. Wirklich.«

»Was beschäftigt dich? Ist es, weil es das letzte Jahr ist? Oder ist es der Ferienblues?«

»Ich weiß es nicht«, gebe ich auf Dads Frage hin zu. »Ich glaube, heute habe ich das erste Mal darüber nachgedacht, was ich werden will. Und ...«

»Und?«, hakt Mum vorsichtig nach, bevor sie an ihrem Getränk nippt und sich die Zunge verbrennt.

»Und nichts. Da ist nichts.« Das auszusprechen war wirklich nicht einfach. Meine Stimme hat am Ende versagt.

»Das ist in Ordnung, Leni.« Dad tätschelt meine Hand. »Das kommt. Du hast noch genug Zeit, dich damit zu befassen.«

»Oder du befasst dich einfach schon jetzt damit«, ergänzt Mum beiläufig. Sie dreht den kleinen Löffel in der Tasse im

Uhrzeigersinn, herum und herum. »Das ist keine Wissenschaft. Du kannst Praktika machen, dir anschauen, was dir gefällt, dir überlegen, was du gut kannst. Oder etwas ganz anderes wählen. Wenn du dein Abi hast, stehen dir viele Wege offen. Wenn es ein gutes Abi wird, alle. Es liegt in deiner Hand. Du wirst das schon machen.« Sie zwinkert mir zu, Dad lächelt liebevoll und ich weiß, ganz tief in mir, dass sie es gut meinen. Dass sie mir Möglichkeiten aufzeigen. Aber da ist so viel zwischen den Zeilen, von dem ich mich frage, ob sie es beabsichtigt hineingequetscht haben, dass es mir die Kehle zuschnürt. Da ist so viel Enge und Freiheit zugleich, dass ich mich erdrückt fühle. Das macht wahrscheinlich keinen Sinn. Aber auf diesem Hocker zu sitzen mit Eltern, die nur das Beste für einen wollen, das Problem nicht sehen, weil da vielleicht keins ist, und gleichzeitig sich selbst im Moment einfach nicht zu verstehen, macht es vermutlich auch nicht.

Meine Eltern erzählen sich von ihrem Tag, lachen und fluchen und ich leiste ihnen weiterhin Gesellschaft, verziehe in den richtigen Momenten das Gesicht oder gebe lustige Laute von mir. Aber eigentlich bin ich wie gelähmt. Ich habe keine Ahnung, was los ist. Ich weiß nicht, was es ist und warum es da ist und weshalb mich dieser Tag mit all seinen Informationen und Fragen so aus der Bahn wirft.

Ein ganz normaler Schultag. Eine ganz normale Emma. Zwei ganz normale Eltern. Ein ganz normaler Abend.

Trotzdem kann ich mir meinen schnellen Herzschlag und den Kloß im Hals nicht wegwünschen.

September
5 Monate vor dem Wimpernschlag, der alles verändern und zu einem Tsunami werden wird.

4

Wenige Wochen sind seit dem ersten Schultag vergangen, der Herbst verdrängt langsam, aber sicher den Sommer und ich versuche es zu genießen. Das ist ungewöhnlich, weil ich den Herbst liebe, und man sollte nicht versuchen müssen, etwas zu genießen, das man liebt.

Ich bin nicht krank, ich habe keine Hals- oder Kopfschmerzen, kein Fieber. Aber mit meinen Gedanken stimmt etwas nicht. Manchmal schlafe ich schlecht. Das kann ja mal passieren.

Lautes Geschrei und wilde Proteste reißen mich plötzlich aus meinen Überlegungen, ich richte den Blick nach vorne, sehe, wie unser Lehrer darum bemüht ist, die Klasse zur Ruhe zu bringen, und wild entschlossen mit den Armen fuchtelt, bevor er nach einem Stapel Papier greift.

»Dieser Test wird euch nicht umbringen, sondern euch helfen.«

»Netter Versuch!«, schreit Emma. Aber in meinem Kopf hämmert dieses eine Wort in Dauerschleife: Test.

Während eines Tests darf man den Raum nicht verlassen, ansonsten muss man ihn abgeben. Er dauert maximal eine halbe Stunde. Er ist unangekündigt. Verdammt. Ich habe mich noch nicht intensiv mit Geschichte befasst.

Hektisch beginne ich meine Finger zu kneten, spüre, wie sie kalt und schwitzig werden. Ich muss den Mund öffnen, um besser atmen zu können. Mir wird schlecht, mein Magen verkrampft sich. Ich kann unseren Lehrer nicht aus den Augen lassen, während er die Zettel verteilt – von Tisch zu Tisch. Emma sitzt nicht neben mir, wir haben Einzeltische. Ihr Platz ist zwei Reihen entfernt. Aber ich kann ihren sorgenvollen Blick auffangen, verstehe die stumme Frage, ob alles okay ist. Ich kneife meine Lippen zusammen und kann nicht antworten oder ein Okay mit ihnen formen. Ein Nicken will auch nicht funktionieren.

Das, was gerade mit mir passiert, macht mich richtig nervös. Weil ich es nicht einordnen kann, weil es mir nie passiert ist. Ich kenne es nicht und habe keine Ahnung, was es ist oder woher es kommt. Mir wird richtig warm und ich wische die Hände an der Jeans ab, als der Test vor mir abgelegt wird. Verrückt. Mir ist so heiß, trotzdem zittern meine Hände. Mein Mund ist staubtrocken, ich schaffe es kaum zu schlucken. Mein Atem übertönt alles, fast sogar das Rauschen in meinen Ohren.

Mir wird schwindelig.

Ich kann mich nicht auf die Worte und die Fragen konzentrieren, nur darauf, auf diesem Stuhl zu sitzen.

Aber es geht nicht. Es wird zu schlimm. Mir wird übel.

Ich springe ruckartig auf, stürze aus dem Raum, der vor mir hin und her schwankt, meine Beine werden taub und wackelig, ich falle halb gegen die Tür. Die Stimme meines Lehrers dringt zu mir, ich glaube, er schreit meinen Namen. Emmas Stimme ist auch irgendwo und die von Julia und Liz. Aber ich kann nichts sagen oder darauf reagieren.

Alles dreht sich.

Ich schaffe es nicht ... schaffe es nicht ...

Meine Hände greifen nach den Spinten neben dem Klassenraum, halten sich daran fest – es wundert mich, dass sie das können, weil ich sie kaum noch spüren oder kontrollieren kann.

Dann muss ich mich übergeben. An und neben die Spinte, auf den Boden. Einfach überallhin. Zumindest fühlt es sich gerade so an. Meine Beine zittern so sehr, dass ich nicht weiß, ob es nur sie sind oder doch mein ganzer Körper. Ich finde keinen Halt mehr, breche zusammen, höre Emma hinter mir und bei mir.

Danach ist da nicht mehr viel. Übelkeit, Schwindel, dumpfe Geräusche und ein widerlicher Geschmack in meinem Mund.

Irgendjemand stützt mich, ich werde bewegt und hingelegt.

Als ich die Augen öffne, entdecke ich Emma bei mir sitzend und – meine Mum? Mein Blick wandert umher und ich erkenne die Krankenstation. Ich liege im Krankenbett der Schule. Mehrmals blinzle ich und fahre mir mit der Zunge über die trockenen Lippen. Mum hält mir sofort etwas Wasser hin, während Emma mir beim Aufsetzen hilft. Gierig trinke ich, aber sie nimmt mir die Flasche sofort wieder ab.

»Langsam, Liebes. Dein Magen verträgt jetzt noch nicht so viel.« Ihre Stimme klingt belegt.

Emma hält meine Hand und lässt sie nicht los. Wahrscheinlich darf sie gar nicht hier sein, der Unterricht wartet auf sie.

»Was tust du hier?« Es soll kein Vorwurf sein, sondern ein *Danke* und ein *Du hast ihnen die Hölle heiß gemacht, oder?*

Sie grinst augenblicklich, aber antwortet nicht. Meine Mum nimmt ihr das ab.

»Wir haben uns solche Sorgen gemacht. Geht es dir besser? Ich meine ...« Sie schluckt schwer. »Du kommst jetzt mit heim und dann schauen wir weiter. Sieht so aus, als hättest du eine Magen-Darm-Grippe.«

Ich überlege kurz, wieso ...

»Oh mein Gott«, flüstere ich. »Das ist wirklich passiert, oder?« Emma nickt mitfühlend. »In den Fluren? An die Spinte? Vor allen?«

Niemand muss daraufhin etwas sagen. Ich dachte kurz, ich wäre nur zusammengeklappt, aber jetzt kommen die Erinnerungen komplett wieder mit all ihrer Schrecklichkeit.

Mir wird erneut übel, aber zum Glück hält Mum mir schnell genug einen Eimer hin. Ihre Hand fährt beruhigend meinen Rücken rauf und runter, wie sie es immer getan hat, als ich klein war.

Es kam nicht mehr viel. Eigentlich nur das Wasser von eben. Mit einem Taschentuch wische ich mir über die Lippen.

»Bring mich nach Hause«, sage ich erstickt und fühle mich das erste Mal seit Jahren wieder so verletzlich wie ein kleines Kind.

Mum nickt. Emma sagt voller Zuversicht: »Es wird alles gut!«

Auf wackeligen Beinen komme ich zum Stehen, nehme die Hilfe von Mum an, die ihren Arm um mich legt.

Sie sagt, sie hat mit der Schule schon alles geklärt, wir können direkt nach Hause gehen. Emma hat meine Sachen zusammengesucht, in den Rucksack gestopft und längst in unser Auto gepackt. Wenn ich meine Sprache wiedergefunden habe, werde ich ihr danken. Im Moment kann ich nur kurz ihre Hand drücken, aber ich hoffe, sie versteht das. Nein, ich weiß, dass sie das versteht, und das ist tröstlich. So sehr, dass es mir die Tränen in die Augen treibt und ich meine Haare nach vorne fallen lassen möchte, um es zu verdecken. Aber es geht nicht. Jemand hat mir einen Zopf gemacht.

»Das war Emma«, sagt Mum neben mir, als wir das Krankenzimmer verlassen. »Du hast es nicht geschafft, die Haare zur Seite zu machen, und sie wollte nicht, dass du ... nun ja.«

Ich habe mir in die Haare gekotzt. Das war es, was sie nicht aussprechen wollte. Und meine beste Freundin wollte nicht, dass ich mittendrin liege.

Zitternd sauge ich Luft in meine Lunge, viel und ganz tief, aber ich habe das Gefühl, es ist einfach nicht genug.

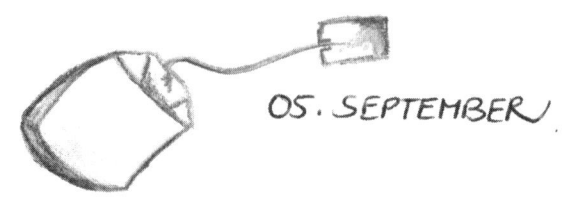

05. SEPTEMBER

Mum war mit mir beim Arzt. Sie sagte, ich habe mir eine Grippe eingefangen. Der Arzt hat nur genickt und meinte, ich könnte mir auch den Magen verdorben haben. Kein Fieber. Das ist gut, erklärte er. Stilles Wasser und Tee soll ich trinken, am besten Kamille. Ich hasse Kamille. Ich werde Pfefferminztee trinken. Bettruhe, meinte er. Nichts in mir findet gerade Ruhe. Aber ich bleibe ruhig. Ob mir schlecht ist, hat er gefragt, oder ob ich mich noch unwohl fühle. Und bevor ich antworten konnte, erwähnte er, dass er davon ausgehe, alles andere wäre schließlich irgendwie eigenartig, nicht wahr? Ich habe genickt.

ES
  WAR
    EINE
            LÜGE.

5

Es geht mir gut. Ich bin gesund. Es geht mir gut und ich bin gesund. Die Worte und Sätze wiederholen sich in meinem Kopf, bilden eine Dauerschleife, haben keinen Anfang und kein Ende und gleichen damit meiner Situation.

Verzweifelt liege ich im Bett, starre an die Decke und grüble bereits seit Stunden über jeden einzelnen Tag seit Beginn des neuen Schuljahres nach. Versuche herauszufinden, ob etwas Besonderes oder gar Ungewöhnliches passiert ist, quasi eine Ursache für meine Übelkeit und das schwache, komische Gefühl in mir. Ich rekapituliere alles, sogar das Essen, weil ich in Betracht ziehen möchte, dass es so etwas Simples ist.

Aber da ist nichts. Nichts Auffälliges.

Eigentlich dürfte es das nicht, oder? Also, mir gut gehen. Eigentlich müsste mir noch schlecht sein oder ich müsste irgendwie ein eigenartiges Gefühl haben. Mein Magen müsste noch empfindlich sein und ich vielleicht ein bisschen schwach? Keine Ahnung! Ich hatte seit Ewigkeiten keine Probleme damit und kann mich nicht daran erinnern, wann ich mich das letzte Mal übergeben habe.

Mum hat schon gestern Abend, nach meiner Dusche und der Sache mit dem Arzt und nachdem sie mir einen widerlichen

Kamillentee gemacht hat, den ich oben im Bad im Waschbecken versenkt habe, und nach dem Tütchen Buchstabensuppe, das ich nicht hinunterbekommen habe, gesagt, dass ich am nächsten Tag auf keinen Fall in die Schule gehen werde. Und vielleicht auch Freitag nicht. Sie möchte sichergehen, dass es mir besser geht, und meint, die kleine Auszeit wäre gut.

Und so ist es. Es ist Freitag, ich bin hier, nicht in der Schule, Emma hat mich nicht abgeholt, weder heute noch gestern, und nach meinem Auftritt dort fällt es mir schwer, ja ist es nahezu unmöglich, nicht über meine Lage nachzudenken. Weil ich nicht weiß, was mich erwartet. Oder ich weiß es und will es nicht wahrhaben. Vielleicht wird alles sowieso ganz anders, weil das Leben und die Menschen einen noch überraschen können? Ich lache auf und muss sogleich husten, weil ich mich verschluckt habe. Manchmal bin ich witzig.

Also liege ich weiter da und überdenke alles, bis es noch weniger Sinn ergibt.

Mein Handy piept, das Display leuchtet auf. Mein Arm ist eingeschlafen und gehorcht nur widerwillig meinem Wunsch, jetzt danach zu greifen. Es dauert einen Moment, es fällt fast hin, aber es klappt. Die Nachricht ploppt auf.

Emma

»Ist alles okay? Soll ich vorbeikommen? Keine Hausaufgaben übers Wochenende. Yay!«

Ich

»Alles okay. Ruhe mich noch aus. Holst du mich Montag ab?«

Ich war nie eine schlechtere Freundin. Weil ich Emma nicht sehen möchte und nicht sicher bin warum und weil ich nicht weiß, ob wirklich *alles okay* ist – und ich es nie nötig hatte, mit Floskeln um mich zu schmeißen.

Meine Finger tippen weiter, schicken eine weitere Nachricht ab. Etwas, das ich mich gestern nicht zu fragen getraut habe.

Ich
»Hat jemand etwas gesagt? Haben sie darüber geredet?«

Emmas Antwort lässt auf sich warten. Das weiß ich, weil ich es schaffe, dreimal den Songtext von Michael Jacksons *Beat it* im Kopf aufzusagen.

Emma
»Ich hol dich Montag ab. Wie immer. Ruh dich aus. Ich hab dich lieb!«

Eine zweite Nachricht ploppt auf.

»Das sind Idioten!«

Oh ja. Sie reden über mich, sie wissen es alle und es ist schlimm. Aber es ist nicht so, dass es mich überrascht. Etwas zu wissen ist immer was anderes, als es zu ahnen oder zu glauben. Gewissheit ist eine Art Hebel, der dich entweder hochzieht oder nach unten drückt. Doch ich fühle im Moment weder das eine noch das andere, frage mich nur, warum mich die Nachricht von

Emma kein Stück aus der Bahn wirft oder gar beunruhigt. Das sollte es, oder?

Meine Augenbrauen ziehen sich zusammen, ich merke, wie ich tief Luft hole, bevor ich das Handy weglege, die Arme hinter meinem Kopf verschränke und meinen Blick erneut gen Decke hebe. Ich liege nur hier, denke nach und es ist alles in Ordnung.

»Es ist alles okay. Es geht mir gut. Ich bin gesund.« Ohne es verhindern zu können, sprudeln die Worte monoton aus mir heraus. Und meine Gedanken setzen hinzu: Ich mag Kamillentee.

6

Das Wochenende ist vorbei, es ist Montagmorgen.

Unter Umständen ist es keine große Sache, an so einem Tag um fünf Uhr feierlich verkünden zu können, wach zu sein. Schließlich sind manche um diese Zeit längst auf der Arbeit oder stehen aus anderen Gründen so früh auf.

Allerdings gehöre ich nicht dazu. Für mich ist es eindeutig etwas Besonderes, in diesem Augenblick zu sagen: Ja, ich bin hellwach!

Natürlich bin ich nicht unbedingt ein Morgenmuffel, aber ich brauche ein wenig Zeit, um wirklich richtig bei mir zu sein und den Schlaf abzuschütteln. Dabei bin ich stets freundlich und Mum schwört, dass ich in diesem Zustand *irgendwie süß* bin, während Emma es eher als eine Mischung aus *verstörend und zombiemäßig* beschreiben würde. Aber jetzt und hier bin ich weder müde noch orientierungslos, ich bin nicht zombiemäßig unterwegs und der Badezimmerspiegel zeigt mir nicht die obligatorische Schlaffalte an der Wange oder an einem der Oberarme, ich habe keine geschwollenen Augen, ich konnte sie sofort ohne Probleme öffnen nach dem Aufwachen und das wirklich Komische an allem ist, dass ich nicht erst nach dem fünften Mal *Wecker-klingeln, Wecker-snoozen* aufgestanden bin, sondern ganz ohne dass überhaupt einer einen Ton von sich gegeben hat. Mein Schlaf war tief und fest, als ruhig würde ich ihn nicht bezeichnen. Er war voller Träume, die keinen Sinn gemacht haben. Nicht, dass ich mich an sie erinnern würde. Nein, ich könnte keinen einzigen Traum der letzten Nacht wiedergeben, aber ich weiß, dass jeder einzelne seltsam war. Und ich weiß, dass sie einen komischen Nachgeschmack hinterlassen haben, so als wäre etwas an ihnen nicht nur chaotisch, sondern schlicht falsch gewesen. Als wären es Albträume gewesen – und ich kann mich einfach nicht an sie erinnern.

Mein gespiegeltes Ich sieht mich mit zusammengekniffenen Lippen und in Falten gelegter Stirn an, es starrt mich nahezu nieder, sieht fragend und forschend aus.

Wozu soll das schon führen? Ich seufze und streiche mir meine Locken zur Seite. Emmas Stimme erklingt in meinem Kopf: *Du denkst zu viel!* Ja, das hat sie schon immer gesagt, vielleicht hat sie recht damit. Aber ich komme nicht umhin, mich zu fragen, ab wann man eigentlich zu viel denkt und ab wann zu wenig. Kann man Sachen zerdenken? Das klingt für mich so seltsam, als würde man sagen, man kann etwas zerfühlen. Als könne man nur mit Gedanken und Gefühlen Dinge zerstören.

Noch ist es still im Haus, aber Mum und Dad werden bald aufstehen. Meine Optionen wirken auf den ersten Blick unendlich, aber eigentlich sind sie es nicht. Wieder ins Bett zu gehen kommt auf keinen Fall infrage. Falls ich wieder einschlafe, werde ich danach müder sein denn je und das Risiko werde ich nicht eingehen.

Emma wird gegen sieben hier auftauchen.

Meine Gedanken schwirren umher, während ich mich weiter im Spiegel betrachte. Meine Arme verschränke ich vor der Brust und dabei verrutscht mein Pyjamatop. Ich stehe im Bad und … Meine Miene hellt sich auf, ich lächle. Ich werde duschen. Von allen Möglichkeiten, wie ausgiebig zu frühstücken, ein wenig den Fernseher anzumachen, ins Tagebuch zu schreiben, mal wieder ein Buch zu lesen, wähle ich das. Heute Morgen habe ich endlich Zeit, auf den Boiler zu warten und mit warmem Wasser zu duschen, samt Haarewaschen. Ja, genau das werde ich jetzt tun.

So schnell wendet sich das Blatt.
Nach der Dusche fühlte ich mich frei und wunderbar. Ich habe meine Haare gebändigt, mich geschminkt und fertig gemacht, ohne Hektik oder Stress, habe sogar ein Lied gesummt und die Bürste als Mikrofon benutzt. Das Gesicht meiner Eltern war unbezahlbar, als sie sahen, dass ich ihnen Rührei gemacht habe. Verbranntes Rührei mit labbrigem Speck, aber darum geht es nicht. Emma war fröhlich, als sie ankam, hat Witze über mein neues Ich gemacht, das morgens vollkommen bei sich ist und nicht zu spät dran.
Wir waren glücklich und ausgelassen.
So schnell wendet sich das Blatt.
Ich schlucke schwer, schaffe es nicht, den Helm von meinem Kopf zu heben oder auch nur einen Muskel zu rühren. Emma tritt in mein Blickfeld, umfasst meine Schultern und zwingt mich dazu, sie anzusehen und nicht mehr gen Schulgebäude und Haupteingang zu starren. Gerade noch hat sie Ves' Motor abgestellt, wir haben gelacht, wir waren unbeschwert. Dann

sind wir abgestiegen, richtig angekommen und plötzlich war alles anders. Die unbeschwerte Leni ist fort.

Was ist passiert?

»Leni?«, fragt Emma ungewohnt vorsichtig, bevor sie ein paar Schüler böse anfunkelt, die mich eine Sekunde zu lange mustern. »Du schaffst das. Du bist klug und schön und stark. Hörst du mich, Lenida? Jeder, der dir dadrin komisch kommt, ist ein Idiot.« Ich versuche mich an einem Nicken, aber es will nicht funktionieren. »Es gibt nichts, wofür du dich schämen musst. Dir war schlecht, so was kommt vor.« Sie lässt mich los und stemmt die Hände in die Hüften, sie reckt das Kinn und fügt stürmisch hinzu: »Die sollen mal erwachsen werden! Oder mitfühlend. Weniger dumm wäre auch okay. Ich würde mich sogar mit *wortlos* zufriedengeben.«

Ein Lächeln zupft an meinen zitternden Lippen und ich spüre, wie ich friere, in meinem weinroten Top und den Jeans, die ich an den Knöcheln hochgekrempelt habe. So als wäre tiefster Winter. Als hätte er sich eingenistet, wäre in mich gekrochen, um sich dort schadenfroh festzukrallen. In diesem Moment befürchte ich, dass mir immer kalt sein wird, und ich schüttle den Kopf wegen dieses dummen und lächerlichen Gedankens.

»Gehen wir«, höre ich mich sagen, mit einer weit entfernten, dünnen Stimme, und ich spüre, wie meine Beine sich in Bewegung setzen, wie ich neben Emma weiterlaufe, an Schülern vorbei, auf das Gebäude zu und wie jedes Wort mich wie ein Messerstich trifft, weil ich mir einbilde, es geht um mich. Emma hat sich bei mir eingehakt und ich hoffe, sie merkt nicht, wie kalt mir ist und wie ich zugleich schwitze. Irgendwann sind mir die Worte egal, ich kann sie sowieso nicht mehr hören. Es ist zu laut. Alles. Mein Herzschlag gleicht dem Klang von unzähligen galoppierenden Pferdehufen auf gepflasterten Wegen, mein Atem eher einem Keuchen, das ich versuche zu unterdrücken, während ich darum kämpfe, Sauerstoff in meine Lunge zu ziehen, die sich klein und eng und zugeschnürt anfühlt, das Rauschen von Blut in meinen Ohren. Das Zittern verstärkt sich, die Kälte weicht einer unaussprechlichen Hitze, die sich in meinen Wangen bildet und über meinen Oberkörper wandert, wie Feuer, das an Öl leckt. Weiter und weiter. Ich bin ein Gegensatz auf zwei Beinen, eine Frage ohne Antwort und eine Antwort ohne Frage.

Ich hoffe, Emma merkt nicht, wie sehr ich mich an ihr festhalte, nicht nur, weil ich schwanke, weil sich jeder Muskel wie Pudding anfühlt, sondern weil ich unsicher bin. Alles in meinem Kopf schreit und ich will zurückschreien, weil ich keine Ahnung habe, was das ist, warum ich mich so fühle und weil ich so etwas nicht kenne.

Es ist mir egal, was sie sagen werden. Ja, es ist mir egal.

Schweiß rinnt über meine Stirn, ich wische ihn weg, als wir das Schulgebäude betreten. Es ist voller Menschen, der typische Trubel, kurz bevor die erste Stunde beginnt.

Ich atme tief ein und aus, auch wenn es sich anfühlt, als wäre es nie genug, und es irgendwie schmerzt.

Alles ist gut.

Das ist nur die Schule.

Es ist nichts passiert.

Ich werde das schaffen.

Mir war einmal übel.

Das ist kein Drama.

Das Abitur ist auch nur ein Abschluss.
Die Zukunft wird schön.
Alles ist gut.

Ich schließe die Augen, konzentriere mich und spüre, wie sich die Anspannung ein wenig löst. Der Knoten in meiner Brust ebenso.

Doch er verschwindet nicht.

Während Emma und ich unseren Weg fortsetzen, traue ich mich irgendwann, den Blick zu heben und meine Umgebung genau zu betrachten. Schaue in bekannte und fremde Gesichter, manche teilnahmslos, andere neugierig, aber keines ... Ich weiß nicht, was ich erwartet habe, aber ich kann es nicht finden.

Wir kommen vor unserem Klassenraum an.

»Geht es wieder?« Emma hat einen extra Sinn, nur für mich.

»Ja, alles ist bestens.« Ich verkneife mir ein Räuspern und erzwinge ein Lächeln. Emma schürzt die Lippen und ein leises Hm ertönt, mehr nicht. Sie überlegt noch, inwieweit das stimmt, was ich gesagt habe.

»Wollen wir reingehen?« Dieses Mal lächle ich wirklich, ohne Anstrengung, bis ich es höre und Emma vor mir in eine Art Schockstarre fällt, bevor sie vor Wut rot anläuft. Ihre Hände ballt sie zu Fäusten, als das Geräusch ein weiteres Mal ertönt, diesmal direkt hinter mir. Kotzgeräusche.

»Würg ... Wüüüüüürg.« Lautes Lachen. Als ich mich umdrehe, stehe ich Tim und seinen Freunden gegenüber und die Ironie, dass der Junge, den ich als schön empfunden habe und den Emma schon zuvor heimlich Mr. Würgegeräusch getauft hat, diese Laute von sich gibt, macht ihn mit einem Mal so unendlich hässlich. Aber das ist egal, es tut trotzdem weh. Sein

Grinsen wirkt nicht mehr süß oder frech, es wirkt herablassend und widerlich und als sein Gesicht sich komisch verzieht, als er erschrocken aussieht, zurücktaumelt, sich den Magen hält, vergesse ich das, will aus Reflex nach ihm greifen, weil ich mich sorge.

Emma lag falsch. Nicht sie sind es, sondern ich. Ich bin der Idiot.

Tim lässt sich theatralisch nach vorne fallen, tut, als würde er sich in alle Richtungen übergeben, und er würgt und würgt und hört nicht auf. Seine Freunde halten sich die Bäuche vor Lachen, prusten los, auch noch, als er sich erhebt und vor ihnen verbeugt.

Alles dreht sich. Es geht wieder los. Emma stürmt an mir vorbei, baut sich vor Tim auf, der unschuldig die Hände hebt, aber Emma tobt und schreit und flucht, selbst als Liz aus dem Klassenraum kommt, mit ein paar anderen, und versucht, sie festzuhalten und zu beruhigen.

Ich stehe da.

Einfach so.

Es ist leer und kalt und heiß und zu viel.

Mir ist so schlecht.

Der Geräuschpegel steigt noch einmal an, der Tumult wird größer, meine Sicht verschwimmt und in mir tobt ein Sturm. Ich habe nur zwei Gedanken. Einer, der wie eine Dauerschleife hoch und runter fährt: Was, wenn es wieder passiert – wenn ich mich wieder übergeben muss, in der Schule, vor allen?

Und einer, der sich still und leise dazwischenquetscht: Hätte ich mitgelacht, wenn es nicht mir, sondern einem anderen passiert wäre?

11. SEPTEMBER

Heute Morgen war mir nicht wohl dabei, einen Helm aufzusetzen und hinter Emma auf Ves zu steigen. Sie hat den Vorfall nicht erwähnt, ich weiß nicht, warum. Ist das gut oder schlecht? Das flaue Gefühl in meinem Magen ist den ganzen Tag nicht verschwunden.

AUCH JETZT NICHT.

Ich wollte dir bessere, schönere Dinge erzählen.

Aber im Moment geht das nicht.

12. SEPTEMBER

HEUTE MORGEN habe ich mich auf dieses Gefühl vorbereitet. Aber es ist nicht da. Erleichterung macht sich breit, dabei ist mir nicht mal klar gewesen, wie schlimm es anscheinend für mich war.

<u>Das Gefühl</u> — nicht die Situation in der Schule.

Eigenartig.

13. SEPTEMBER

Heute Morgen
habe ich es [nicht] geschafft. Ich habe vor Ves gestanden, der Helm in meiner Hand hat gezittert und meine Stirn tat so weh, weil ich sie ununterbrochen in Falten gelegt habe. Ich habe den kalten Schweiß in meinem Nacken gespürt, mein Puls stieg drastisch und der Knoten in meinem Magen war von überdimensionalem ~~Ausmaß~~ Ausmaß. Emma meinte, ich sähe [nicht] gut aus. Ich solle zu Hause bleiben. Und ich stimmte ihr zu.

Als ich drinnen und sie weg, als ich die Haustür war schloss, war alles wieder gut und ich war so verwirrt, dass ich mindestens eine Stunde angelehnt an der Tür stand und mich fragte, was mit mir passiert.

7

Am Status quo hat sich nichts geändert. Es ist nicht besser geworden oder schlimmer, es hat geschwankt. An manchen Tagen habe ich es geschafft, den Helm aufzusetzen und mit Emma zur Schule zu fahren, an anderen nicht. Wenn ich es zur Schule geschafft habe, dann auch fast immer in den Klassenraum. Ich habe es geschafft, nicht aus dem Raum zu rennen während Tests und nicht zu oft während der Klausuren auf die Toilette zu verschwinden und dass es niemand mitbekam, wenn mir schlecht oder schwindelig wurde. Meistens schaffte ich es, mich sogar auf ein paar Aufgaben zu konzentrieren.

Keine Ahnung, warum ich *geschafft* sage.

Niemand wagt es mehr, mich zu verspotten oder komisch anzusehen. Denn Emma hat Tim wirklich verprügelt, okay, er hat ein blaues Auge und eine dicke Lippe und so was ist nicht in Ordnung, aber ich kann eine gewisse Genugtuung nicht leugnen. Emma wollte mich schützen und es tut mir leid, dass sie das musste. Zum Glück war sie lediglich gezwungen, nur zwanzigmal die Schulordnung abzuschreiben und ein wenig Ordnungsdienst zu verrichten. Außerdem hat unser Tutor einen Tag später ein paar ernste Worte gesagt, bei denen ich Gott sei Dank nicht dabei war. Alles ist wieder wie vorher.

Es wäre möglich, dass es mich trotzdem weiter beschäftigt. Na gut, das tut es ganz sicher. Vor allem der Umstand, *dass* mich das alles überhaupt beschäftigt!

Klingt, als würde sich die Schlange in den Schwanz beißen, und ganz ehrlich? So ist es!

Es macht mich verrückt.

Mum und Dad sind absolut ahnungslos, was durchaus eine Rolle spielen könnte, denn ich hatte nie Geheimnisse vor meinen Eltern, ich war nicht der Typ dafür. Ich sage *war*, weil sich das anscheinend geändert hat. Vielleicht ist der Grund dafür, dass es keinen Grund gibt. Wie erklärt man etwas, das man selbst nicht versteht und von dem man nicht weiß, ob es wirklich wichtig ist?

Genau – gar nicht!

Vielleicht ist es ein Ferienblues. Einer, der sich sehr lange zieht. Möglicherweise habe ich einen Vitaminmangel oder etwas anderes und deshalb spielt mir mein Körper Streiche. Eine Lebensmittelunverträglichkeit, der Wetterumschwung, eine zweite Pubertätsphase. Ja, etwas davon wird es sein.

»Woran denkst du, Schatz?«

Überrascht schaue ich Mum an, die sich gerade einen Löffel der »selbst gekochten« Tüten-Tomatensuppe in den Mund schiebt. Dad ist noch auf der Arbeit.

Woran ich denke? An ziemlich viel und eigentlich nichts.

»An die Ferien«, lüge ich.

»Du meine Güte!« Ihre Augen weiten sich. »Sind schon wieder Ferien?«

»Heute war der letzte Tag, die Schule geht erst wieder in zwei Wochen los.«

»Bisher lief es gut, oder? Du hast dir am Anfang ja ein wenig Sorgen gemacht, wegen des letzten Jahres und des Abiturs, aber seitdem hast du nichts mehr gesagt.«

»Ja, es war wie immer.« Ich kann ihr dabei nicht in die Augen sehen.

»Nach den Ferien gibt es die ersten Klausuren zurück?«, fragt sie vorsichtig. Ich verschlucke mich an der Suppe, ein Crouton steckt mir im Hals fest und ich muss kräftig husten. So stark, dass mir Tränen in die Augen steigen und meine Mum mir auf den Rücken klopfen muss. Ihr Gesicht zeigt Besorgnis, während sie auch danach noch ihre Hand auf meinem Rücken liegen lässt. »Geht es wieder?«

Ich nicke.

»Ja, alles ist gut.« ~~Lüge, Lüge, Lüge.~~ »Es ist alles okay. Es geht mir gut.«

Meine Hand umfasst das Wasserglas vor mir, ich nehme einen großen Schluck und setze es schnell wieder ab. Das Zittern.

Es hat keinen Grund, da zu sein. Wie ich es hasse!

herbst-ferien!

08. OKTOBER

Ich fühle mich großartig. Ich lache viel, schlafe ruhig, denke weniger. Außerdem lerne ich und hole so einiges nach, was ich verpasst habe.

Heute war ich mit Emma im Kino. Ich hab zu viel Popcorn gegessen. Okay, es war nicht das Popcorn, es waren die Nachos mit Käse, die zum Problem wurden.

14. OKTOBER

Morgen sind die Ferien vorbei.

Ich hab die Tage viel in den Schulbüchern gelesen und mich vorbereitet.

Ich bin bereit. Ja, ich freue mich.

ALLES IST BEIM ALTEN!

Oktober
4 Monate vor dem Wimpernschlag, der alles verändern und zu einem Tsunami werden wird.

8

Ping. Eine Nachricht von Emma.

»Können wir heute etwas früher los?«

Laut meiner Armbanduhr und meinem bereits fertigen Ich kein Problem, also zucke ich mit den Schultern und schreibe ihr zurück.

»Klar doch! Warte vor der Tür auf dich!«

Ja, richtig gehört. In letzter Zeit schlafe ich weniger und irgendwie nicht mehr so lange. Morgens brauche ich keinen Wecker mehr, ich bin einfach ... wach.

Das Handy wandert in meinen Rucksack, um dessen Riemen sich meine Finger schließen und ihn erst mal in der Hand behalten. Ich lasse den Blick durch mein gemütliches Zimmer gleiten, über den dunklen Parkettboden und hellen Teppich, über die eine schräge Wand gegenüber und den kleinen Schrank voll mit meinen Lieblingsfilmen, zu meinem Schreibtisch links unter den Fenstern, auf dem Emma Junior liegt. Ab und zu mache ich das. Ich mag mein Zimmer. Es ist meine

Ruhezone, mein Wohlfühlraum. Wenn man an einem Ort man selbst sein kann, dann in seinem eigenen Zimmer.

Ich gehe die Treppe hinab, die Wohnungstür hinaus.

Emma kommt gerade um die Ecke und sie ... rennt? Wieso rennt sie und wieso verzieht sie das Gesicht so?

Ich gehe ihr entgegen, setze den Rucksack auf und hebe fragend die Arme, während ich ihre verzweifelte Stimme bereits hören kann.

»Es tut mir leid, es tut mir leid, es tut mir leid!« Sie holt nicht ein Mal Luft dazwischen.

»Was tut dir leid? Ist alles okay?« Ich mache mir echt Sorgen, aber irgendwas ist auch komisch an der ganzen Sache.

Keuchend kommt sie vor mir zum Stehen.

»Warte mal, wo ist Ves?« Ich drehe mich um mich selbst, strecke mich, um über Emmas Schultern sehen zu können. »Ist dir der Sprit ausgegangen? Hattest du einen Unfall?« Ich mustere sie besorgt, untersuche sie auf Verletzungen, doch sie fängt nur an zu lachen, was im ersten Moment wie ein Grunzen klingt, und winkt ab.

»Um Gottes willen, nein! Obwohl beides durchaus sehr wahrscheinliche Möglichkeiten wären. Er muss in die Werkstatt, jemand hat mir die Reifen kaputt gemacht über Nacht.« Nach einem kurzen Augenblick, in dem man an ihrem Gesicht ihre Trauer darüber ablesen kann, folgt der Wechsel zu purer Wut und einem sturem Ausdruck. »Wenn ich die Scheißer erwische, mache ich sie fertig. Und jetzt lass uns gehen.« Sie greift nach meiner Hand und zieht mich gen Straße, während ihre Worte erst noch in meinen Verstand sickern.

»Womit fahren wir denn dann heute? Wo gehen wir hin?«

»Zur U-Bahn und danach zum Bus. Deshalb hab ich mich entschuldigt. Wir werden heute etwas länger brauchen.«

Jedes von Emmas Worten ist plötzlich wie ein Stein, der in meinen Magen sackt. Schwer, spitz und unbequem, aber ich komme damit klar. Emma erzählt mir von ihrem Wochenende, von der Familie, dem Ausflug in den Zoo, dem sie sehr zwiegespalten gegenübersteht, und all den Momenten, in denen sie wahrhaftig vorhatte zu lernen, es aber doch nicht gemacht hat. Ich höre ihr aufmerksam zu, freue mich, und trotzdem merke ich, dass ich abgelenkt bin von eigenen Gedanken – von den Steinen in meinem Magen.

Wir schlendern die Treppe zur U-Bahn herunter, kaufen ein Ticket, warten zwei Minuten und steigen ein. Es ist Rush-Hour, jeder möchte irgendwohin, zur Schule, zur Arbeit, zum Kindergarten. Wir finden keinen Sitzplatz, also stehen wir. Das ist okay. Ja, vollkommen okay.

Ich sehe, wie sich Emmas Lippen bewegen, aber ich höre keines ihrer Worte. Ich sehe ihr Lächeln, aber auch die Menschen um uns herum. Es sind so viele.

Es piept. Die Tür schließt sich, meine Hand krallt sich an dem Griff fest und ich muss mich selbst innerlich anschreien, nicht sofort die U-Bahn zu verlassen. Was ist nur los? Mein Atem rast, meine Handflächen schwitzen, ich kann meine Hand kaum am Plastikgriff halten.

Die Tür ist zu. Tränen schießen mir in die Augen. Weil sich gerade die Türen dieser U-Bahn geschlossen haben. Ich kann das nicht verstehen und nicht glauben.

Es geht mir gut,
ich bin okay,

es geht mir gut

— ich bin ganz sicher okay.

Ich muss meine Augen kurz schließen, ziehe die stickige, ekelhafte Luft tief ein und unterdrücke ein Beben. Mein Blick findet wieder Emmas Gesicht. Sie erzählt weiter, aber längst nicht mehr so fröhlich.

»Leni, was ist los mit dir?«

»Was meinst du?«, entgegne ich matt.

»Was ich meine? Seit ... seit das in der Schule passiert ist ... bist du so anders geworden. Du rufst mich nicht zurück, du willst mich selten bis gar nicht sehen und wenn ich dir etwas erzähle ...« Sie seufzt. »Du bist immer ganz woanders. Ich verstehe nicht, was los ist.«

Die U-Bahn rattert durch den Tunnel, das Licht flackert, die Menschen lesen, schlafen oder unterhalten sich laut. Und ich? Ich stehe vor meiner besten Freundin und habe ihr das erste Mal, seit wir uns kennen, nichts zu sagen. Ich möchte schreien und weinen und weglaufen. Ich weiß nicht, was es ist. Ich weiß es einfach nicht.

»Ich bin okay. Es tut mir leid.«

Emma sieht mich schockiert an, beinahe enttäuscht. Sie schnaubt. »Ist es wegen dieser Übelkeitssache? Wegen der Prüfungen? Wegen Tim, diesem degenerierten Penismenschen?« Mit jedem Wort wurde sie lauter, ich zucke zusammen.

Diese Fragen sind ganz simpel, ich verstehe sie, jede von ihnen und ich horche in mich. Ich kann sie nicht beantworten. Ich schlucke schwer.

»Leni, verflucht. Ich erkenne dich nicht wieder!« Sie nimmt meine schwitzige Hand. »Rede mit mir.«

In diesem Moment hält die Bahn an einer weiteren Station. Dieses Mal strömen so viele Menschen herein, dass ich nichts mehr sehen und keinen von ihnen auseinanderhalten kann. Es werden mehr und mehr, sie treten ein mit ihren Koffern und Taschen und jeder wird zusammengedrängt und gequetscht, sodass Emma meine Hand loslassen muss. So viele Fremde zusammen und ich mittendrin.

Eine Fremde. Ja, ich fühle mich wie eine …

Ich kann nicht mehr atmen, ich sehe verschwommen.

»Leni?«

Ich sehe Emma an. »Es tut mir leid«, wispere ich.

»Aber was denn? Was tut dir leid? Ich verstehe es nicht!«

»Mir geht es gut, Emma«, wiederhole ich, dieses Mal fester und ich kann beobachten, wie dieser Satz der erste Stein einer Mauer wird, die sich zwischen uns erhebt.

Wir sagen nichts mehr, steigen irgendwann aus, fahren mit dem Bus. Und das ist gut, denn ich muss mich so sehr konzentrieren, nicht in mich zusammenzufallen, dass meine Muskeln schmerzen und mein Kopf ebenso. Das ist nichts Schlimmes, jeder hat mal einen komischen Tag. Möglicherweise habe ich zu wenig geschlafen. Ja, das wird es sein.

Wir kommen an und das Erste, was passiert, ist, dass unser Klassenclown mir zuwinkt. Kurz bevor er würgt und sich an den Hals greift. Emma klatscht ihm an die Stirn und sagt: »Ja, wenn ich du wäre, käme mir auch dauernd ein wenig Kotze hoch!«

Die Klasse fängt an zu brüllen, Gelächter bricht aus – nicht über mich. Ich atme dankbar ein und setze mich hin.

Emma sieht mich nicht an.

Zweite Stunde, Mathematikunterricht. Emma und ich haben immer noch kein Wort gewechselt, auch wenn sie das vorhin für mich getan hat. Die Fahrt mit der Bahn und dem Bus, dieser nicht routinemäßige Morgen und Emmas Sorge sitzen mir weiterhin in den Knochen.

»Leni.« Helen, die hinter mir sitzt, stupst mich plötzlich an und ich erschrecke mich fürchterlich. Danach realisiere ich die Situation.

Jeder starrt mich an und unser Lehrer steht vor mir, mit erhobenem Kreidestück, das er mir entgegenhält. Er ist groß und schlank, trägt gerne Hemden. Er kommt aus Österreich und sein Akzent ist immer präsent, er hat buschige Augenbrauen und kurzes Haar. Er ist nett, aber durchaus streng.

»Leni, wärst du so freundlich?«

Ich muss mich räuspern, stehe auf. »Entschuldigung. Ich habe nicht aufgepasst«, gestehe ich und spüre, wie die erste Welle mich erfasst. Ich erkenne es wieder und das ist nicht gut. Meine Hände reibe ich an der Jeans ab, sie sind schon feucht. Schweiß sammelt sich in meinem Nacken, mir wird heiß, ich höre das Gekicher hinter mir.

»Ja, ich weiß. Würdest du bitte die Gleichung an der Tafel lösen?«

Das Kreidestück kommt näher, ich greife danach, versuche nicht zu auffällig zu zittern. Ich glaube, mein Herz rennt davon. Es ist zu schnell, viel zu schnell.

Meine Beine tragen mich zur Tafel, ich sehe die Aufgabe, erkenne, was es ist, aber ich kann es nicht lösen. Ich habe es geübt, so oft, ich habe es verstanden, warum kann ich es dann jetzt nicht lösen? Die Zahlen und Buchstaben verschwimmen vor mir, ich lege die Kreide ab, drehe mich um und nuschle erneut »Entschuldigung«, bevor ich mich einfach wieder auf meinen Platz setze.

Niemand sagt etwas, der Unterricht wird fortgesetzt und ich starre auf meinen Tisch, denke an nichts.

In der Pause versucht Emma mich aufzuheitern, redet mit mir, als wäre das vorhin nicht komisch gewesen. Sie meint, so was passiert jedem mal und das wäre halb so schlimm. Das klingt gut. Trotzdem bilde ich mir ein zu spüren, wie sie auf Distanz geht. Als es klingelt, gehen wir zusammen wieder nach oben, beim zweiten Klingeln kommen wir am Klassenraum an. Frau Diaz, unsere Spanischlehrerin, ist bereits da, lächelt uns an. Sie ist freundlich und so hilfsbereit. Emma grüßt sie überschwänglich mit einem lauten *Hola!*

Während Emma längst an ihrem Platz angekommen ist, stehe ich noch im Türrahmen, halte mich mit meiner linken Hand daran fest und gehe keinen Schritt weiter. Der Klassenraum, die Menschen, die Luft, alles ist unvermittelt zu viel für mich und in diesem Augenblick würde ich mir eher die Zunge abbeißen, als dort hineinzugehen. Jetzt, in diesem Moment. Ich kann nicht. Es geht nicht. Es ist wieder da, das Gefühl. Der Gedanke an die Klausuren und deren Ergebnisse, die mein Zeugnis beeinflussen, das meinen Abschluss beeinflusst, welcher wiederum meine Zukunft beeinflusst und mein restliches Leben, von dem ich noch gar keine Ahnung habe, die Würgegeräusche und die Hänseleien – es ist da und krallt sich fest wie ein Geschwür. Die ganzen Menschen, die Erwartungen, Wünsche, Vorurteile, dieser enge Raum, die ganzen lauten Gedanken und dummen

Worte, der ganze Stoff. Da ist so unendlich viel, das sich vermischt – und in dieser Gleichung suche ich meinen Platz und kann ihn nicht finden.

Es entgleitet mir. Vor meinen Augen. Das alles. Ich habe die Kontrolle verloren, ich weiß nicht, wovon, aber ich spüre es.

ICH.

KANN.

NICHT.

ATMEN!

Tränen fluten meine Augen, ohne dass ich es verhindern kann, ein Schluchzer entfährt meiner Kehle, so laut und tief, dass ich glaube, er hinterlässt Risse in mir. Keuchend starre ich in den Raum hinein, habe Schmerzen in der Brust und der einzige Gedanke, der mich noch einnimmt, ist: Ich muss sofort hier weg.

Meine Schritte hallen von den Wänden wider, ich renne, weine, atme schwer, die Treppe hinunter, aber statt hinaus tragen mich meine Füße an einen anderen Ort. Ich reiße die Tür auf, stolpere hinein, sehe nur verschwommen. Niemand ist hier. Eine zweite Tür wird aufgestoßen, dann klappe ich vor der Toilette zusammen und übergebe mich, wieder und wieder, bis nichts mehr übrig ist.

Das Toilettenpapier ist rau an meinen Lippen, der Geschmack in meinem Mund so ekelhaft, dass ich noch mal würgen muss. Ich lasse mich nach hinten fallen, gegen eine der Trennwände, zerquetsche meinen Rucksack und ziehe die Beine an. Tränen über Tränen rinnen meine Wangen hinab, Schluchzer um Schluchzer zerrüttet mich, während ich mich zusammenkauere und irgendwie auch versuche, mich zusammenzuhalten.

Gedankenverloren ziehe ich mein Handy aus der Jeanstasche, wähle die Nummer meiner Mutter. Tut, tut, tut, es macht mich wahnsinnig.

»Hallo?« Ich möchte etwas sagen, ich hatte es im Griff, aber die Stimme meiner Mutter reißt alles wieder ein und ich weine noch lauter, tiefer, schlimmer als zuvor.

»Leni?« Sie klingt so besorgt und ich möchte antworten, aber ich habe das Gefühl zu ersticken. »Was ist passiert? Wo bist du? In der Schule?« Ich nicke, was sie natürlich nicht sieht. »Leni, hörst du mich, Schatz? Bleib, wo du bist. Ich hole dich ab.«

Aufgelegt. Ich habe einfach aufgelegt.

Es geht mir gut.

Ich bin okay.

Es geht mir gut.

Ich bin okay.

Es geht mir gut.

Ich bin okay.

Es geht mir gut.

Ich bin okay.

Es geht mir gut.

Ich bin okay.

Es geht mir gut.

Ich bin okay.

Das stimmt nicht. Ich habe nie eine größere Lüge erzählt und so lange geglaubt. Ich weiß nicht, was ich habe und warum, aber ich erkenne in diesem Moment, zusammengesackt auf dieser versifften Toilette, dass nichts in Ordnung ist. Gar nichts. Und mit dieser Erkenntnis kommt eine andere, viel fürchterlicher und erschütternder.

Ich habe Angst.

Ich habe Panik.

Die Tür der Toilette wird aufgerissen, ich höre es und direkt danach Emmas verzweifelte Stimme.

»Leni, bist du hier? Verflucht, das ist das vierte Klo, das ich durchsuche, ich war sogar im Jungenklo. Wenn du nicht hier bist, werde ich …« Mitten im Satz verstummt sie, ihre Schritte auf den kahlen Fliesen kommen näher, sie macht die Tür zu meiner Toilette auf.

»Oh mein Gott.« Sie lässt sich neben mir nieder, nimmt mich in den Arm und weint mit mir, hält mich fest.

Ich fühle mich wie ein kleines Kind, so verletzlich und hilflos. So ahnungslos.

»Du machst mir Angst, Leni«, flüstert sie mit gebrochener Stimme, während sie mir über die Haare streicht und leise schnieft.

Ich mir auch, Emma. Ich mir auch.

9

Die Erinnerung, wie Mum samt der Schulsekretärin in das Mädchenklo stürmt und meinen Namen ruft, ist verschwommen, aber da. Sie sieht mitgenommen aus, erkenne ich nüchtern, schließt Emma und mich schwungvoll in ihre Arme und macht mit dem Kniefall ihre beigen Seidenhosen dreckig. Ich glaube, ich weine nicht mehr. Dafür Emma umso mehr. Der Rest verschwimmt erneut, geht in meinen Gedanken unter.

Wir verlassen die Toilette, ich höre sie alle reden, aber sie sagen nichts. Nichts, das ich verstehen kann. Mum führt mich hinaus, die frische Luft schlägt mir ins Gesicht und meine Lunge kann nicht anders, als sich zu weiten, ich hole tief und zitternd Luft. Meine Beine knicken weg, ich spüre Mums starke und zugleich dünnen Arme, die mich stützen, und ihre vertraute, tröstende Stimme, die mir sagt, dass wir es gleich geschafft haben und alles gut wird.

Ja, alles wird gut. Gleich ist es vorbei.

Es fühlt sich seltsam an, so, als wäre ich gerade nicht wirklich in meinem Körper.

Wir stoppen, die Tür des Autos geht auf, Mum nimmt mir den Rucksack vom Rücken und hilft mir beim Einsteigen. Sie geht um den Wagen, startet den Motor und fährt los. Es ist still, die Musik bleibt aus. Landschaft und Gebäude ziehen vorüber, Straßen, Menschen, Ampeln und zu viele Autos.

Bis es nicht mehr weitergeht. Erstaunt sehe ich auf und erkenne, dass wir daheim sind.

»Komm, Schatz, wir sind da«, sagt Mum und steht schon auf meiner Seite des Autos, mit geöffneter Tür, ohne dass ich es gemerkt habe. Komisch. Ich lasse mir aufhelfen, steige aus, gehe mit ihr hinein. Die Treppe hinauf.

Mein Zimmer. Hier bin ich einfach ich. Wer auch immer das ist …

Ich atme auf, schlucke schwer, merke, dass sich etwas verändert, etwas von mir abfällt. Aber ich bin immer noch wie gelähmt, voller Scham, Trauer und auch Angst. Ja, am schlimmsten ist die Angst.

Bevor ich mich auf mein Bett legen kann, ist Mum da. Sie lehnt den Rucksack an meinen Schreibtisch, hilft mir aus meinen Sachen und hinein in den Pyjama und ich hindere sie nicht daran.

Sie deckt mich zu und ich starre einfach auf meinen Fernseher, der nicht eingeschaltet ist. Das Bett gibt an der Kante leicht nach, als sie sich zu mir setzt und über die Bettdecke streicht. Meine Augen kann ich nicht von dem Fernseher lösen. Ich liege da, auf der Seite, starre ins Nichts, warte darauf, dass meine Mum etwas sagt, aber ich höre nur, wie sie leise weint.

Bis ich irgendwann einschlafe und von Dunkelheit verschlungen werde.

Der Anblick, der mich erwartet, als ich am nächsten Morgen unsere Küche betrete, ist ungewohnt und unerwartet. Dad sitzt da, Mum geht auf und ab mit dem Telefon am Ohr. Ich fühle mich unwohl, würde am liebsten umkehren, aber als Dad aufschaut und sein Blick mich findet, geht das nicht mehr. Er sieht noch blasser aus als sonst, aber vor allem trauriger.

Ich gehe hinein, stelle mich zu ihm, aber wir sind beide stumm. Mum hört auf zu telefonieren, legt den Hörer weg und nimmt mich zur Begrüßung in den Arm. Länger als sonst.

»Hast du gut geschlafen?«, fragt sie und dahinter folgen Dutzende andere Fragen, die sie nicht ausspricht, die aber dennoch in der Luft hängen.

Ich nicke.

Wir setzen uns zu Dad und es ist das erste Mal seit einer Ewigkeit, dass Mum sich durch die Haare fährt, sie nicht perfekt sitzen und es ihr egal ist.

»Ich habe dich für diese Woche in der Schule krankgemeldet«, beginnt sie und Dad greift nach ihrer Hand.

»Was war los?«, stellt er eine der Fragen, die sie nicht ausgesprochen, aber wortlos gestellt hat.

Meine Hände zittern wieder, ich wippe mit den Beinen, kann sie beide nicht ansehen und auch nicht antworten. Das Räuspern lässt den Kloß im Hals nicht verschwinden.

»Dir war wieder schlecht?«

Ich nicke.

»Ist etwas Schlimmes passiert?«

Einen Moment denke ich über diese Frage nach, bevor ich schließlich den Kopf hebe und Dad anblicke. Ich schüttle den Kopf. Nein, es ist nichts Schlimmes passiert und genau das macht es so schlimm.

Ich höre meine Mum erleichtert aufatmen, merke, wie mein Dad seine Lippen zusammenpresst, und spüre, wie mein Herz wieder davonfliegt und nicht aufhören will zu rasen.

Ohne nachzudenken, tue ich etwas, öffne die Lippen und sage in einer Mischung aus Flüstern und Schluchzen zu beiden: »Ich glaube, ich brauche Hilfe.«

»Ich bin da«, entgegnet Mum sofort stürmisch. »Wir sind da! Wir helfen dir.«

»Nein.« Ich schüttle den Kopf erneut und sammle mich für die nächsten Worte. »Ich denke, das könnt ihr nicht. Ich ... ich brauche jemanden, der mir sagt, was mit mir nicht stimmt.« Meine Stimme bricht am Ende, ich atme heftig, meine Finger krallen sich in den Stoff meines Pyjamas, den ich noch trage.

»Mit dir ist alles okay«, erwidert Mum beinahe verzweifelt, während Dad sie tröstet und ich einfach weitermache.

»Ich brauche jemanden, der mir sagt, was mit mir passiert.« Wie soll ich das nur erklären? Es ist so verdammt schwierig. Wie kann ich etwas erklären, was ich selbst nicht begreife? Was mir Angst macht. Ich suche nach Worten, während mich beide abwartend ansehen.

»Etwas ist anders. In mir, da ... da funktioniert etwas nicht richtig.«

Es auszusprechen hat es nicht besser gemacht, sondern realer und das tut gerade so weh, dass ich schreien will. Weil ich spüre, dass es nicht nur Worte sind, die mir über die Lippen kommen, sondern Wahrheiten. Es stimmt. Ich habe keine Ahnung von allem, aber ich weiß, dass etwas anders ist und dass ich dieses anders nicht weiter haben will.

»Etwas ist kaputt gegangen«, füge ich so leise hinzu, dass man es fast nicht hört, und ich kann meine leisen Tränen nicht mehr zurückhalten.

»Nein! Nein, egal, was es ist: Du bist nicht kaputt.« Mum springt auf, läuft hin und her, bis Dad zu ihr geht und sie stoppt, sie hält.

Er drückt sie sacht von sich. »Steph, sie muss zu einem Arzt. Sie will zu einem Arzt. Vielleicht ist es notwendig.«

»Unsere Tochter ist nicht kaputt«, schluchzt sie und wirft sich wieder in Dads Arme.

»Nein, aber es belastet sie etwas, bei dem wir ihr nicht helfen können. Zumindest denke ich das.« Er wirft einen Blick zu mir und ich halte ihn fest. Ich sage stumm Danke, ich hoffe, es kommt bei ihm an.

10

Wartezimmer sind gruselig. Ich knete meine Hände, bis sie irgendwann taub werden. Mum sitzt neben mir, ihre Nervosität ist unverkennbar, da sie andauernd ihre Haare richtet, an ihrer Kleidung zupft oder sich unruhig bewegt.

Wir sitzen seit einer Stunde hier, der Raum ist gut gefüllt und ich nehme an, das ist normal an einem Montagmorgen, direkt nach dem Wochenende, aber ich weiß es nicht, ich war nicht oft beim Arzt.

Mum hat nach unserem Gespräch in der Küche noch lange geweint und Dad gebeten, etwas zu tun. Aber was soll er schon tun können?

Nun sitzen wir hier und mittlerweile halte ich das Ganze für eine dumme Idee. Wenn ich nicht einmal mir oder meinen Eltern erklären kann, was nicht stimmt, wie soll ich es dann unserem Hausarzt erklären? Und wie will er mich wieder in die verwandeln, die ich war?

Ein weiterer Patient betritt das Wartezimmer und langsam werde ich nervös, dieses komische, mittlerweile so bekannte Gefühl kriecht meinen Nacken herauf und aus einem Reflex heraus greife ich nach Mums Hand. Sie sieht mich an, forschend, überrascht, sagt aber nichts, hält sie einfach und wischt ab und an beiläufig meinen Schweiß von der Handfläche. Ich darf nicht hier drin durchdrehen. Es ist nur ein Raum mit Menschen, der Raum hat eine Tür, ich bin nicht gefangen. Ich kann gehen! Das Mantra wiederhole ich, versuche ruhiger zu werden und auf meine Atmung zu achten – und gerade in dem Moment, als ich glaube, es geht nicht mehr, ruft man meinen Namen auf.

»Leni Peters?« Ich mag Mums Nachnamen lieber, schießt es mir durch den Kopf. Collins. Mum ist Schottin.

Wir folgen der netten Dame mit dem akkuraten französischen Zopf in das Behandlungszimmer mit der Nummer fünf. Ich mag ungerade Zahlen nicht, nur die Drei ist die Ausnahme.

»Dr. Lange wird sofort bei Ihnen sein, bitte nehmen Sie Platz«, sagt sie und weist auf die Stühle vor dem Tisch. Ein ungewöhnlich unpassender Name für einen Mann von kleiner und runder Statur. Das denke ich jedes Mal wieder.

Wenige Augenblicke später öffnet sich die Tür und der Arzt betritt den Raum. Er gibt mir und meiner Mum die Hand, bevor er seinen breiten Körper hinter seinen Schreibtisch schiebt und sich mit zwei Fingern die Brille zurechtrückt.

»Frau Peters, Leni, geht es wieder um den Magen?« Seine Arme liegen auf dem Tisch neben der Tastatur seines etwas altmodischen PCs, seine Stimme ist nicht so unangenehm, wie man erwarten würde.

Den Blick senkend überlege ich, wie ich anfangen soll, aber Mum hat das schon für mich getan.

»Leni geht es nicht gut. Wir …«, stockt sie und seufzt. »Wir wissen nicht, was los ist.«

»Leni? Möchtest du mir erklären, warum ihr hier seid?« Er redet mit mir wie mit einem Kindergartenkind und aus irgendeinem Grund macht mich das wütend. Ich beiße mir auf die Lippe, sehe ihm in die Augen, dann versuche ich es ...

»Ich fühle mich anders. Seit Wochen! Meinem Magen geht es nicht gut, in der Schule geht es mir nicht gut, ich fühle mich unwohl und ...« Ich schlucke schwer, atme ein und aus, rede mir gut zu. »Ich habe Angst«, gestehe ich und widerstehe dem Drang, einfach den Raum zu verlassen, als ich sehe, wie seine kurzen schwarzen Augenbrauen sich nach oben bewegen und er sich in seinem Stuhl zurücklehnt, die Hände auf dem Bauch überkreuzt.

»Du hast Angst? Aber wovor? Vor der Schule?«

»Ich weiß es nicht«, gestehe ich.

Er nickt ein paar Mal, fängt an, etwas in seinen Computer zu tippen. Mum greift nach meiner Hand.

»Was können wir tun?«, fragt sie vorsichtig.

»So was kommt vor«, beginnt er. »Viele Jugendliche in Lenis Alter sind noch in den letzten Zügen der Pubertät«, sagt er zögerlich. Keine Ahnung, worauf er hinauswill.

»Wollen Sie andeuten, meine Tochter simuliert?«

Der Tonfall meiner Mum ist schneidend, ich umfasse ihre Hand fester.

»Nein. Nein, ich denke nur, sie nimmt vielleicht alles schlimmer und stärker wahr, als es ist.«

Ich keuche auf, zittere. Das hier war eine wirklich beschissene Idee.

»Sie sollte noch eine Woche zu Hause bleiben und sich ausruhen, sich sammeln, zusammenreißen und wird sehen, danach ist alles besser. Es kann einfach etwas Stress sein.«

Er lächelt und ich stehe unter Schock.

Mum steht auf. »Haben Sie gerade gesagt, Leni soll sich zusammenreißen?« Sie ist wütend, richtig wütend.

»Komm, Mum, lass uns gehen. Mir geht es wieder gut und das hier ist ...«

»Sie widerwärtiger, mieser kleiner Wicht!« Sie sagt noch mehr und flucht weiter, während Dr. Lange dunkelrot anläuft und versucht, gegen meine Mum anzukommen. Ich ziehe sie aus dem Raum. Hinaus. Weg von alledem.

Jetzt ist sie es, die zittert.

Als wir vor der Praxis stehen, nimmt sie mich in den Arm.

»Es tut mir leid.« Das wiederholt sie immer wieder.

»Vielleicht hat er recht.« Keine Ahnung, warum ich das sage. Mum löst sich von mir, mustert mein Gesicht.

»Wirklich? Dieser Idiot hat recht? Er wollte dir gerade erzählen, dass das, was dich belastet, nicht schlimm ist. Ist es das nicht? Ist es nur Stress?«

Ich zucke mit den Schultern, während pure Verzweiflung durch jede meiner Zellen wandert.

»Was, wenn nicht?«, frage ich traurig. Aber Mum gibt mir keine Antwort.

20. OKTOBER

Wir waren bei einem anderen Arzt. Er hatte auch
≥ KEINE AHNUNG. ≤

Ich wäre gestresst – was er nicht sagt! – und ich solle es zur Beruhigung mit Lavendel probieren, auch mit Schlaftabletten.

Mum hat gesagt, wir ♡ finden einen anderen.

08. NOVEMBER

Emma schreibt jeden Tag, fragt mich, was los ist und wie es mir geht. Jeden Tag – bis heute. Weil ich nie antworte.

WEIL ES KEINE ANTWORT auf ihre Fragen GIBT.

29. NOVEMBER

ICH BIN NICHT OKAY,
NICHTS IST GUT.

ETWAS STIMMT NICHT.

ICH HABE ANGST

16. DEZEMBER

Ich habe aufgehört zu zählen, wie oft ich die letzten Wochen in einem Wartezimmer saß. Jeder Arzt hatte eine andere oder auch gar keine Diagnose. Der vorletzte sagte, ich hätte Prüfungsangst, ich könnte meditieren. Mum fragte den letzten, bei dem wir waren, ob das stimmt, ob das alles wäre. Er hielt es für plausibel.

Jetzt kommt Weihnachten, wir haben erst danach einen weiteren Termin. Ich muss warten und das kann ich nicht besonders gut. An die Schule denke ich nicht mehr, meinen Abschluss kann ich

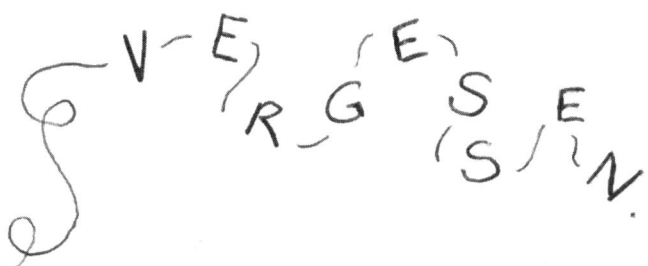

VERGESSEN.

Dezember
*Etwas mehr als einen Monat vor dem Wimpernschlag,
der alles verändern und zu einem Tsunami werden wird.*

11

Es schneit. Kleine weiße Flocken, die seit Stunden an meinem Fenster vorbeirieseln. Ich liege im Bett, leicht eingerollt, sodass ich sie genau beobachten kann.

Es ist friedlich und ruhig in meinem Zimmer, warm unter der Decke. Unten laufen in Dauerschleife Weihnachtslieder und der Duft von Schokoladenkeksen dringt hinein, als Mum, nachdem sie geklopft hat, hereinkommt und mir einen Pfefferminztee bringt.

»Hey«, sagt sie fröhlich, mit einem Lächeln auf den Lippen und setzt die Tasse auf meinem kleinen Tischchen ab. »Möchtest du nicht langsam aufstehen? Vielleicht duschen, dich fertig machen und runterkommen?«

Nein, das möchte ich nicht. Und dass es so ist, tut mir leid. Aber ich kann nicht. Ich liege im Bett und beobachte den Schnee, ich will hier nicht weg.

»Ich hab Kekse gebacken, dein Dad schmückt gerade den Baum. Er sieht furchtbar aus.« Sie seufzt. Wie jedes Jahr.

Ich antworte nicht. Ich sehe sie nicht an. Es geht einfach nicht. Der Gedanke, jetzt aufzustehen, ist grausam, ja, es schmerzt beinahe. Ich rolle mich weiter zusammen, aber sie lässt nicht locker, sie nimmt meine Arme, zieht mich hoch, sodass ich sitzen muss.

»Siehst du, schon besser. Und nun, ab ins Bad mit dir.« Sie meint es gut, ich weiß das – irgendwo in mir drin, weiß ich das. Aber ich habe mein Zeitgefühl verloren. Und ich habe mich damit abgefunden, dass ich nicht mehr die alte Leni bin.

»Okay.« Trotz aller Widersprüche meines neuen Ichs stehe ich auf und will versuchen, dem Wunsch meiner Mum nachzukommen, sie glücklich zu machen. Also gehe ich ins Bad, während sie wieder nach unten geht und mir sagt, dass sie dort auf mich warten.

Im Badezimmer blickt mir jemand entgegen, der mir fremd ist. Meine Haut ist noch blasser als sonst, meine Wangen eingefallen. Mit den Fingern fahre ich über meine Sommersprossen, die beinahe wie kleine schwarze Löcher auf meiner Haut leuchten, weil der Kontrast so groß ist.

Und dann passiert ist. Der Schmerz in mir, die Verzweiflung explodiert und ich schreie und renne in mein Zimmer, schaffe es nicht bis zum Bett, sondern breche auf dem Boden zusammen, wiege mich vor und zurück.

Wenige Momente später höre ich Geräusche, spüre starke, warme Arme unter mir und rieche Dads Rasierwasser. Er hebt mich hoch, trägt mich ins Bett, während Mum unaufhörlich meine Hand hält.

Ich fühle mich niedergeschlagen, ich bin traurig, ich will das Bett nie wieder verlassen. Ich bin müde und gleichzeitig unruhig. Alles ist so ... leer.

Mum und Dad fragen, ob sie etwas tun können. Sie sagen, etwas zu essen würde helfen. Mum stürmt daraufhin sofort los und bringt mir eine Schüssel mit Hühnersuppe ans Bett. Ich will sie nicht, ich habe keinen Hunger.

Sie gehen, kommen später wieder, fragen, ob wir nicht hinausgehen wollen, in den Schnee. Er ist weich und hoch und wundervoll, es würde Spaß machen. Sie bedrängen mich. Ich will nicht aufstehen. Noch schlimmer: Ich kann einfach nicht. Alles tut weh und ist so schwer. Ich sehe keinen Sinn darin, mich anzuziehen und hinaus in die Kälte zu gehen. Nein, ich will hierbleiben …

Die letzten Tage sind an mir vorbeigezogen wie ein verschleierter, unscharfer Traum. Meine Eltern wollten mir helfen, haben mich gezwungen zu essen, wollten mich dazu bewegen, nach unten zu kommen, ins Wohnzimmer, und sind schließlich bei mir geblieben. Keine Ahnung, warum. Es war mir egal.

Jetzt wache ich auf. Fühle mich verändert und kann mich selbst aufsetzen. Nein, besser, ich *will* mich hinsetzen und aufstehen. Mein Körper ist leichter, alles in mir ist es und die Schwere ist nur noch ein dumpfes Pochen im Hintergrund. Ich lache und schlage mir sofort die Hand vor den Mund, weil ich mich darüber so erschrecke. Einatmen, ausatmen.

Meine Füße tragen mich ins Bad, meine Beine sind dabei ein wenig wackelig, mein Magen knurrt. Das Gesicht im Spiegel lässt mich aufkeuchen, blass und dünn und nicht ich. Wenn ich wüsste, wie das passiert ist. Aber das ist egal, weil es mir in diesem Augenblick gut geht, ich will duschen und frühstücken und zu meinen Eltern gehen und mit ihnen Weihnachten feiern. Also tue ich, was ich mir vorgenommen habe, und fühle mich danach, falls möglich, noch besser und frischer. Ich tanze die Treppe hinab, ja, ich tanze und summe dabei ein Lied. Es ist so lange her.

Meine Eltern finde ich im Wohnzimmer, Dad in seinem Lieblingssessel mit einer Zeitung, Mum auf der Couch mit einem Buch. Nur über Weihnachten sehe ich sie so entspannt. Meine Lippen verziehen sich zu einem Lächeln, als ich die Stimme erhebe und selbst vor ihr zusammenzucke, weil sie so dünn klingt und brüchig. Als hätte ich sie ewig nicht benutzt.
»Hallo.«

Dad zerknittert in einem Ruck die Zeitung, während er aufspringt und sich umdreht, Mum fällt beinahe vom Sofa. Ihre Münder stehen offen, bis Dad sich als Erster fängt und ich mich frage, was ich verpasst habe.

»Hey«, sagt er beinahe schüchtern und kann dabei nicht aufhören, mich zu mustern, was mich dazu bringt, die Ärmel meines Pullovers unnötig in die Länge zu ziehen und daran herumzufummeln.

»Ist vielleicht noch etwas Suppe da?«

Wie auf Kommando hüpft Mum vom Sofa, sprintet an mir vorbei in die Küche. Unterwegs schreit sie: »Ja, ja, natürlich! Ich mach dir welche!«

Dad lächelt, ich auch, das fühlt sich gut an.

»Komm, wir gehen mit. Wenn deine Mum Essen macht, sollte man sie immer im Blick haben.«

Wo er recht hat, hat er recht. Also lassen wir das gemütliche Wohnzimmer hinter uns und gehen zu ihr. Als ich die Küche betrete, werde ich unruhig. Irgendetwas bringt mich aus dem Takt ... *Takt*, das ist es. Ich höre es so deutlich, als würde man sie direkt an mein Ohr halten. Die Uhr. Ihr stetiges Tick und Tack bohrt sich in meinen Gehörgang und setzt sich in meinem Kopf fest. Sosehr ich es will, ich kann mich nicht auf etwas anderes konzentrieren, nur auf das laute und nervige Ticken, das mich um den Verstand zu bringen droht und mich nervös macht. Ich halte es nicht aus, ziehe den Stuhl mit mir, steige darauf und hänge sie ab. Die Batterien entferne ich und die Ruhe, die mir danach entgegenschlägt, ist so angenehm, dass ich kurz vor Freude aufseufze.

Beides lege ich auf die Arbeitsplatte, bevor ich samt Stuhl zurück zu Dad gehe und seinen irritierten Blick meide.

02. JANUAR

Das Ticken von Uhren macht mich verrückt. Nicht im Sinne von geisteskrank, sondern von nervös und gereizt. Das ist neu und verwundert mich, weil ich sie und ihr Ticken einmal geliebt habe. Jedes Mal, wenn ich es jetzt höre, suche ich sofort nach dem Ursprung und wenn ich ihn gefunden habe, wird die Uhr angestarrt, in der irren Hoffnung, sie würde einfach mit dem Geticke aufhören. Eines der ersten Dinge, die ich kurz darauf gelernt habe? Es ist nicht höflich, einfach die Uhren anderer Menschen auszuschalten oder abzuhängen. Aber Mum und Dad sagen nichts. Ich habe alle Uhren in der Wohnung ausgemacht und abgehängt, jeden Wecker, der kein Handy ist. Sogar meine Armbanduhr habe ich verbannt.

22. Januar
Der Wimpernschlag, der alles verändern und zu einem Tsunami werden wird.

12

Heute haben wir wieder einen Termin in einer neuen Praxis, sind ewig gefahren dafür und es hat auch ewig gedauert, bis ich zu Mum ins Auto steigen konnte. Sie musste anrufen, Bescheid geben, dass wir zu spät kommen. Sie hasst Unpünktlichkeit. Aber ich konnte nichts dafür. Ich konnte nicht aufstehen. Es war, als verlangte ich von meinem Körper zu fliegen. Der Gedanke daran, mich fertig zu machen, zu duschen, etwas zu essen und ein Glas Wasser zu trinken, ja, danach sogar in ein Auto zu steigen und mich wieder unter Menschen zu begeben, war so schlimm, dass ich kaum Luft bekam und meine Tränen nur schwer unterdrücken konnte.

Jetzt gerade sitzen wir im Behandlungsraum, die junge Ärztin mit ihrem feinen blonden Haar und ihrer zierlichen Gestalt hat einen forschenden, offenen Blick, mit dem sie mich mustert. Mum sagt nichts. Ich sitze da, halte meinen Bauch, in der Hoffnung, es würde ihm dadurch besser gehen. Unter meinem dicken Pullover schwitze ich und ich versuche mir einzureden, dass die Übelkeit davon kommt und das Schwitzen von der hohen Raumtemperatur und meinem dicken Haar.

»Also, Sie waren schon bei einigen Ärzten und wenn ich das richtig verstehe, hat keine Beratung geholfen?«

»Es ist nicht ganz so einfach«, beginnt meine Mum vorsichtig, aber die Ärztin lächelt verständnisvoll.

»Das ist es selten. Leni, würdest du mir erzählen, was passiert ist, und lass bitte nichts aus. Wie geht es dir? Was hat sich verändert und wann hat es angefangen?«

Ich nicke, hole tief Luft und fange an.

Und als ich meine Gefühle und Gedanken erzählt habe, wie schon so oft, und mich schäme, wie so oft, fragt die Ärztin etwas, das zuvor niemand gefragt hat:

»Ist dein Alltag gerade ein Kampf, Leni?«

Niemand hat es ausgesprochen, auch ich nicht, aber es jetzt zu hören, löst etwas in mir aus.

»Ja«, antworte ich. Ja, mein Leben gleicht einem Kampf und das wird mir erst klar, nachdem sie es in Worte gefasst hat. Worte, die all das, was mir passiert ist, so gut beschreiben.

»Du fühlst dich meistens müde, gestresst, schläfst aber nicht gut, isst weniger, in besonderen Situationen reagiert dein Körper mit Schweiß und Übelkeit. Jetzt auch«, fügt sie sanft hinzu. »Gibt es Tage, an denen du nicht aufstehen kannst, an denen dir die kleinsten Dinge schwerfallen?«

Wieder antworte ich mit einem Ja. Sie macht sich Notizen.

»Du hast gesagt, du hast Panik bekommen. Kannst du mir sagen wovor?«

Über diese Frage muss ich länger nachdenken, was beinahe witzig ist, weil ich die letzten Monate unaufhörlich gegrübelt habe, warum das alles passiert.

»Ich bin mir nicht sicher. Es waren unterschiedliche Dinge und Situationen.«

»Okay, das machst du toll, Leni. Ich weiß, das muss schwer für dich sein, aber eine Frage habe ich noch. Wovor hast du am meisten Angst?«

Automatisch gleitet mein Blick zu Mum, die mir aufmunternd zunickt. Mein Atem wird hektisch, zu schnell, ich muss die Augen schließen und mich konzentrieren, in meinem Kopf ist es zu laut. Wovor habe ich solche Angst? Jetzt gerade …

Ich öffne die Augen, sehe die Ärztin an und schlucke den Kloß und die Schmerzen hinunter, die anders sind als die, die ich mein Leben lang kannte.

»Ich habe Angst davor, Angst zu haben«, wispere ich.

Manche Dinge erkennt man erst, wenn man sie ausspricht. Es tut unendlich weh. Sie sieht es, spürt es und das tut wiederum gut. Und das erste Mal seit Monaten verspüre ich so etwas wie Hoffnung. Das tut auch weh, weil es so fremd ist.

Dann sagt sie die Worte zu meiner Mum, die ich zugleich hören und nicht hören wollte. Einen Satz, den wir uns so sehnlich gewünscht, den wir gefürchtet haben.

»Ich denke, ich weiß, was Ihre Tochter hat.«

Wir sitzen da, erstarrt und angespannt und warten auf ihre nächsten Worte. »Ich bin mir sehr sicher, dass Ihre Tochter unter mehr leidet als Stress und Prüfungsangst. Es wäre denkbar, dass es damit begonnen hat, aber jetzt sind wir bereits auf einer anderen Ebene angekommen. Leni hat gerade erzählt, dass ihre größte Angst die Angst vor der Angst ist. Wir nennen so etwas Erwartungsangst. Sie entwickelt sich aus einem anderen Problem heraus und wird zu einem Teufelskreis. Meist können Panikattacken und Erwartungsangst nicht mehr getrennt werden.« Sie lehnt sich nach vorne, streicht eine Strähne ihres

Haares hinter ihr linkes Ohr und fixiert mich. »Ich bin Allgemeinmedizinerin, ich denke, du solltest ein Gespräch mit einem Facharzt der Psychiatrie und Psychotherapie führen.«

Psychiatrie ist das Einzige, das meinen Geist einnimmt und sich wie ein Echo vervielfältigt, mehr wird, lauter wird, schlimmer wird. Ich bin verrückt. Ich bin krank und verrückt und nicht mehr ich.

»Leni, konzentrier dich auf deine Atmung, sieh mich an.« Die Ärztin steht vor mir, sitzt nicht mehr hinter ihrem Tisch. »Atmen, langsam ein«, sagt sie mit ruhiger Stimme und macht es mir vor. »Langsam aus.«

Ich folge ihrem Beispiel, denke an nichts als meinen Atem. Ein und aus.

»Gut so. Du machst das super. Gleich ist es vorbei.«

Ich weiß nicht, wann, aber irgendwann wird es besser.

Mum sitzt kreidebleich neben mir, während mir ein Glas Wasser hingehalten wird.

»Trink einen Schluck, das wird dir guttun.«

Auch hier hat sie recht. Die kalte Flüssigkeit rinnt meinen Rachen hinab und es fühlt sich an, als würde sie die Reste der Attacke mit sich mitnehmen.

Die Ärztin bleibt vor mir stehen, lehnt sich mit dem Hintern an ihren Tisch.

»Leni, ich glaube, du hast gerade Panik bekommen oder Erwartungsangst, weil ich das Wort Psychiater benutzt habe. Das tut mir sehr leid. Du bist nicht verrückt. Du bist krank, das ist ein Unterschied. Und für deine Krankheit bin ich nicht der beste Arzt, der dir helfen könnte. Ein Psychotherapeut schon. Verstehst du das?«

Ich nicke, nehme noch einen Schluck Wasser, bevor ich ihr das Glas zurückgebe.

»Neben der Erwartungsangst, Prüfungsangst und den Panikattacken macht mir vor allem Sorgen, was über die Zeit daraus geworden ist.« Es fällt ihr sichtlich schwer, es auszusprechen, ich sehe es ihr an. Und als sie es sagt, verstehe ich es nicht. Ich höre das Wort, wiederhole es, aber verflucht, ich verstehe es einfach nicht!

22. JANUAR

depressionen

Die Diagnose lautet
Depressionen ...

23. JANUAR

Gestern war ich wie gelähmt. ANGSTSTÖRUNG, ERWARTUNGSANGST, DEPRESSIONEN, vermutlich ausgelöst und entwickelt durch PRÜFUNGSANGST und den Gedanken, NICHT GUT GENUG ZU SEIN. Diese Begriffe sollen alle in mir sein? Deshalb bin ich KRANK?

Sie sagte, wenn es schlimmer wird, kann ich sie jederzeit erreichen. Oder ich solle ins Krankenhaus gehen. Sie gab mir Tabletten. Ich werde sie nicht nehmen.

Und plötzlich bin ich NICHT MEHR LENI. Ich bin nicht mehr ich. Ich werde DEGRADIERT und VERFORMT, ich werde zu einer Studie, einem OBJEKT. Zu etwas, das man erforschen und untersuchen kann, etwas, das KAPUTT ist und ~~FEHLER~~ beinhaltet. Ich werde zu einem PROBLEM.

<u>24. JANUAR</u>

WIR HABEN ERST IN EINEM MONAT EINEN TERMIN BEI EINEM PSYCHOTHERAPEUTEN BEKOMMEN, HIER IN DER NÄHE.

<u>EIN</u> MONAT.

(upside down:) „ICH KANN NICHT MEHR."

25. JANUAR

Ich weiß nicht mehr, wie es ist, zur Schule zu gehen oder das Haus zu verlassen. Die Besuche bei den Ärzten waren die Ausnahme.

Ich habe Emma immer noch nicht geschrieben. Ich traue mich nicht. Was soll ich ihr schon sagen

Februar

1 Monat nach dem Wimpernschlag, der alles verändert hat und zu einem Tsunami wurde.

13

Die letzten Wochen haben Mum und Dad immer wieder versucht, mich glücklich zu machen, was mir nur mehr gezeigt hat, wie unglücklich ich bin. Oder sie wollten mich mitnehmen: auf die Arbeit, in den Park, in ein Einkaufszentrum, ins Kino, in den Supermarkt. Oft wollte ich nur in meinem Zimmer sein und in Ruhe gelassen werden. Ein paar Mal konnte ich mich nicht gut genug wehren. Wir waren im Kino, ich bekam Panik, sobald das Licht ausgeschaltet wurde und ich den Gedanken an all die Menschen, die um mich waren, gequetscht in diesen Raum, nicht verdrängen konnte. Ich musste sofort raus und bin über viele Füße gestolpert. Das war mir unangenehm, Mum und Dad wahrscheinlich auch, aber sie gaben nicht auf. Mum hat mich mindestens vier Mal mit einkaufen genommen. Wir sind mit dem Auto gefahren, das war okay. Dann kamen wir an und die Menschen, die vielen Gänge, nicht zu wissen, wann ich heimkomme, wo eine Toilette ist, war zu viel. Da habe ich das erste Mal gewusst, es ist Angst vor der Angst. Es war grauenvoll. Ich habe trotzdem nichts gesagt. Ich ging mit, wenn es sein musste, quälte mich durch, schwitzte, litt still. Beim vierten Mal klappte das nicht mehr so gut. Ich brach in einem Gang zusammen, weinte und flehte Mum an, mich nach Hause zu bringen, weil ich nicht mehr konnte, weil ich keine Luft bekam und mein Magen so schmerzte, weil die Angst so tiefgreifend war, dass ich glaubte, sie würde mich auf der Stelle verschlingen, wenn ich diesen Ort nicht sofort verlasse.

Danach durfte ich daheimbleiben, sie haben mich nicht mehr bedrängt. Es gibt gute und es gibt schlechte Tage. Solche, an denen sich alles fast wie damals anfühlt, und solche, an denen ich nicht die Kraft finde aufzustehen. Die mich an Grenzen bringen, die mich denken lassen, dass ich nicht stark genug bin und das nicht schaffen kann. Tage, an denen meine Ängste und dunklen Gedanken so klein sind, dass ich sie kurz einsperren kann, und Tage, an denen sie zu einem Ungeheuer werden, dem ich nicht gewachsen bin.

Ich habe durchgehalten.

Der Termin beim Psychotherapeuten Dr. Livert steht an. Heute kann ich es ohne Probleme zugeben: Ich habe Angst.

Gespräche mit Mum, ohne Mum, Fragebögen, Anamnese hier, Anamnese dort, Notizen, weitere Fragen und Tests. Und am Ende höre ich das, von dem ich hoffte, es würde nicht stimmen.

»Leni, du leidest unter einer affektiven Störung, wobei ich lieber von ›Stimmungserkrankung‹ spreche. Einer Depression. Dabei sind alle drei Hauptsymptome teilweise oder zur Gänze erfüllt, du leidest zusätzlich an drei Zusatzsymptomen mit Verdacht auf ein somatisches Syndrom.« Er nimmt seine Brille ab. »Das weist auf eine mittelschwere bis schwere Depression hin. Ich möchte, dass du wirklich verstehst, was das bedeutet und warum es bis zur Diagnose so lange gedauert hat. Deine Mutter hat mir von eurem Weg erzählt. Depressionen bei Kindern und

Jugendlichen sind teilweise schwer zu erkennen, da die Symptome oft alterstypischen Verhaltensmustern entsprechen. Daher tippten die Ärzte zuvor auf Stress, Prüfungsangst, letzte pubertäre Züge. Das mag hart klingen, aber ist nicht unplausibel. Ich gehe stark davon aus, dass die Depression erst durch deine Prüfungs- und Zukunftsangst entstehen konnte und durch deine jetzt voll ausgebildete Angststörung.«

Mum sagt nichts, ich tue das auch nicht. Wenn ich meinen Mund in diesem Moment öffnen würde, ich glaube, ich würde lachen, obwohl nichts davon ansatzweise lustig ist.

»Natürlich brauchen wir noch etwas Zeit, um das genauer zu untersuchen, und wesentlich mehr, damit es dir besser geht, aber das war der erste Schritt. Manchmal ist es das Schwerste, sich selbst einzugestehen, dass man Hilfe braucht, auch wenn es auf den ersten Blick nicht so scheint.«

Er schnappt sich einen komischen kleinen Block, notiert etwas, während ich meine Herzschläge zähle, versuche, mir nicht die Fingernägel an der Jeans auszureißen, weil ich zu fest daran ziehe, drücke, kratze. Trotzdem ist dieser Termin nicht ganz so unangenehm, wie ich befürchtet habe oder wie all die anderen davor. Dr. Livert ist nett und freundlich, er ist geduldig und schonungslos. Er hat mir nicht gesagt, ich soll mich zusammenreißen oder dass ich verrückt bin. Das ist gut. Oder nicht?

»Bitte machen Sie vorne einen neuen Termin aus«, sagt er meiner Mum, dann wendet er sich erneut mir zu. »Ich habe dir Tabletten verschrieben, eine, die du regelmäßig nimmst, eine für Notfälle.« Er betont das letzte Wort so schräg, dass ich darüber stolpere.

»Notfälle?«, wiederhole ich skeptisch.

»Falls du keinen Sinn mehr im Leben siehst und der Druck in dir zu stark wird.«

»Sie meinen, wenn ich den Wunsch verspüre, mich umzubringen?«, keuche ich.

»Das ist keine Seltenheit, Leni. Egal, wie stark man ist, manchmal ist die Depression stärker. Meine Notfallnummer findest du hier.« Er reicht mir eine Visitenkarte und klärt uns auf, wer ansonsten erreichbar ist und dass ein Krankenhausbesuch immer notwendig ist, wenn man das Gefühl hat, dass es das ist. Er spricht in einer Mischung aus Klarheit und Rätseln.

»Und was ist, wenn ich das nicht mehr will?« Meine Frage lässt nicht nur den Doktor verstummen, sondern auch Mum, die mich schockiert ansieht. Ich denke, sie haben meine Frage missverstanden. »Ich meine die Ärzte, das Hin und Her, wenn ich keine Tabletten will.« Ich schlucke schwer. »Ich will mein altes Leben zurück.«

Die Erleichterung ist nach meiner Erklärung nahezu greifbar, zumindest bei dem Doc und meiner Mum, nicht bei mir.

»Ich will dich nicht anlügen. Es kann dauern, bis das geschafft ist, es ist aber möglich, dass sowohl die Depression als auch oder besonders deine Angststörung nie ganz verschwinden, sondern lediglich besser werden. Ich kann dir also nicht versprechen, wieder die alte Leni zu werden, aber ich werde alles tun, damit du wieder so leben kannst, wie du das möchtest. Ich weiß nicht, wann es besser wird, aber dass es besser wird.«

Zitternd atme ich ein, halte seinem Blick stand und nicke.

»Okay«, entgegne ich. »Was tun wir jetzt?«

»Wie gesagt halte ich in deinem Stadium eine medikamentöse Therapie mit Antidepressiva für mindestens vier bis sechs

Monate für sinnvoll, außerdem weitere regelmäßige ambulante Therapiestunden.«

»Ambulant?«, fragt meine Mum zaghaft.

»Das heißt, dass sie regelmäßig zu Sitzungen kommt und dort therapiert wird, aber weiterhin zu Hause wohnt, es sind nur einige Stunden.«

»Nein«, widerspreche ich fest. »Nein, ich will das nicht.« Meine Locken springen hin und her, weil ich so heftig den Kopf schüttle. Dr. Livert beobachtet mich genau.

»Eine Therapie ist wirklich notwendig und sinnvoll, Leni. Nicht nur wegen der Depression, sondern auch deiner Angst. Sie wird nicht weniger werden. Angst setzt sich schnell fest.«

Oh, wem sagt er das. Aber ich schaffe das nicht. Jede Woche mit öffentlichen Verkehrsmitteln unter Menschen zu gehen, mich in dieses Wartezimmer zu setzen, etwas zu erzählen und danach zu hoffen, dass das aufhört – das Warten, die Schmerzen, die Angst, die Müdigkeit und diese Trauer.

»Eine stationäre Therapie würde ich anordnen, aber in Anbetracht deiner Angststörung habe ich Bedenken. Du wärst wochenlang nicht zu Hause, nicht im richtigen Leben, wir würden dich nur von dem, was dir Angst macht, weiter isolieren.«

Tränen rinnen über meine Wangen. Genau das will ich. Weg, einfach weg. Ich muss das schaffen.

»Ich habe auch so kein richtiges Leben«, schluchze ich und es zerreißt mich innerlich, dass meine Mum das hören muss. Sie kann nichts dafür. Sie tut, was sie kann, genau wie Dad. Aber das reicht nicht. Es reicht einfach nicht.

Dr. Livert seufzt.

»Lass es uns versuchen. Acht Wochen sollte der Aufenthalt mindestens dauern, danach schauen wir weiter, ob eine Verlängerung sinnvoll ist oder eine ambulante Therapie folgt, die du unter Umständen direkt in der Klinik machen kannst. Ich werde mich um einen Platz für dich bemühen, solange helfen dir die Medikamente und wir werden uns jede Woche sehen, sofern du das möchtest und schaffst.«

»Ja, das schaffe ich.« Auch wenn ich gerade klinge, als würde ich auseinanderbrechen. Mum ist blass. Bevor wir gehen, erklärt der Doc mir, wie ich die Tabletten einzunehmen habe.

»Danke, Dr. Livert. Wir … wir melden uns und ich mache vorne einen neuen Termin.« Mum steckt die Karte in ihre Tasche, ebenso die Rezepte.

März
2 Monate nach dem Wimpernschlag, der alles verändert hat und zu einem Tsunami wurde.

14

Mein Handy vibriert zum dritten Mal. Es nervt mich, ich will, dass es aufhört, aber ich bringe nicht die Kraft auf, danach zu greifen. Der Fernseher läuft, ich schaue hin, aber ich sehe nichts, dafür sind meine Gedanken zu laut, es sind zu viele. Ich fühle mich wie ein Stück rohes Fleisch, schmerzhaft, leidend, entblößt, bewegungsunfähig. Dad arbeitet jetzt von zu Hause aus, kommt alle halbe Stunde zu mir und fragt, ob es mir gut geht. Wenn er das gleich noch mal tut, weiß ich nicht, ob ich dem Drang widerstehen kann, ihn anzuschreien. Mein Körper ist schwer, damit kann ich umgehen, aber all das in mir drin – das ist es, was mich fertigmacht. Die Schmerzen, die man nicht sieht, die Risse, die keiner erkennt, die endlose Schwere und Frustration. Ich will aufstehen, ich will glücklich sein. Aber ich kann nicht. Ich habe nicht genug Kraft …

Wir warten auf einen Platz in einer Klinik. Seit Wochen nehmen sich Mum oder Dad Zeit, mich zu Dr. Livert zu fahren, damit ich dort meine Therapie machen kann. Ob es etwas bringt, kann ich nicht sagen, aber es kostet mich jede Menge Überwindung. Die Antidepressiva nehme ich seit über einem Monat und es wäre gelogen, wenn ich behaupten würde, es hat sich etwas verändert.

Dr. Livert sagt, das braucht seine Zeit. Ich habe manchmal das Gefühl, ich habe davon nicht mehr viel.

Das Handy hat ein weiteres Mal vibriert. Seufzend schaffe ich es, meinen Arm zu heben und zu strecken. Danach zu greifen und es zu mir zu ziehen. Das Displaylicht tut mir in den Augen weh, so hell ist es.

Vier Nachrichten von Emma. Etwas krallt sich in meine Brust, vielleicht Angst, vielleicht Schuldgefühle, dennoch tippe ich drauf und öffne sie.

>»Leni, geht es dir gut? Du kommst nicht mehr zur Schule, du meldest dich nicht, wir haben Silvester nicht zusammen verbracht. Verflucht, ich mache mir Sorgen.«

>»Sind wir keine Freunde mehr? Du konntest immer auf mich bauen! Wieso tust du es jetzt nicht?«

>»Gut, dann eben nicht! Dann ist es mir ab jetzt egal, okay? Es ist mir scheißegal, wie es dir geht und was mit dir ist.«

>»Natürlich ist es mir nicht egal. Ich bin nur stinkwütend! Und ich mache mir Sorgen. Man lässt mich nicht zu dir, du gehst nicht ans Telefon, du schreibst nicht. Was soll ich noch tun?«

Ich weiß es nicht. Was sollte ich auch schreiben? Ich will kein Egoist sein, ich will kein Mitleid und ich bin mir sicher, sosehr Emma es versuchen würde – und das würde sie –, sie wird es nicht verstehen können.

Depressionen. Scheiße, ich verstehe das selbst nicht. Ich habe es, mir geht es dreckig, aber ich fühle mich so mies deswegen. Ich meine, wer ist denn nicht stark genug aufzustehen? Einfach nur das Bett zu verlassen, etwas zu essen oder zu duschen? Wie kann man dazu keine Kraft finden? Ich schäme mich. Und ich will nicht, dass sie das auch tut. Emma soll nicht sehen, wie schlecht ich mich fühle.

Eine neue Nachricht. Wieder Emma.

»Werd jetzt nicht sauer, aber ich hab die Tage oft versucht Steph anzurufen. Ungefähr einhundert Mal. Eben auch. Bis sie mir gesagt hat, was los ist. Scheiße, Lenida! Wieso hast du nichts gesagt?«

Schluchzend schleudere ich das Handy durch mein Zimmer und wickele mich in meiner Bettdecke ein.

Wieso hört das nicht auf? Ich kann nicht mehr. Ich kann nicht mehr.

Ich greife nach den Notfalltabletten ...

Still, so still.
Leicht und einfach.
Es ist unbeschreiblich hier.

Jeder Muskel tut weh, meine Kehle ist staubtrocken, meine Augen geschwollen. Mein Zimmer riecht eigenartig. Hat Mum geputzt? Mit einem Kanister Desinfektionsmittel?

Das ist nicht mein Zimmer. Ich kann teils nur verschwommen sehen, blinzle ohne Unterlass, bin noch müde, aber das hier gleicht einem Krankenhaus. Nein, es ist definitiv eines.

Dad ist versunken in ein Buch, Mum ist am Fußende mit dem Kopf auf der Decke eingeschlafen. Es ist Nacht.

»Dad?« Es ist ein leises Krächzen, während ich mich versuche aufzusetzen.

Er schaut überrascht auf, seine Lektüre kracht zu Boden, Mum schreckt hoch. Beide starren mich an wie einen Geist, nur dass Mum sofort anfängt zu weinen.

»Bist du wahnsinnig geworden?« Dad springt auf, kann sich selbst nur schwer zügeln und ich spüre die aufkommende Panik. Etwas piept hier, so ein Gerät neben dem Bett, dessen Schläuche irgendwo an mir enden. Es piept schneller und lauter und Mum rügt Dad, dass er sich gefälligst beruhigen soll. Ich verstehe nicht, was hier los ist. Meine Augenbrauen ziehen sich zusammen, ich blinzle unentwegt und bin noch dabei, mich zu sortieren, zu verstehen, warum ich hier bin.

»Schatz, wie fühlst du dich?« Mum nimmt meine Hand, Dad geht auf und ab, fährt sich unentwegt übers Gesicht und durch die Haare.

»Müde und schlapp. Meine Muskeln tun weh.« Jedes Wort verlässt mit Bedacht meinen Mund.

»Weißt du, warum du hier bist?«

Ich schüttle den Kopf, Mum atmet auf.

»Was ist los?«

»Tom, sie wollte das nicht«, sagt Mum voller Überzeugung.

»Was wollte ich nicht?« Vollkommen verwirrt schaue ich zwischen den beiden hin und her, aber Dad nuschelt nur: »Ich brauche einen Moment«, und verlässt den Raum. Das Bett neben mir ist leer.

»Dein Vater hat dich gefunden, ich war auf der Arbeit. Das war vor zwei Tagen.«

Warte, was? Zwei Tage. Hat mich gefunden? Ich kapiere nichts davon.

»Du warst immer nur kurz wach, aber ich glaube, du weißt nichts mehr davon. Er wollte nach dir schauen, in deinem Zimmer.« Ihre Stimme klingt kratzig, nicht so weich und ruhig, wie ich es von ihr gewohnt bin. »Du lagst auf dem Boden, er glaubt, du bist vom Bett gefallen. Du hattest starke Krämpfe und hast nicht auf ihn reagiert. Du warst nicht bei Bewusstsein. Er hat sofort den Krankenwagen gerufen und dich nach unten getragen, hat deine Tabletten eingesteckt. Überdosis.«

Das ist wie ein Schlag ins Gesicht. Überdosis.

Ich hätte sterben können?

»Ich habe nicht … das heißt, ich weiß nicht … Ich wollte nicht«, stottere ich vor mich her, das Gerät neben mir piepst schon wieder.

»Weißt du, was hätte passieren können? Was dein Vater und ich mitmachen? Weißt du das?«

Ich schlucke schwer, ertrinke in einer Mischung aus Trauer, Leid, Schmerz. Niemals wollte ich, dass jemand wegen mir leidet, nie! Und nein, ich weiß nicht, was ihr mitmacht, weil ich gerade selbst etwas Grausames, Allesverzehrendes durchzustehen versuche, das von euch doch auch niemand versteht. Und aus Schock und *es tut mir leid* wird Wut. Wie gerne würde ich schreien: Wisst ihr, was ich mitmache?

Eine Krankenschwester kommt samt Arzt herein, mein Dad hinter ihnen.

Ich wollte nicht sterben. Aber ich bin mir nicht sicher, ob sie mir das glauben werden. Wie viel liegt schon zwischen einer versehentlichen Überdosis und einer *gleich ist es vorbei*-Überdosis? Wenn ich nicht bald ruhiger und kontrollierter atme, kollabiere ich …

07. MÄRZ

ICH WILL LEBEN!

(Hintergrund, wiederholt:) ICH WILL LEBEN

08. MÄRZ

Genieße jeden Tag deines Lebens, jede wundervolle Minute und jeden schönen Augenblick, denn du hast keine Ahnung, wann sich Wolken vor deine Sonne schieben und alles verdunkeln können. Niemand wird dir sagen, wann und ob sie je wieder verschwinden.

Das ist keine Floskel. Es ist etwas, das wir nicht mehr hören können, das uns nervt. Aber das macht es nicht weniger wahr – und das wissen wir.

09. MÄRZ

Ich bin wieder daheim. Mehr denn je wird mir klar: Mein Leben ist aus dem **GLEICHGEWICHT**

Es fühlt sich an, als würde ich fallen, während ich mit meinen Füßen fest auf dem Boden stehe und mich nicht rühre. Als würde ich schreien, ohne den Mund zu öffnen.

Es wurde nicht weniger, es wurde schlimmer. Ich bin fast immer traurig und müde und kraftlos. Ich bin ein Abklatsch meiner selbst. Ich fühle mich so ... wertlos.

Von einem auf den anderen Moment hatte ich Angst vor so vielen Dingen, dass ich aufgehört habe, sie zu zählen. Eine dieser Ängste ist immer da, mein ständiger Begleiter. Eine Furcht, die so viel grausamer ist als alle anderen. Die, dass ich nie wieder aufhören kann, Angst zu haben. Dass das alles hier nie endet.

24. MÄRZ

All das hat mein Leben auf den **-T-d-O-K-** gestellt. Es wurde einfach so in ein Vorher und ein Nachher geteilt. Ich war ein ganz *normaler* Teenager mit ganz *normalen* Problemen. Jetzt weiß ich nicht mehr, wer ich bin.

Wegen der ·TABLETTENSACHE· kann ich schon in zehn Tagen stationär aufgenommen werden. Weil sie denken, dass ich jetzt vollkommen hinüber bin.

Matti
15

Hände hoch, Hände runter, zur Seite mit ihnen, wieder zusammen. Luis lacht laut auf, bevor er seine Handflächen erneut gegen meine schlägt und es laut klatscht. Mein kleiner Bruder hat auch allen Grund, fröhlich zu sein, schließlich ist er erst zehn und mit zehn hat man noch keine Probleme. Zum anderen ist er gesund. Letzteres bedingt wohl das andere, denke ich.

»Seid vorsichtig!«, ruft unsere Mutter aus der Küche und ich brülle zurück: »Keine Panik, ich passe schon auf Luis auf!« Ich kann förmlich spüren, wie sie die Augen verdreht. Sie vergöttert meinen Bruder, genauso wie Paul es tut, der gerade bei ihr sitzt und mit ihr Kaffee trinkt. Er ist Luis' Vater, nicht meiner, deshalb bleibt er *Paul*. Ich denke, er ist genervt von mir, weil Frau Nummer drei – also meine Mum – ihr ganzes nicht hart verdientes Geld wegen mir »zum Fenster rausschmeißt«. Das würde er natürlich nie sagen oder zugeben, aber es ist so. Das Einzige, das er an mir schätzt, ist, dass ich Luis liebe. Aber wer tut das nicht?

»Spielen wir noch eine Runde?«

»Heute nicht, du musst ins Bett. Es ist schon nach neun.«

»Ich bin nicht müde«, sagt er schmollend. Ja, das ist er nie. Es wird von Woche zu Woche schwieriger, ihn ins Bett zu kriegen.

»Ab mit dir, morgen ist Schule.«

»Das ist so unfair! Du musst nicht zur Schule, du kannst hier lernen. Ich will das auch.«

Ich lächle jedes Mal, wenn er das sagt, auch wenn es mich verletzt, und denke mir: Nein, glaub mir, das willst du nicht.

»Das verstehe ich, aber das Leben ist nun mal nicht fair. Es ist gut, dass du das schon verstanden hast«, lobe ich ihn auf eine wirklich sehr sarkastische Weise, die ihn dazu bringt, mir zuerst die Zunge rauszustrecken, wieder zu lachen und mich danach zu umarmen.

»Gute Nacht, Matti!«

»Gute Nacht, großer Bruder.« Es macht ihn immer ganz stolz, wenn ich das sage.

Wie auf Kommando kommen Paul und unsere Mum zu uns ins Wohnzimmer. Paul schnappt sich Luis und trägt ihn nach oben, während Mum sich neben mich auf die riesige Eckcouch setzt, deren fürchterlicher Beerenton, wie sie sagt, perfekt zu dem grauen Teppich passt.

»Es ist Zeit.«

Ich bin es, der seufzt, nicht sie. Sie ist wirklich eine gute Mutter. Ich nehme es ihr nicht übel, dass es ihr ab und an zu viel wird und sie sich wünscht, sie hätte zwei gesunde Kinder. Ich wünsche mir das auch. Aber hey, mein Dad ist schuld. Also der richtige. Zumindest sehr wahrscheinlich.

»Weißt du, wir müssen das nicht jeden Tag machen, es geht mir gut.« Das entlockt meiner Mum ein zaghaftes Lächeln. Sie legt ihre zierliche Hand an meine Wange.

»Das ist lieb von dir, aber ich mache das hier für dich. Und du weißt, dass es wichtig ist. Gerade du weißt das! Frank sagt, wir dürfen es nicht auslassen.« Frank ist mein Privatarzt. Ja, richtig gehört. Er hat zwar eine eigene Praxis, aber er bekommt von uns ziemlich viel Geld, damit er auf Abruf bereitsteht, wann immer nötig Hausbesuche macht und uns berät. Das ist schon so, seit ich denken kann, weshalb Frank quasi zur Familie gehört. Nun gut, ein Onkel, der dafür bezahlt wird, einer zu sein. So könnte man es erklären. Er ist mittlerweile Mitte fünfzig und lässt sich gerade einen mächtigen grauen Bart wachsen.

»Los, rutsch näher und gib mir deine Hand. Zwing mich nicht, Frank zu rufen. Er wird dir ordentlich die Leviten lesen und ich weiß, du hasst das.«

Ich verziehe bei ihren Worten das Gesicht. Niemand will von Frank zusammengestaucht werden, er kann richtig wütend werden, wenn es um das Thema Gesundheit geht. So wütend wie Luis, wenn er nicht das letzte Stück Schokolade bekommt.

Widerwillig tue ich, was sie sagt. Es ist immer das Gleiche, nur nicht am selben Ort. Mum fängt bei den Händen an, tastet die Finger ab, die Knochen und Gelenke, manchmal schließt sie dabei die Augen. Danach geht es die Arme hinauf zu den Schultern, am Hals entlang zum Nacken, den Rücken hinunter, nach vorne zu den Rippen und nach unten über die Hüfte, die Beine entlang zu den Füßen. Das macht sie, seit ich denken kann, jeden Abend. Ich bin es leid, dass sie das tun muss. Und ich bin es leid, in diesem Leben eingesperrt zu sein.

Ihre Finger verweilen lange an meinem linken kleinen Finger.

»Oh, Matti. Ich hab gesagt, ihr sollt aufpassen!«

»Das haben wir«, gebe ich trotzig zurück, aber in meinem Zustand ist das wirklich nicht besonders einfach.

»Der Finger fühlt sich geschwollen an. Tut es …« Sie stoppt sich sofort, ihre Wangen färben sich rot.

»Schon gut«, sage ich zuversichtlich. »Es tut mir leid. Ruf Frank an.« Ich nicke ihr zu und sie nickt zurück, bevor sie aufsteht und zum Hörer greift.

Sie wollte fragen, ob es wehtut. Manchmal passiert ihr das, wenn sie vergisst, dass ich anders bin. Ich mag diese Momente, weil ich mich eine Sekunde lang wie ein verflucht normaler Junge fühlen kann. Eine Sekunde.

Ich habe HSAN Typ IV oder auch *hereditäre sensorische und autonome Neuropathie Typ IV* – klingt ziemlich dramatisch, ist es auch. Übersetzt bedeutet das: Matti darf sein Leben nicht leben und ist voll am Arsch. Zumindest solange meine Mutter da noch ein Wörtchen mitzureden hat. Eigentlich bedeutet es aber, dass ich weder körperliche Schmerzen verspüre noch richtig schwitzen kann, okay, eigentlich gar nicht, weshalb jeder Raum dieses Hauses eine Klimaanlage besitzt für eine optimale Raumtemperatur zu jeder Jahreszeit. Außerdem ist mein Temperatursinn massiv gestört, weshalb ich mich schnell mal an irgendwas verbrenne. Es ist zum Kotzen. Es hat lange gedauert, bis sie es festgestellt haben. Als Kind habe ich wenig geweint und als ich anfing, die Welt zu erforschen, habe ich mich auch bei Verletzungen nicht beschwert. Als ich in Scherben gekrabbelt bin und meine kleinen Hände geblutet haben, ich aber einfach lachend weitergerobbt bin – nun ja, ab da ging ihnen wohl ein Licht auf. Wie gesagt, es war nicht einfach, meine Krankheit ist so was wie ein beinahe ausgestorbenes Tier: sehr, sehr selten. Richtig selten.

Jackpot, ich hab es erwischt! Und warum mein Erzeuger schuld ist? Weil es einfacher ist, ihm die Schuld zu geben als meiner Mutter. Die Krankheit wird autosomal-rezessiv vererbt, das heißt, beide müssen Träger der Krankheit gewesen sein. Das Witzige dabei ist, dass ich eine Chance von 2:1 hatte. Ich hätte gesund sein können oder auch ein Träger ohne Symptome. Aber ich bin krank.

Meine Mutter war danach lange ziemlich fertig, auch noch Jahre nach der Diagnose und der Ursachenfeststellung. Sie konnte nicht glauben, dass sie mir das angetan hat, was sie ja, genau genommen, auch nicht hat. Ihre Eltern und Großeltern hatten die Krankheit nicht. Wahrscheinlich waren sie nur Träger. Alle, bis auf mich. Ich habe die genetische Veränderung von beiden abbekommen, die Mutation sitzt in beiden Kopien eines Gens. Bei meinem Vater wissen wir es nicht. Als ich alt genug war, beichtete Mum mir, dass es ein One-Night-Stand war und sie ihn nie wieder gesehen hat. Mich wollte sie trotzdem.

»Frank ist in zehn Minuten da. Er wollte gerade essen. Mach dich auf einen langen Vortrag gefasst.« Mum grinst fies. Na super.

April
3 Monate nach dem Wimpernschlag, der alles verändert hat und zu einem Tsunami wurde.

16

In meinem Koffer befinden sich die üblichen Dinge wie Klamotten, Hygieneartikel und Schuhe. Außerdem ein Vorrat an Pfefferminztee, weil ich nicht weiß, ob es dort welchen gibt und ich diesen Tee wirklich brauche. Mein Rucksack beherbergt eine Packung Taschentücher, meine Medikamente, mein Handy samt Ladegerät und Kopfhörern, ein paar Stifte und mein Tagebuch. Das war's. Mehr nehme ich nicht von daheim mit.

Heute Morgen habe ich mich das erste Mal seit einer Ewigkeit wieder übergeben. Die Aufregung und die Angst waren zu groß, es hat Mum und Dad jede Menge Zeit gekostet, mich aus dem Bad zu kriegen. Einige Stunden, einen Batzen Geduld, viele verlorene Nerven und unzählige Taschentücher später sitzen wir im Auto und lassen die Großstadt und unser kleines Zuhause hinter uns. Nein, falsch, *ich* lasse es hinter mir und noch immer rumort es in meinem Magen. Ob ich all das schaffe und aushalte, weiß ich nicht, aber ich will es versuchen. Was bleibt mir sonst? Ein Leben eingesperrt in meinem Zimmer, weil meine Angst zu groß ist? Oder ein Leben voller Trauer? Das klingt wahrscheinlich paradox, aber ich habe mich entschieden, das nicht zu wollen, auch wenn jede Faser meines Ichs genau das möchte: nie wieder aus meinem Zimmer und meinem Bett kriechen, traurig sein und verloren. Heute kann ich das zugeben, heute ist ein guter Tag. Ich hatte zwar eine Panikattacke, aber die Depression begräbt mich nicht unter sich. Das Aufstehen war kein Problem, ich fühle mich heute etwas leichter. Es wäre möglich, dass die medikamentöse Therapie anschlägt.

Die ersten Bäume ziehen an uns vorbei. Mein neues Heim für mindestens die nächsten acht Monate nennt sich schlicht *Waldklinik Taunus*. Sie liegt mitten im Wald – wer hätte das gedacht? – und ist eine Klinik speziell für Kinder und Jugendliche. Erwachsene werden höchstens ambulant behandelt. Mum und Dad haben sie sich vor ein paar Tagen angesehen, mit dem Arzt gesprochen. Ich konnte nicht mit, es ging einfach nicht. Es war einer der weniger guten Tage.

Wir sind da. Keiner von uns hat geredet, seit meine Eltern es geschafft haben, mich daheim aus dem Badezimmer zu kriegen. Wir steigen aus und ich bin für einen Moment überrascht, wie anders sich die Welt hier anfühlt. Ich war schon immer ein Stadtkind und Ausflüge aufs Land oder in einen Wald sind für mich zu lange her, als dass ich mich an sie erinnern könnte. Die vielen Bäume, deren Äste und Blüten und Blätter im Wind tanzen, das Licht, das durch sie hindurchbricht, die frische Luft, die hier kälter ist als mitten in der Stadt trotz des Frühlings, dringt tief in mich ein und all das hier gibt mir das Gefühl, genau am richtigen Ort zu sein. Nicht an der richtigen Adresse, sondern am richtigen Ort. Das ist ein Unterschied.

Zitternd sauge ich es in mich auf, kann meinen Blick nicht vom Wald abwenden, dem ich mich auf unerklärliche Weise verbunden fühle. So als hätte er wie ich seine Geheimnisse zu hüten und seine Schlachten zu schlagen. Ich lache auf.

»Was ist so komisch?«, fragt Dad und tritt neben mich. Er folgt meinem Blick, in den Wald hinein. Mum umrundet das Auto, stellt sich zu uns.

»Ich dachte immer, ich mag die Stadt, aber ich denke, ich lag falsch. Ich kannte den Wald noch nicht.« Strahlend sehe ich zu Dad auf, der mir lächelnd zunickt.

»Früher habe ich auf dem Land gelebt, ich zog erst zum Studium in die Großstadt.« Wie konnte ich das nicht wissen? Wahrscheinlich, weil ich nie gefragt habe. »Ich weiß, was du meinst«, gesteht er.

»Ja, ich war es, die in der Stadt bleiben wollte. Ich habe dort alles, was ich brauche. Ein Leben ohne diese Vorzüge könnte ich mir nicht vorstellen. So voller Ruhe.« Mum zieht die Nase kraus, Dad lacht und schüttelt den Kopf.

»Glaub mir, deine Mutter und ich haben diese Diskussion schon oft geführt. Wir sollten es noch mal tun, wenn du wieder daheim bist, denn jetzt habe ich, wie es scheint, einen Komplizen«, sagt er verschwörerisch und zwinkert mir zu, während Mum so was nuschelt wie *auf keinen Fall*.

Ich hingegen erliege in diesem Moment wieder meinem Fehler, dem Fleck in mir, der Dunkelheit und Schwermut. *Wenn du wieder daheim bist.* Dads Worte klingen in mir nach und mir wird zu deutlich, was ich vor mir habe. Dass ich nicht mehr nach Hause kann für eine Weile. Die Angst kommt wieder, nein, eigentlich ist sie immer da und weil ich nicht weiß, was ich tun soll, schmeiße ich mich in Dads Arme und weine und sage ihm immer wieder, dass es mir leidtut.

Es tut mir so leid.

Ich bin kaputt.

Während wir auf den Eingang der Klinik zugehen, krame ich Erinnerung um Erinnerung hervor von mir, wie ich mal war. Mein früheres Ich ist bereits acht Monate fort. Es war schon im Begriff zu verschwinden, als es mir noch nicht klar war, und ich hole all diese Erinnerungen hervor, weil ich es vermisse, auch wenn ich mich danach schlechter fühle.

Ich vermisse es, viel zu lachen und wenig zu weinen, normale Dinge zu tun, aufstehen zu können, ohne das Gefühl zu haben, das Schicksal der Welt laste auf meinen Schultern oder ihr Schmerz tief in mir. Ich vermisse es, atmen zu können, frei und tief, und genug zu sein, ehrlich zu sein und glücklich. Ja, ich will wieder genug sein.

Diese Sehnsucht zerdrückt mich, aber ich will sie festhalten, egal, wie weh es tut. Egal, ob ich mein altes Ich zurückbekomme oder nicht, ich will auf keinen Fall vergessen, dass es einmal da war.

Erinnerungen tun meistens weh, genauso wie Wünsche. Wir werden trotzdem nie aufhören, welche zu machen.

Das riesige rote Backsteingebäude mit zwei passenden Türmen, je einen pro Seite, sieht mitten im Wald beinahe magisch aus. Der Kiesweg, der zum Eingang führt, wirkt schön und edel und der kleine Fluss, den ich jetzt erst bemerke, verschwindet hinter der Klinik. Trotz der lauen Temperaturen ziehe ich mein Jäckchen enger um mich, der Wind ist heute sehr frisch. Dad hält meinen Koffer, Mum meine Hand. Bis wir vor dem Eingang stehen. Das Klinikschild ist einfach gehalten, schlicht und klar. Die Glastür schwingt von allein auf, wir treten auf hellgraue Fliesen in einen hellen weißen Raum, ein kleines Foyer mit einigen Pflanzen bestückt und viel Licht. Mum und

Dad steuern bereits auf die Rezeption zu. Wenn ich es nicht besser wüsste, würde ich denken, ich checke in ein Hotel ein.

Eine spindeldürre Frau mit eingefallenen Wangen und zu großer Brille lächelt uns warm an.

»Hallo, wie kann ich Ihnen helfen?«

»Guten Tag. Wir sind hier, um unsere Tochter Leni ...« Mein Dad stockt, ringt nach Worten.

Ja, um mich was? Abzugeben? Zu übergeben? Hierzulassen? Trifft alles zu, aber ich verstehe, dass er es nicht aussprechen kann. Deshalb übernehme ich.

»Mein Name ist Leni Peters und ich denke, heute beginnt mein stationärer Aufenthalt bei Ihnen.« Man bemerkt das Zittern in meiner Stimme kaum, da bin ich sicher, auch wenn ich Mums lautes Ausatmen höre und sehe, wie Dad kurz die Augen schließt.

Niemand hat gesagt, dass das hier einfach wird.

»Willkommen, Leni. Schön, dich kennenzulernen. Mein Name ist Ulrike, aber man nennt mich einfach Ulli, zumindest inoffiziell.« Sie lächelt noch breiter, wendet sich danach wieder meinen Eltern zu. Ich trage es ihr nicht nach. »Ich glaube, ich erinnere mich an Sie. Sie waren hier, aber ohne Leni, richtig?«

Beide nicken, ich mache mit.

»Peters sagten Sie, einen Moment.« Sie schiebt ihre Brille ein Stück nach oben, richtet ihren Blick auf den Bildschirm ihres PC und tippt auf der Tastatur herum. »Ah, da habe ich dich, Leni. Du wirst von Frau Belfor betreut, sie hat heute auch Schicht. Ich werde oben anrufen und sie informieren, nehmen Sie gerne einen Moment Platz, sie wird sofort bei Ihnen sein.«

Sie weist auf eine Sitzgruppe zu ihrer Rechten und hebt danach den Hörer ab.

Nach kurzem Zögern legt Dad seine Hand auf meinen Rücken und schiebt mich sanft Richtung Sitzecke. Mum folgt uns. Wir setzen uns hin und warten. Vor allem schweigen wir, dabei gibt es so viel zu sagen. So etwas wie *Entschuldigt, dass ich euch das Leben gerade so schwer mache, aber wenn es euch beruhigt, meines ist auch beschissen* oder *Es tut mir leid, dass ich kein »normales« Kind bin* oder *Es tut mir leid, dass ihr mir nicht helfen könnt und dass ich es nicht kann und dass ich hierher muss* oder einfach nur *Ich liebe euch.*

Keiner der Sätze verlässt meinen Mund. Sie hängen alle irgendwo fest und verhaken sich ineinander.

Als eine große Frau mit strengem Pferdeschwanz um die Ecke biegt, kurz beim Empfang anhält, nur um danach auf uns zuzusteuern, weiß ich, dass ich keine Zeit mehr habe, um auch nur ein Wort all dieser Sätze hervorzupressen. Manche Momente verpasst man und das Schlimme daran ist, dass man es ganz genau merkt.

Also schlucke ich sie hinunter und verbanne sie in die Tiefen meiner selbst.

»Herr und Frau Peters, schön, Sie wiederzusehen«, begrüßt sie meine Eltern mit samtweicher, klarer Stimme und gibt ihnen die Hand, bevor sie sie mir hinhält. »Hallo, du musst Leni sein. Willkommen in der Waldklinik. Ich bin die Leiterin von Station Zwei, dein Zuhause für die kommenden Wochen. Ich werde dich begleiten und immer da sein, wenn du mich brauchst.« Sie sieht mich so freundlich an, mit wachen dunkelbraunen Augen, dass ich ein Wimmern unterdrücken muss.

Eine Mischung aus Verzweiflung und Erleichterung, weil ich sie wirklich sympathisch finde. Weil ich mich für einen kleinen Augenblick durch sie wie die alte Leni gefühlt habe, nicht wie ein kaputter Abklatsch von ihr.

Sie setzt sich zu uns.

»Die Details mit der Krankenkasse und dem Aufenthalt haben wir bereits geklärt. Falls sich Änderungen in Sachen Therapie und Medikation ergeben, informieren wir Sie umgehend. Ebenso, falls der leitende Chefarzt oder die leitende Psychotherapeutin ein Gespräch mit Ihnen für angemessen oder notwendig erachten.« Sie lächelt mich kurz an, bevor sie fortfährt. »Denken Sie daran, dass die Besuchszeiten klar geregelt sind und dass die ersten vier Wochen keine stattfinden, damit Leni sich voll auf sich und ihre Therapie konzentrieren kann. Zumindest zu Beginn.«

Keine Besuchszeiten am Anfang? Meine Finger krallen sich in den groben Stoff des Sitzes unter mir. Das hat mir niemand gesagt. Schockiert starre ich meine Eltern an. Ich springe auf.

»Ich kann das nicht, ich will nach Hause. Es geht mir gut.« Ich rede zu schnell, ich schwitze, ich nicke zu oft. Wahrscheinlich nicht sehr überzeugend.

Dad ist sofort bei mir. »Vier Wochen sind ganz schnell vorbei und dann sehen wir uns wieder.« Mit belegter Stimme will er mir Mut zusprechen, aber das funktioniert nicht. In mir ist alles so zerbrechlich und schwach, ich kann nichts festhalten.

»Lasst mich nicht hier«, keuche ich heiser und kralle mich in Dads Pilotenjacke.

Seine Finger greifen nach meinen, er gibt mir einen Kuss auf die Stirn, bevor er sie wegnimmt und mich auf Abstand hält,

Tränen schimmern in seinen Augen. Mum kommt zu uns, sie umarmt mich.

»Mein Schatz, du kannst das und du wirst wieder nach Hause kommen. Es geht dir nicht gut und das ist okay. Verstehst du? Es ist okay.« Vorsichtig nicke ich an ihrer Brust, drücke sie fest an mich und versuche, das Kratzen in meinem Hals wegzuräuspern. »Du bist nicht weniger wert als vorher. Für uns wirst du immer die Welt sein«, sagt sie so leise, dass nur ich es hören kann, und dieser Satz bricht alle Dämme, reißt sie ein, lässt sie liegen. Ich weine nicht, ich zerfließe. Weil sie so etwas sagt und weil ich es glauben will, aber in mir sitzt etwas, das mir ein ganz anderes Gefühl gibt, mich niederschlägt und zerdrückt, und ich hasse das.

Ich hasse es, mich selbst zu hassen.

03. APRIL

~~es geht mir gut.~~

~~ich schaffe das.~~

~~ich bin nicht alleine.~~

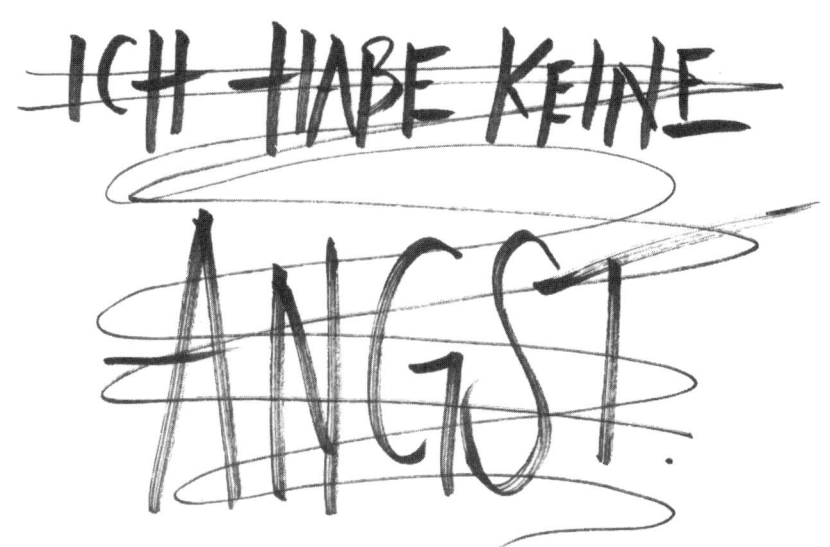

17

Der Fahrstuhl ist klein und an einer Seite verspiegelt, sodass ich mir beim Angst haben zusehen kann. Es ist zu eng, zu stickig, ich kann nicht raus. Keine Kontrolle. In mir tobt ein Sturm, doch wenn ich in den Spiegel sehe, sehe ich nur eine blasse, dünne Leni, die sich nicht bewegt. Das ist so falsch. Ich schließe die Augen, konzentriere mich auf meine Atmung. Es ist nur der zweite Stock, gleich sind wir da.

Frau Belfor steht neben mir, selbst wenn sie etwas bemerkt, sagt sie es nicht.

Wie auf Kommando ertönt ein dumpfes Ping und die Fahrstuhltür gleitet auf. Die Flure sind in einem hellen Pastellgelb gestrichen, Bilder hängen an den Wänden, der Boden ist weiß gefliest.

»So, wir sind da. Zuerst werde ich dir dein Zimmer zeigen und ein paar Dinge mit dir besprechen, danach kannst du erst einmal richtig ankommen. Nachher kann dich auf Wunsch gerne jemand herumführen und dir alles zeigen. Hier entlang.« Sie zeigt den Flur hinunter, wir gehen vorbei an einem weiteren Empfangstisch, der allerdings gemütlicher aussieht mit einer Art Aufenthaltsraum daran. Der Flur geht bereits nach kurzer Zeit in eine Art Aula über, in der Mitte finden sich verschiedene Sitzmöglichkeiten, wie eine Couch, Sitzsäcke, Sessel, sogar eine Hängematte wurde aufgestellt.

»Das hier ist der Haupttreffpunkt dieser Station«, beginnt Frau Belfor. »Hier kann man seine Freizeit verbringen, sich mit anderen treffen, lesen. Manchmal finden besondere Kurse statt, für ein bisschen Abwechslung. Von hier aus gelangst du zu jedem Kurs ohne Probleme.«

Wir gehen weiter, ich ziehe den Koffer hinter mir her. Ein paar Jugendliche sitzen da, beobachten mich. Es ist mir unangenehm, also lasse ich mein Haar nach vorne fallen.

Hinter der Aula biegen wir nach links in einen weiteren Gang ab. Wir halten vor einer der grünen Türen. Anstatt Nummern stehen unsere Namen daran. An dieser prangt nur meiner. Frau Belfor hält eine Art Chip vor das Schloss, das Licht an der Tür springt von Rot auf Grün und gibt uns den Weg frei. Die Sonne scheint hinein, das Zimmer ist klein und spärlich eingerichtet, aber gemütlich. Es erinnert mich an meines zu Hause mit der schrägen Wand und dem Lichteinfall.

Zögerlich trete ich ein, lasse den Koffer am Rand stehen und sehe mich um. Ein schmales Bett mit weißem Bezug, Holzboden, weiße Wände, ein alter, robuster Holzschrank und ein einfaches Regal neben einem kleinen Schreibtisch samt schlichtem Stuhl. Neben dem Bett stehen zwei Hocker. Mehr nicht.

Meine Beine tragen mich zu dem großen Fenster, das bis auf den Boden reicht.

Schwer schluckend greife ich nach dem Griff, öffne es und sauge gierig die frische Luft ein. Man kann nur die obere Hälfte öffnen und davor wurde ein Gitter angebracht. Ich blicke daran vorbei und bemerke, dass man von hier aus direkt in den Wald sehen kann. Ich erkenne sogar den Fluss von meiner Ankunft. Außerdem einen Brunnen neben diesem Gebäude. Und eine Mauer, die gezogen wurde, aus dem gleichen roten Backstein gebaut wie die Klinik. Ich höre Vögel zwitschern, keine Autos, keinen Lärm.

»Es tut mir leid, wenn dir die Gitter unangenehm sind, aber sie sind notwendig«, erwähnt Frau Belfor unerwartet in die Stille und meine Beobachtungen hinein.

Ich wende mich ab vom Wald.

»Würdest du dich zu mir setzen?«

Wir setzen uns je auf einen Hocker.

»Wie genau darf ich Sie eigentlich nennen?« Es verwundert mich, dass ich mir und ihr diese Frage jetzt erst stelle.

Sie lächelt freundlich. »Ich bin Diplom-Psychologin Ines Belfor und es ist vollkommen ausreichend, mich einfach Frau Belfor zu nennen. Ich bin nur ein Teil des Teams, genau wie Ulrike. Vorne sind wir an Sarah und Jen vorbeigegangen, sie reagieren auch nur auf ihre Vornamen. Sie gehören zum Pflegeteam, Jen ist die Leiterin. In den nächsten Wochen wirst du weitere Pflegeteammitglieder kennenlernen sowie die Leiter deiner Kurse und deinen behandelnden Arzt Dr. Brandt. Hast du dazu schon Fragen?«

Während ich meine Hände im Schoß knete und versuche, nicht zu nervös zu sein, schüttle ich den Kopf.

»Dies ist dein Zimmer. Du hast eines der Einzelzimmer bekommen aufgrund deiner Angststörung, zumindest für den Anfang, damit du dich schnell einleben kannst. Wir wollen dich nicht isolieren, sondern langsam an die Gegebenheiten heranführen. Und dich natürlich auch erst besser kennenlernen, um zu verstehen und zu erfahren, welche Dinge dich besonders belasten und zu Panikattacken führen. Hier ist deine Chipkarte. Damit kannst du deine Tür öffnen. Pass gut auf sie auf.« Sie drückt sie mir in die Hand. »Es wurde bereits ein vorläufiger Therapieplan für dich ausgearbeitet, heute Abend wird Dr. Brandt mit dir sprechen und dich willkommen heißen, er wird alles überprüfen und ihn dir danach aushändigen. Morgen hast du einen freien Tag, danach legen wir los.«

Ich nicke.

»Wozu ist die Mauer da draußen?« Diese Frage konnte ich mir nicht länger verkneifen.

»Sie grenzt den Teil der Klinik ein, den ihr frei benutzen dürft und natürlich sicher benutzen könnt. Du kannst dich im Garten aufhalten, im Foyer oder der Aula, in deinem Zimmer oder in der Bibliothek. Eine Broschüre und alle weiteren Infos findest du in der Schublade des Schreibtisches. Und nun …« Sie macht eine kurze Pause. »Nun würde ich dich bitten, mir dein Handy zu geben.«

Frau Belfor ist schon seit Stunden weg. Den Koffer auszupacken hat keine fünf Minuten gedauert. Sie haben mir mein Handy abgenommen. Es würde zum Teil des Prozesses gehören, haben sie gesagt. Mein Rucksack liegt neben dem Bett und ich darauf, seit ich alleine bin.

Ich starre an die Decke, will mich selbst dazu auffordern, aufzustehen und die Station zu erkunden, mich zurechtzufinden, aber ich habe es ja nicht einmal bis zum Schreibtisch geschafft, um die Broschüre zu nehmen und zu lesen. Dad sagte, vier Wochen sind schnell vorbei, ich sage: Oder sie fühlen sich an wie ein ganzes Leben. Und das, obwohl Tag eins noch läuft.

Minute um Minute vergeht, wird zu Stunden, das erkenne ich am Lichteinfall, am stetigen Weiterwandern der Sonne.

Es klopft dreimal an der Tür, bis sie mit einem leisen Summen und Klicken aufgeht und aufschwingt. Ich kann sie nicht zusperren.

Unweigerlich wandert mein Blick langsam zum Eingang meines neuen Zimmers. Ein Mann tritt ein, mittlere Statur, rasiertes Gesicht, braunes Haar. Mitte vierzig, schätze ich. Kein Kittel, aber ein weißes Hemd, ein Notizheft, eine Akte.

»Hallo, Leni. Mein Name ist Dr. Brandt.«

Ich beobachte ihn, bewege mich aber nicht. Auch nicht, als er einen Hocker nimmt und sich vor mein Bett und somit genau vor mich setzt.

»Ich hoffe, du bist gut angekommen und man hat dir schon ein wenig unsere Klinik gezeigt.«

Es ist keine Frage, deshalb sage ich nichts. Unterdessen sortiert er die Papiere auf seinem Schoß, zieht einen bestimmten Zettel hervor und greift nach dem Stift in seiner Brusttasche.

»Ich habe hier deinen vorläufigen Therapieplan und möchte ihn mit dir durchgehen. Vorher würde ich mir gerne selbst ein Bild machen. Bitte, sei so lieb und setz dich hin.«

Er sagt das, als wäre es das Einfachste auf der Welt. Sich abstützen, aufrichten, hinsetzen. Aber das ist es nicht. Es fehlt nicht nur die Kraft, sondern auch der Ansporn. Ich weiß nicht mehr, warum ich hierherwollte. Ich könnte daheim sein, in meinem Bett und daliegen.

Es gibt keinen Grund für mich, mich aufzusetzen, da ist kein Antrieb. Vielleicht bin ich auch nicht gut genug. Zu schwach. Meine Hände fangen unkontrolliert an zu zittern, ich klemme sie unbeholfen unter mich, starre wieder an die Decke. Nach wenigen Sekunden muss ich den Mund öffnen, weil ich sonst nicht genug Luft bekomme, mein Herz rast davon, Schweiß bricht mir aus.

»Mach die Augen zu. Konzentriere dich auf deine Atmung. Eins, zwei, ja, sehr gut.«

Ich folge seinen Anweisungen, seine Stimme ist ruhig, seine ganze Ausstrahlung ist es und das überträgt sich auf mich.

»Darf ich dir aufhelfen?«

Kurz zögere ich, bevor ich schließlich nicke. Er greift nach meinem Arm, seine andere Hand schiebt sich auf Höhe des Schulterblatts unter meinen Rücken. Mit einer vorsichtigen Bewegung gleite ich nach oben, lasse die Beine über die Bettkante fallen. Ich sitze. Seine Hand drückt meinen Kopf leicht hinab, bis auf die Knie.

»Augen zu und atmen.«

Es wird besser. Es wird langsam besser.

Ich kann hören, wie er sich entfernt und wieder hinsetzt, kann spüren, wie er wartet.

Es dauert ein paar Augenblicke, bis ich das Gefühl der Kontrolle zurückhabe, bis mein Atem und mein Herz wieder einen gewohnten Rhythmus einnehmen, mir nicht mehr schlecht und schwindelig ist. Das Gefühl ist wie Nebel, wie Rauch, der sich vermehrt, dunkler und dichter wird, sich ausbreitet und über mich legt, bis ich zu ersticken drohe.

Und genauso schnell wie es kam, zieht es sich zurück. Es

bleiben nur Müdigkeit und Schwere zurück, ein unguter Geschmack im Mund.

Nur langsam kann ich mich aufrichten, den Blick heben. Ich reibe mir über die müden Augen und drücke meine Hände ineinander.

»Was hat dir eben Angst gemacht?« Wieder eine einfache Frage. Nur hört sie sich anders an, offen und wissbegierig. Verständnisvoll.

»Ich bin mir nicht sicher«, antworte ich wahrheitsgemäß.

»Wir werden das herausfinden und daran arbeiten, damit es dir besser geht.« Von mir wandert sein Blick zurück auf das Papier vor ihm. »Dein Therapieplan sieht vor, dass wir uns einmal die Woche sehen, jeden Mittwochmorgen. Außerdem steht jeden Tag sowohl Einzel- als auch Gruppentherapie auf dem Plan. Die Einzeltherapie wird dir helfen, die Konzentration auf dich zu lenken, die Gruppentherapie, sie auf andere zu lenken, und gleichzeitig dient sie dem Austausch und ist förderlich gegen das Alleinsein und die Isolation.« Ein zuversichtliches Lächeln bildet sich auf seinem Gesicht ab. »Wir haben dir ein Einzelzimmer gegeben, weil wir befürchteten, mehr Eindrücke und zu viele Menschen zu Beginn würden insbesondere deine Angst fördern und deinen Wunsch, alleine zu sein. Die Gruppentherapien sind das Gegenstück. Du musst verstehen, es ist nicht zwingend hilfreich, dich von der Außenwelt abzuschotten, zumindest, was deine Ängste betrifft, da du ihnen so ausweichst. Sie werden nicht besser, sie verschwinden höchstens, wenn du hier keinen Auslöser findest. Daher die Kurse und die Interaktion mit anderen und später sehen wir weiter. Da deine Ängste eng mit deiner Stimmung verbunden sind ...«

Ich unterbreche ihn. »Sie meinen mit der Depression.«

»Ja, mit deiner Depression verbunden sind, müssen wir schauen, wie wir beides zusammen therapieren und auch jedes für sich. Das sind viele Informationen, die du erst einmal sacken lassen musst, das ist ganz normal. Bitte lies die Broschüre.« Er deutet auf den Schreibtisch. »Dein Therapieplan sieht außerdem Meditations- bzw. Yogakurse vor und einen Wahlkurs. Die Auswahl, die dir zur Verfügung steht, ist beigefügt. Bitte komm morgen kurz in meinem Büro vorbei und gib deine Wahl bei mir ab, ebenso die Essensplanung.« Er drückt mir alles in die Hand. »Um zehn Uhr abends müssen alle auf ihren Zimmern sein, dann gibt es eine kurze Visite, morgens um sieben beginnt das Frühstück, die Kurse starten ab neun.«

Ich nicke abwesend.

»Würdest du mir deine Medikamente geben, Leni?«

Irritiert sehe ich ihn an, greife aber nach dem Rucksack und den beiden Packungen und gebe sie ihm. Er dreht sie in den Händen, liest kurz etwas nach und gibt mir nur eine der beiden zurück. Was zum …?

»Die nimmst du bitte regelmäßig weiter wie bisher, sie werden die Therapie unterstützen. Die andere Packung werde ich für dich aufbewahren. Ich halte nichts von zu starker Medikation, es sei denn, sie ist zwingend und unbedingt nötig, und dann werde ich es sein, der das entscheidet – zusammen mit dir. Es ist immer jemand da, egal, was ist. In Ordnung? Hast du Fragen?«

03. APRIL

~~Weg~~ Weg. Meine Eltern sind weg, mein altes Leben ist es auch. Ich werde die Frage, wie das alles passieren konnte, nie beantworten können. Als mir mein Handy abgenommen wurde, habe ich nur an eines gedacht: Ich muss Emma schreiben. Und das tat ich.

»Mein Handy werde ich ein paar Wochen nicht bei mir haben. Du warst immer für mich da, aber diesen Teil des Weges muss ich für mich gehen. Wir sehen uns, wenn ich die alte Leni wiedergefunden habe oder eine neue, stärkere. Verzeih mir, dass ich so war, wie ich war. Mum wird dir alles erklären. Ruf sie an. Ich hab dich lieb.«

Matti
18

Der grummelige Frank sitzt vor mir, hat gerade seine Standpauke beendet und starrt mich nur noch alle fünf Sekunden mit seinem warnenden Blick nieder. Matti, wann wirst du lernen, dass du anders bist? Matti, wann wirst du lernen, dass alles gefährlich ist? Wann wirst du lernen, dass ich abends gerne meine Ruhe hätte? Okay, das Letzte hat er nicht gesagt, aber ich wette, er hat es gedacht.

Seufzend lasse ich Frank meine Hand ein weiteres Mal untersuchen.

Er schnalzt mit der Zunge, schüttelt den Kopf. »Könnte eine leichte Verstauchung sein. Hier kann ich das nicht so genau feststellen. Ich hab deinen Finger fixiert, es ist nicht akut, aber morgen kommst du mit Josi direkt zu mir in die Praxis, verstanden? Leg ein Kühlkissen herum, vergiss das Tuch nicht.«

Frank ist mir mehr eine Vaterfigur gewesen als je ein anderer. Ich will ihn nicht andauernd nerven oder gar enttäuschen.

»Wir kommen gleich, nachdem Luis in der Schule ist«, sagt meine Mutter und Frank nickt ernst, bevor er aufsteht.

»Ich werde früher da sein.« Er hebt den Zeigefinger. Ich hab gewusst, da kommt noch was. »Junge, ich sag es dir, wir werden beide zu alt für den Kram. Pass auf dich auf!«

Er meint es gut, das tut er immer und ich sage immer Ja, Frank, danke, Frank, weiß ich, Frank, dabei würde ich ihm gerne sagen, dass ich mit dieser Scheiße leben muss und nichts von der Welt kenne und dass es egal ist, wie alt ich bin oder werde, denn es wird sich daran nichts ändern. Nichts außer dieses Haus, seine Praxis, den Weg dorthin, das nächste Krankenhaus und natürlich die Apotheke und den nahe gelegenen Supermarkt oder das Kino. Selbst da hab ich es schon geschafft, mich zu verletzen.

Sind wir ehrlich, die tun so, als würde ich das mit Absicht machen. Dabei habe ich keine Ahnung, was es bedeutet, Schmerzen zu haben, ich weiß nicht, wie es ist, wenn einem etwas wehtut, wenn etwas zu heiß ist oder zu kalt, und ich habe in meinem ganzen Leben an mir keinen einzigen Tropfen Schweiß gesehen. Da kann man ruhig mal klatschen. Ich bin schließlich *besonders*. Ich will nicht besonders sein, sondern gewöhnlich. Tja, so ist das im Leben, jeder will das, was er nicht haben kann. Die Besonderen wollen unbesonders sein, die Unbesonderen besonders. Das ist okay. Aber vergessen wir bitte nicht, dass ich krank bin. Ich wäre also gerne einfach nur gesund.

Als wir noch versucht haben, mich auf einer öffentlichen Schule zu lassen, ich war sehr jung, meinten die Kids zu mir, es wäre so cool! Keine Schmerzen, kein Schweiß. Ich wäre quasi ein Superheld und sie wollen auch so sein. Danach wollte ich nicht mehr hingehen. Sie sind so dumm und so ahnungslos. Weil ich keinen Schmerz oder schmerzhaften Druck verspüre, gehe ich mit meinem Körper anders um, nehme ihn anders wahr, bewege mich auf gewisse Art anders. Wenn ich mich verletze, egal wo und wie, merke ich das nicht. Diese Superhelden-Sache könnte mich jederzeit ins Grab befördern – oder in die Nähe davon. In Sport bin ich einmal mit einem gebrochenen Knöchel weitergelaufen und habe weiter mit Fußball gespielt. Das war in der Grundschule. Man hat immer versucht, mich zu integrieren, und ich wollte das auch, aber sind wir ehrlich: Ein eckiges Teil passt nicht in ein rundes von gleicher Größe. Also wurde ich vom Sportunterricht ausgeschlossen. Wie gesagt, irgendwann wollte ich selbst nicht mehr zur Schule und durch meine besonderen Umstände bekam ich einen Privatlehrer. Ich darf meinen Abschluss daheim machen. Reizend, wenn man nicht weiß, was man damit anfangen soll. Ab da bin ich so aufgewachsen. In dieser Blase aus Nichts.

Frank geht gerade zur Tür raus, im Haus ist es still. Meine Mum kommt ein weiteres Mal zu mir, fragt, ob alles in Ordnung ist, ob ich zurechtkomme, danach sagt sie Gute Nacht und geht ins Bett. Ich mache das Licht aus und folge ihr nach oben, warte, bis sie fertig ist im Bad, ich die Tür ihres Schlafzimmers höre und nach ihr hineinschlüpfen kann. Wir haben zwei Bäder, aber ich mag dieses hier lieber, es ist nicht so … protzig.

Mein Spiegelbild blickt mir entgegen, während ich mir die Zähne putze. Wie immer. Ich seufze. Verdammt, wieder zu fest geputzt. Ein rosaroter Fleck prangt in dem Zahnpastaschaum, den ich eben ins Waschbecken gespuckt habe. Nicht, dass ich es merken würde, aber mein Zahnfleisch ist von zu festem Putzen entzündet. Es ist anstrengend, auf alles zu achten und trotzdem nie zu wissen, ob man es gerade richtig macht. Ich spüle meinen Mund aus, wasche mein Gesicht, trockne es ab – und halte inne. Auf dem Tischchen in der Ecke, auf den von Mum akkurat gefalteten pastellfarbenen Handtüchern, glänzt etwas.

Das Gefühl kenne ich. Dass ich schmerzfrei bin, heißt nicht, ich bin auch dämlich oder gleichgültig. Dieses Gefühl hier schreit geradezu *geh nicht hin, das geht nicht gut, dreh dich einfach um und verschwinde ...*

Könnte sein, dass ich doch ein Idiot bin, ich tue nämlich nicht, was es mir sagt, sondern schleiche auf das glänzende Ding zu – das eigentlich nicht glänzt, sondern das Licht der Lampe reflektiert.

Pauls Rasierer. Kein handelsüblicher, das wäre zu normal für Paul. Es ist ein Rasiermesser. Als wäre er ein Barbier. Dass ich nicht lache. Er schneidet sich andauernd und klagt über die Schmerzen, weil ...

Was, wenn ...?

Nein, das kann ich nicht tun. Ich drehe mich um, gehe einen Schritt, einen zweiten – und bleibe stehen, drehe mich um, gehe zurück, stocke, zögere, wiederhole das Ganze. Einmal, zweimal, dreimal. Fahre mir durch die Haare, beiße die Zähne zusammen.

»Scheiß drauf«, fluche ich leise und mit einem Ruck kralle ich mir das Messer, klappe es ganz auf. Es liegt hier nie. Nichts, das irgendwie gefährlich ist, liegt einfach so irgendwo. Das ist die oberste Regel in diesem Haus. Paul hat es heute einfach hier gelassen, es vergessen.

Mit meinem Finger fahre ich über den Stahl der Klinge, schlucke schwer. Mein Herzschlag beschleunigt sich. Eine Stimme in meinem Kopf fragt: Und jetzt? Willst du ihm einen Antrag machen? Willst du es zurücklegen?

Das kann ich nicht. Ich halte es weiter fest, starre es an und der Wunsch, nur einmal in meinem Leben etwas zu fühlen, das nicht in mir drin ist, wie Wut, Trauer, Frustration oder eine einfache Berührung, sondern etwas, das mir wirklich fehlt, wird übermächtig. Ein Schalter legt sich um, ich trage das Messer zum Waschbecken und halte es fest. So fest, dass meine Haut an manchen Stellen rot und weiß zugleich wird.

Dann passiert es. Der Oberarm dreht sich, die Hand drückt das Messer darauf, Blut quillt hervor, tropft ins Waschbecken, hinterlässt rote Flecken, die sich zu Linien nach unten ziehen. Der Druck ist da, das Messer, ja, und ich atme und spüre – nichts. Gar nichts. Frustriert ziehe ich die Klinge noch mal über den Arm, länger, fester, tiefer. Es ist wie ein Rausch. Eine Hoffnung darauf, dass das nächste Mal etwas da sein wird. Mehr als ein kurzer Druck. Irgendetwas! Ein schmerzhaftes Ziehen, ein starkes Pochen – mehr Schmerzen, mehr Empfindungen! Ich lasse die Klinge kreuz und quer hin und her fahren, sehe, dass ich meinen Arm zerfetze und dass das Blut nicht nur tropft, sondern fließt. Aber ich kann nicht aufhören.

Die Tür. Ich schrecke zusammen, lasse das Messer fallen.

»Luis«, flüstere ich und blicke in die verschlafenen, großen Augen meines Bruders, der sich nicht bewegen kann. Er starrt mich an, meinen Arm. Sein markerschütternder Schrei lässt das Haus beben und es dauert nicht lange, da stehen Paul und meine Mum neben ihm. Erst suchen sie bei ihm nach dem Problem, bis sie den Blick heben und erkennen, dass ich es bin.

»Oh mein Gott«, höre ich meine Mutter rufen, bevor mir schwindelig wird. Beim Versuch, nach etwas zu greifen, Halt zu finden, rutsche ich ab. Ich werde ohnmächtig.

--> 04. APRIL

Manche Dinge können wir ändern, andere nur hinnehmen. Ich habe gelernt, dass diese beiden Dinge nicht die eigentlichen Probleme und Hindernisse sind, sondern wir Selbst, weil wir für uns, TAG UM TAG, entscheiden müssen, welche dieser Dinge letztendlich veränderbar sind und welche unabänderlich. Diese ENTSCHEIDUNG fällt mir schwer. Ich habe Angst, eine falsche zu treffen, also treffe ich keine. Die IRONIE daran? Keine zu treffen ist genauso schlimm.

Matti
19

Matschig. Ja, ich denke, matschig beschreibt meinen momentanen Gemütszustand – und irgendwie müde. Aber müde bin ich gerne und ständig, das ist nichts Neues. Die Töne und die Gerüche allerdings schon. Seltsam. Ich beginne mich zu bewegen. Die Decke fühlt sich neu an, die gehört mir nicht, das Kissen ist viel unflauschiger als meins und riecht nicht nach unserem Weichspüler. Was für ein verrückter Traum.

Ich hebe die Lider, werde wach, hebe den Kopf leicht und stelle fest, dass ich wirklich ein Problem habe. Mein Arm ist bandagiert und gerade kommen Frank und meine Mutter in das Zimmer. Sie verzieht das Gesicht, zuerst wirkt sie erleichtert und danach – oh Mann.

»Matthias Alexander«, sagt sie drohend. Mein ganzer Name samt Zweitnamen, nicht einfach Matti. Die Stufe der Wut ist auf Level *Super-Hölle*.

Sie kommen näher, ich setze mich aufrecht hin.

»Hey«, erwidere ich lang gezogen und viel zu freundlich. »Schön, euch zu sehen?« Ich bin mir noch nicht sicher, daher die Frage.

»Hast du vollkommen den Verstand verloren? Weißt du, was hätte passieren können? Weißt du, wie viel Blut du verloren hast, wie tief und schlimm diese Schnitte waren?« Mit jedem Wort wird sie lauter und der Trotz in mir wächst. Nein, verflucht, das weiß ich nicht, weil ich keine Schmerzen habe. Es tut nicht weh! Aber sie redet weiter.

»Weißt du, wie es ist, sein eigenes Kind ...« Sie schluckt schwer. »Und Luis.« Ihre Stimme bricht. Das erste Mal sieht sie viel jünger aus, als sie ist, und ich erkenne in ihr das Mädchen, das zu früh schwanger wurde von einem dämlichen One-Night-Stand und das trotzdem das Kind wollte und nun mit seiner Krankheit und seinen Idiotien leben muss. Kurz, mit mir. Luis. Verflucht, Luis hat mich gefunden.

»Wie geht es ihm?«

»Er wird wieder.« Frank antwortet für sie. »Aber du! Freundchen, ich wünschte, es würde wehtun, dann könnte ich dir nämlich jetzt einen Nackenschlag verpassen, der sich gewaschen hat. Wolltest du dich umbringen? Wolltest du das?« Frank wird so laut, dass ich unwillkürlich zusammenzucke.

»Natürlich nicht!«, schreie ich wutentbrannt zurück. »Ich bin kein Idiot. Ich will nur ...«

»Was wolltest du? Was, in Gottes Namen?«

»Ich dachte, vielleicht kommt er irgendwann. Wenn ich nur schnell genug bin, stark genug, wenn das Messer nur scharf genug ist. Der Schmerz. Ich wollte doch einfach nur, dass es wehtut.« Es ist nahezu unmöglich, jemandem dieses Verlangen zu erklären. Kein Mensch wünscht sich so etwas. Da ich nicht wie alle anderen bin, kann ich damit jedoch gut leben. Ich kann nicht mehr zählen, wie viele wissenschaftliche Texte ich zu meiner Krankheit gelesen habe, und ich weiß, mit Typ IV und meinem Krankheitsbild habe ich es sogar irgendwie noch gut getroffen.

Schmerzen tun anderen nur weh, sind für die Menschen, die sich auf sie verlassen können, schlimm und nervig, für mich sind sie mehr. Warnsignale, Wegweiser, Schutzschilde, genauso wie der Schweiß, den viele so verachten, der aber so nützlich ist. Dinge, die ich nicht habe und die jeden meiner Tage unendlich anstrengend machen. Sie vergessen, was sie an ihrem Körper haben, deshalb verstehen sie es nicht. Sie sagen es dir andauernd: Ich kann das verstehen! Und dann kommt dieses scheinheilige *aber* hinterher, mit dem man sich nicht einmal seinen Hintern abwischen könnte, wenn man wollte.

»Weißt du, wie leichtsinnig das war?« Während Frank weiter wütet, bleibt meine Mutter still, weicht meinem Blick aus.

»Wann kann ich wieder heim?«, frage ich nur, weil ich mir das alles nicht mehr anhören will.

»Ich habe mit dem Arzt hier gesprochen und ihm gesagt, dass ich als dein behandelnder Arzt seit Kindesalter empfehlen würde, dich direkt in eine andere Klinik zu überstellen.«

»Bitte, was?«

Frank und Mum wechseln einen Blick. Einen, der nichts Gutes bedeutet.

»Schickt ihr mich weg?« Ich bin stolz auf mich, denn das klingt gefasster, als ich bin. Vermutlich stehe ich unter Schock.

»Du brauchst vielleicht eine Auszeit.«

»Eine Auszeit?« Ich lache laut auf. Und nein, es hört sich nicht besser oder plausibler an, wenn man es ausspricht. »Von was bitte? Von dem Leben, das ich nicht habe?«

Für einen winzigen Moment scheint es Frank die Sprache verschlagen zu haben und ehrlich, das genieße ich.

»Ja, vielleicht. Ich denke, deine körperliche Krankheit hat sich auf deine Psyche ausgewirkt.«

»So ein Blödsinn! Ich wollte mich nicht umbringen, das weißt du genau. Scheiße, wenn man es genau nimmt, habe ich mich nicht einmal verletzt, weil ich keine Schmerzen habe.«

»Das sehen wir anders, Matti. Du wirst gehen. Ich habe alles in die Wege geleitet. Stationärer Aufenthalt. Sechs Wochen. Danach schauen wir weiter.«

Die meinen das ernst. Mein Mund steht offen, ich kann nicht aufhören, sie anzustarren und stocksteif dazuliegen.

Stationärer Aufenthalt. Ich bin doch kein Irrer! Ich bin nicht gefährdet, nicht bescheuert, nicht psychisch labil oder sonst irgendwas. Ich kann nicht glauben, dass sie mir das antun.

»Ich bin kein Verbrecher und kein Verrückter!«

»Du gehst in eine Klinik, nicht in ein Gefängnis, Matti. Wir wollen nur das Beste für dich.«

»Das ist interessant. Ich frage mich, warum man mich nicht fragt, was *ich* für das Beste für mich halte?« Dieses Mal bin ich es, der die Stimme erhebt. Atemlos setze ich mich auf, schaue von Mum zu Frank und wieder zurück, aber keiner sagt etwas.

Habe ich damit gewonnen? Ich denke nicht. Ich denke, niemand kann hier irgendwas gewinnen.

Mai
4 Monate nach dem Wimpernschlag, der alles verändert hat und zu einem Tsunami wurde.

20

Zeit ist eigenartig. Zeit hat eine unumkehrbare Richtung, es geht nur nach vorne, nie zurück und es gibt keinen Stillstand. Egal, ob man glaubt, sie vergeht langsam oder schnell, eines ist klar: Sie vergeht.

Ich bin fast einen Monat hier, aber ich fühle mich, als wäre ich gerade erst mit Mum und Dad in diese Klinik marschiert. Weil sich in mir noch nicht viel verändert hat.

Ich habe Geburtstag. Es ist ein Tag wie jeder andere, nur, dass ich heute ein Jahr älter bin. Es zeigt, dass ich auf die ein oder andere Weise vorankomme. Aber man kommt ja schließlich auch voran, wenn man in die falsche Richtung geht, nicht wahr?

Geburtstag. Der erste ohne meine Eltern. Der erste, an den ich mich richtig erinnern kann, ohne Emma. Und ich bin schuld daran ...

Mein Hals schnürt sich zu, ich kann nicht richtig schlucken. Etwas in mir zieht sich zusammen, ich atme zitternd und wütend ein. Ja, ich bin wütend. Das bin ich so oft, wie ich traurig bin, antriebslos oder vollkommen leer. Manchmal stelle ich mir vor, wie diese Gefühle sich abklatschen, sich ein High Five geben, bevor sie sich ablösen, und ich sitze daneben, gelähmt, unfähig etwas zu tun.

Ich denke an Emma, an meine Eltern und hoffe, dass mich niemand auf diesen Tag anspricht. Weil es sie nichts angeht. Für mich ist heute ein ganz normaler Tag. Das rede ich mir ein.

Heute habe ich wieder eine Gruppentherapie. Drei Einzeltherapien habe ich schon hinter mir, es war anstrengend und kräftezehrender als gedacht. Diese hier ist es auch, aber auf eine andere Art und Weise. Hier bin ich nervös, weil ich nicht allein bin. Ich muss die Panik darüber jedes Mal zurückhalten. Yoga war nicht schlecht, ich bin zwar nicht besonders gelenkig, aber man hat uns Übungen gezeigt, die uns zur Ruhe kommen lassen. Wie wir unsere Mitte finden. Ganz ehrlich, zuerst hab ich die Augen verdreht und fand es grauenvoll. Meine Mitte finden? Das klang so lächerlich. Aber gestern ... Gestern, als ich in meinem Zimmer ohne Vorwarnung eine Attacke bekam, wendete ich eine der Übungen aus einem Reflex heraus an und es half. Ab da ... Nun ja, da habe ich es als nicht mehr ganz so albern empfunden.

Dieser Ort ist anders, als ich erwartet habe, wobei ich rückblickend nicht wirklich sagen kann, *was* ich genau erwartet habe. Meine Station nennen gerade ungefähr fünfzig Jugendliche ihr Zuhause, Station Drei wohl noch mal achtzig. Im ersten Stock befinden sich die Mensa, der Freizeitbereich und die Räume für die Wahlkurse.

Ich kenne noch nicht jeden, nicht mal ansatzweise, und so komisch das klingt, ich fühle mich in diesem kleinen Kurs mit nur neun weiteren Jugendlichen nicht allzu unwohl. Es ist, wie es ist. Es ist ein Anfang, denke ich. Noch kann ich mir nicht jeden Namen merken, aber ich habe bereits zwei Freunde gefunden. Ich nenne sie so, weil es komisch klingen würde, sie *Menschen, die ich nicht unsympathisch finde und bei denen ich mich nicht übergeben muss oder Schweißausbrüche bekomme* zu nennen. Zu lang wäre es auch.

Letztes Mal saßen wir im Kreis, mit Fokus auf die Mitte, dieses Mal richtet sich unser Blick auf die Leinwand und das Bild, das Frau Belfor ausgesucht hat und das nun vom Overhead an die Wand geworfen wird. Dieser Raum ist wohl einer der wenigen, der medientechnisch nicht auf dem neuesten Stand ist. Ich mag das.

Phillip sitzt neben mir auf der linken Seite, er ist hier, weil er magersüchtig ist – und schwul. Als ich ihm sagte, dass schwul sein keine Krankheit ist, entgegnete er schwach lächelnd und voller Zuversicht, dass er hier ist, um das zu lernen. Auf der anderen Seite sitzt Anna. Sie leidet auch an Depressionen. Sie wollte nicht mehr leben. Der Gedanke an das Gespräch, daran, dass sie es sagte, als wäre es nichts, tut mir bis heute weh. An manchen Tagen verstehe ich sie, an anderen nicht. Depression ist nicht gleich Depression. Das habe ich schon gelernt.

Schwer schluckend lasse ich meinen Blick schweifen, wie jedes Mal. Über den Jungen mit dem kurzen Haar, der ein Trauma überwinden muss, über das Mädchen, das eine Zwangsstörung hat, das andere Mädchen, das zu viele Persönlichkeiten in sich trägt – weiter, immer weiter. Ich kann mir ihre Krankheiten merken, aber nicht ihre Namen. Das ist beschämend.

»Willkommen zu einer weiteren Gruppensitzung. Heute möchte ich mit diesem Foto anfangen. Wer kann mir sagen, was man darauf sieht?« Die Stimme von Frau Belfor klingt warm und einladend.

Phillip meldet sich als Erster – und Einziger.

»Ganz viele Menschen«, sagt er zuerst vollkommen zusammenhanglos. »Also, ich würde sagen, das Foto zeigt eine Menschenmasse, vielleicht in einer Stadt? Man sieht viele Köpfe. Nach unten geneigt, abwesend. Ich denke, sie gehen aneinander vorbei.«

Frau Belfor nickt. »Sehr gut. Möchte jemand etwas ergänzen?«

Ich sehe mir das Foto genauer an. In Farbe gehalten und doch blass. Nur leicht von oben fotografiert, aber trotzdem sieht man nur die Köpfe, Hinterköpfe oder ausdruckslose Gesichter. Manche lachen, andere sehen konzentriert aus.

»Sie kennen sich nicht«, platzt es aus mir heraus und sofort halte ich mir die Hand vor den Mund, weil ich mich nicht gemeldet habe. Und weil ich das nicht laut sagen wollte.

»Schon okay, Leni. Du denkst, sie kennen sich nicht. Warum?«

Das hätte ich nicht tun sollen. Die Aufmerksamkeit, die nun auf mir liegt, kann ich förmlich greifen, sie droht mich zu erdrücken. Der Drang wegzulaufen ist groß, deshalb rutsche ich auf dem Stuhl hin und her. Kalter Schweiß bricht mir aus. Hitze, Kälte, Zittern.

Frau Belfor ist bei mir, geht vor mir in die Knie, ich spüre eine Hand auf meinem Rücken, vielleicht die von Anna.

»Leni, sieh mich an. Es ist alles in Ordnung. Die Tür ist nicht verschlossen, du kannst jederzeit den Raum verlassen, wenn du möchtest. Konzentrier dich, denk an deine Atmung.« Sie sagen uns immer dasselbe. Am Anfang habe ich mich wie ein Idiot gefühlt. Als ob ich diese Dinge nicht wüsste oder mir merken könnte. Bis ich verstand, dass es mir hilft. Es tut gut, es zu hören. Ich bin nicht gefangen, ich darf Angst haben, aber sie darf mich nicht kontrollieren.

Einatmen, ausatmen.

Es ist vollkommen still. Die Minuten vergehen, ziehen sich wie zäher Schleim, trotzdem sagt niemand ein Wort. Bis ich nicke und es schaffe, den Blick zu heben. Frau Belfor wartet einen Moment, bevor sie wieder nach vorne geht.

»Danke«, sage ich zu allen leise, spüre, wie mir die Hitze in die Wangen schießt. Aber ich musste es aussprechen, weil das, was sie getan haben, nicht selbstverständlich ist. Nicht für mich. Ich kenne die andere Seite, außerhalb dieser Mauern, genau wie sie, dort, wo man weniger verstanden wird, weniger Zeit hat, wo man sich schämt – für sich selbst.

»Leni, du sagtest, sie kennen sich nicht. Warum?«

Ich räuspere mich, sehe mir noch einmal das Foto an und als ich merke, dass es mir zu viel wird, schließe ich die Augen, blende alles aus. Ich sehe das Bild vor mir, in meinen Gedanken.

»Weil sie nicht aufeinander achten. Niemand wirkt so, als wäre er mit einer anderen Person bekannt. Sie laufen aneinander vorbei, so nah, aber sie sind sich fern.« Ich öffne die Augen wieder, sehe, wie das Mädchen mit dem feuerroten kurzen Haar drangenommen wird.

»Es sieht so aus, als wollten sie auch nichts voneinander wissen.«

»Oder sie denken, sie wissen schon alles«, fügt Anna hinzu.

»Interessant. Wie kommst du darauf?«

»Nun ja, zum Beispiel der Mann, der so komisch zu der Frau mit dem Kind auf der Schulter blickt. Als würde er es nicht mögen.«

»Alle wirken normal, manche gestresst. Nur drei Menschen auf diesem Bild lächeln.«

»Gut erkannt, Eric«, sagt Frau Belfor.

»Denkt ihr, diese drei Menschen sind die Einzigen, die in diesem Moment der Aufnahme glücklich sind?«

Die meisten nicken oder murmeln ein Ja. Ich zögere und weiß nicht genau warum, aber ich sage nichts.

»Schaut genau hin.« Frau Belfor wechselt das Bild. Es ist dasselbe wie vorher, nur sind auf diesem Sprechblasen über manchen Köpfen hinzugefügt.

Der Mann, der so grimmig die Frau und das Kind beobachtet: Er hat sein Kind vor vier Monaten verloren. Die Frau, die keinerlei Regung zeigt, ist einfach nur müde. Der junge Mann, der telefoniert und lacht, hat Krebs. Die Frau, die lächelt ... Sie würde am liebsten weinen und weiß nicht wieso.

Jemand keucht, ein anderer fängt an zu weinen, ich bin wie erstarrt und lese die Worte über den Köpfen der Menschen wieder und wieder, versuche sie mit ihrem Erscheinungsbild zu vereinbaren.

»Unser Aussehen, unsere Mimik und Gestik, all das kann trügen. Niemand weiß, wie es in anderen Menschen aussieht, niemand weiß, wie es in euch aussieht. Nicht, wenn man es nicht verstehen will, wenn man nicht danach fragt oder es nicht erzählt. Es ist wichtig zu erkennen, dass auch Trauer ein Lächeln tragen kann. Für euch, für andere. Gefühle zeigen sich bei jedem anders und wir sollten lernen hinzusehen, nicht weg.«

Ich habe es auch getan. Gelächelt. Ich erinnere mich. Als es angefangen hat, als es noch ein dumpfes Gefühl war, da habe ich versucht, es wegzulächeln. Es hat nicht funktioniert. Und weil ich gelächelt habe, dachten alle, es würde mir gut gehen. Ich habe nichts gesagt. Wie auch? Ich habe es nicht verstanden.

02. MAI

Manchmal LÄCHELN wir, weil wir glücklich sein wollen, nicht weil wir es sind. Es funktioniert nicht, ich habe es ausprobiert.

Aber es hilft, darüber zu reden. Wir haben heute darüber gesprochen. Über das GLÜCKLICH- und TRAURIG-sein, über das Gefühl, mit niemandem reden zu können oder nicht ernst genommen zu werden. Darüber, dass wir nicht alleine sind.

→ können viel kaputtmachen

Vorurteile

Schweigen

← auch!

Ich verstehe das. WIRKLICH! Und ich wünschte, es wäre so einfach...

03. MAI

Schwester Fio hat Stunden gebraucht, mich aus dem Bett zu bekommen, die Panikattacken und die düsteren Gedanken niederzudrücken. Dr. Brandt war irgendwann auch da, wir haben geredet. Es war schwer und es tat weh. Ich fühlte mich wie ein taubes, trauriges Stück Etwas und ich habe mich das erste Mal gefragt, warum ich weitermachen sollte. Es ist so anstrengend. Es tut so weh.

04. MAI

AUFzustehen war nicht einfach, aber ich habe es alleine geschafft. Es ist verrückt, aber ich bin **STOLZ** darauf. Frau Belfor sagt immer: Jeder Schritt und jedes gute Gefühl ist ein **ERFOLG**. **FEIERT ES!** Und das tue ich. Ich lobe mich selbst, weil Eigenlob wichtig ist.

ich bin wichtig!

Ich vergesse es nur manchmal.

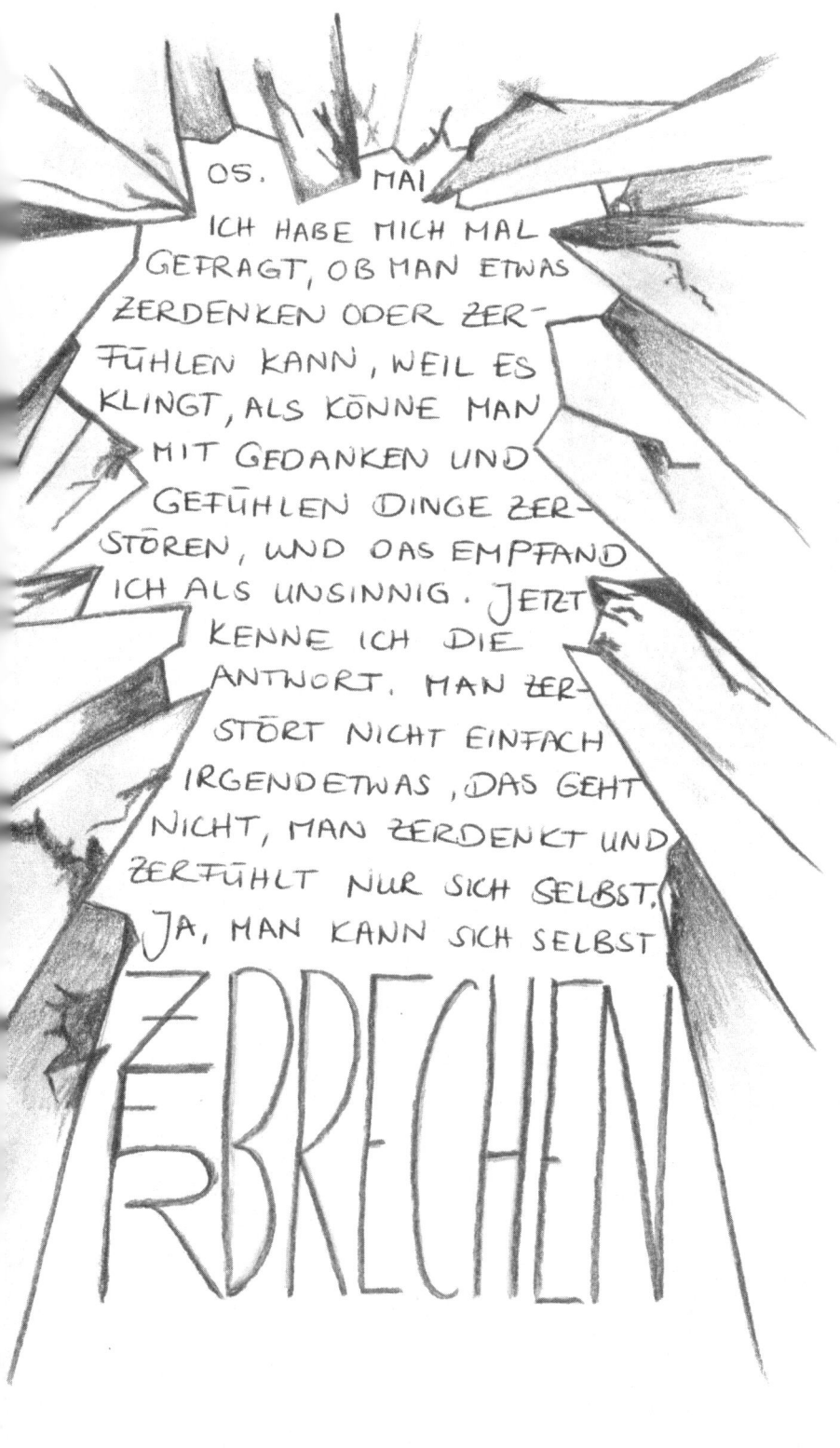

Matti
21

Blumen sind schön, wenn man sie pflückt. Genauso schön wie auf einem Feld oder einer Wiese. Nur mit dem Unterschied, dass Erstere jämmerlich zugrunde gehen.

Ich fühle mich wie eine gepflückte Blume, als ich in Station Zwei ankomme, mit der Psychoirgendwas vor mir, die was von Kursen und Therapie faselt, nur um kurz darauf mit einem Chip das Zimmer *Phillip R. & Matthias A.W.* zu öffnen und zu sagen: »Wir sind da.« Prima. Ganz, ganz großes Kino!

Helles, weiß-graues Zimmer, ein großes Fenster, zwei Betten.

»Phillip schläft mit dir hier. Dir gehört das Bett auf der rechten Seite.« Das hätte sie mir nicht sagen müssen, auf dem anderen sieht es nämlich aus, als hätte eine Klamottenbombe eingeschlagen. Ich schiebe meinen Vier-Rollen-Koffer an mein neues Bett, das nur halb so groß ist wie meines zu Hause, und unterdrücke den Fluch des Jahrhunderts, während ich mir überlege, wie ich nur hier reingeraten konnte. Eines ist klar, das zahle ich Frank heim!

»Setz dich bitte, Matti. Oder soll ich Matthias sagen?«

Sie zieht sich einen Stuhl heran, ich lasse mich aufs Bett plumpsen und antworte sofort: »Matti ist total okay.« Sie setzt sich mit ausreichend Abstand vor mich und lächelt freundlich, bevor sie sich ein zweites Mal vorstellt, mir ihren Namen nennt, Belfor, mir einen Chip zum Aufschließen der Tür in die Hand drückt und mir sagt, dass ich ab jetzt nicht nur sechs Wochen hier festsitze, sondern aktiv an Gruppentherapiestunden teilnehmen muss.

»Außerdem werden wir uns, neben der Gruppentherapie, alle zwei Wochen für eine Einzeltherapie sehen. Es gibt einige Wahlkurse, wovon viele Körpereinsatz erfordern und aufgrund deiner Krankheit nicht zwingend für dich geeignet sind. Wir werden uns das während der ersten Sitzung gemeinsam ansehen.«

Auf dem Schreibtisch liegt eine Broschüre, ich werde über Rituale und Zeitregelungen aufgeklärt und natürlich darüber, dass jeden Abend vor dem Zubettgehen eine Visite beim Arzt für einen körperlichen Check ansteht, der protokolliert wird. Erster Stock, Bereitschaftsraum.

Ich fühle mich, als hätte ich mich für eine klinische Studie zur Verfügung gestellt. Nur, dass ich nicht für den Scheiß hier bezahlt werde.

»Und nun gib mir bitte dein Handy.«

»Bitte was?« Ich muss mich verhört haben.

»Dein Handy. Wir geben es dir in drei bis vier Wochen wieder. Natürlich haben wir das vorher deinem behandelnden Arzt mitgeteilt.« Sie redet weiter, will mir erklären, warum sie mir meinen einzigen Freund wegnimmt, aber ich höre längst nicht mehr zu. Ich werde Frank so was von umbringen! Dass Mum dabei mitmacht! Frustriert fahre ich mir durch die Haare, kneife die Lippen zusammen – und hole mein Handy aus der Hosentasche, um es ihr in die Hand zu drücken.

»Danke.« Wenn sie nur nicht so freundlich wäre!

»Und was jetzt?«, frage ich lustlos. Nicht, dass es mich interessieren würde. Ich brumme die Zeit auch gerne auf dem Bett liegend ab. Oder noch besser ...

Ich fange an zu grinsen, was Frau Therapeutin anscheinend als ein gutes Zeichen wertet. Weit gefehlt.

»Wenn du möchtest, kann ich dir den Rest der Station zeigen oder ...«

Sie wird unterbrochen, weil das Klicken der Tür ertönt und ein Junge hereinmarschiert. Labbrige Klamotten, aber nur, weil er selbst spindeldürr ist, kantiges Gesicht, große Statur und zugegebenermaßen nicht sofort unsympathisch. Er lächelt so komisch. Wieso tut er das? Scheiße, er freut sich doch nicht etwa? Geht das hier überhaupt?

»Sagen Sie bitte, dass ich nicht mehr alleine in diesem Muffelzimmer rumhängen muss«, bricht es aus ihm heraus und lässt mich unfreiwillig grinsen.

»Nein, musst du nicht. Darf ich vorstellen? Matti. Matti, das ist dein Mitbewohner Phillip.« Sie zeigt erst auf mich, dann auf ihn. »Kannst du Matti die Station zeigen?«

»Klar. Ich wollte gerade runter in den Medienraum.«

Ich kneife die Augen zusammen. »Es gibt einen Medienraum?«

Frau Belfor verabschiedet sich fröhlich, bevor sie das Zimmer verlässt.

Phillip mustert mich, ich mustere ihn zurück. Irgendwie schräg. Also das alles. Warum? Weil ich nicht mehr weiß, wie man das macht. Sich mit Fremden unterhalten, und zwar über ein *Wie geht's dir?* hinaus, oder mich gar mit ihnen anzufreunden.

»Suizidgefährdet?«, fragt Phillip locker, bevor er eine Packung Taschentücher von seinem Bett angelt. »Hab heute ein wenig Schnupfen«, fügt er einfach so hinzu, während ich darum kämpfe, dass mir nicht die Kinnlade runterklappt. Hat er mich gerade gefragt, ob ich suizidgefährdet bin? Darf man das? Ich meine, gibt es da nicht irgend so ein Regelwerk? Was, wenn es so wäre?

»Ähm, nein?«

»War das eine Frage?«

»Nein, ich bin nicht suizidgefährdet. Wie kommst du darauf?«

Phillip zieht die Augenbrauen in bester *Ist das dein Ernst*-Manier nach oben. Chapeau! »Na ja, schau mal auf deinen Arm.«

Da muss ich nicht hinsehen. Der ist immer noch fest bandagiert.

»Ziemlich taktlos. Was, wenn ich gefährdet wäre?«

»Dann wäre es so«, entgegnet er lässig, zuckt mit den knochigen Schultern, die sich unter dem dünnen Pullover abzeichnen, und beginnt, sich die Nase zu putzen.

»Bulimie?«, frage ich trocken.

»Ah, knapp daneben«, nuschelt er durch das Taschentuch. »Anorexie. Ich hab es nicht so mit Erbrochenem.«

»Verstehe«, sage ich gedehnt, obwohl das nicht der Fall ist. Phillip seufzt, setzt sich auf sein Bett und schmeißt das Taschentuch in den Müll.

»Ich habe Magersucht. Ich fühle mich zu dick und esse nichts oder zu wenig und habe oft abgeführt. Ich habe keine Fressattacken, esse danach viel und übergebe mich direkt wieder. Das ist ein Unterschied.«

»Stimmt.« Mehr fällt mir dazu nicht ein, sosehr ich es möchte. Wie kann er sich zu dick fühlen? Wenn ich puste, könnte er umfallen!

»Oh, und ich bin schwul.« Er sagt es beiläufig, aber ich merke, dass es für ihn eine größere Sache ist als das Magersucht-Ding. Deshalb tue ich das Einzige, was meine Erziehung zulässt, obwohl sich jeder Nerv in mir zusammenzieht. Wegen des zweiten Teils des Wortes, nicht des ersten. »Cool, ich hatte noch nie einen schwulen Kumpel.« Niemand muss wissen, dass ich gar keine Kumpel habe.

Er grinst schief und ich muss wegsehen, als sich in seinem Gesicht Freude und Scham abwechseln.

»Dann hast du jetzt einen. Komm, ich zeig dir alles!«

»Was hat die Schwulen-Sache eigentlich mit alldem hier zu tun?«, platzt es aus mir heraus, weil es mich interessiert und weil er es sofort gesagt hat. »Ich meine, du bist doch wegen der Magersucht hier oder gibt es was anderes?«

Wir stehen auf, verlassen das Zimmer und ich höre, wie er tief einatmet, sich beinahe schüchtern selbst umarmt.

»Tut mir leid.« Ich muss mich räuspern. »Ich wollte nicht … ich meine … Ich bin nicht gut in so was. Also Konversation.« Wie auch, wenn man nur mit seiner Familie, seinem Arzt und ab und an mit einem Supermarktverkäufer redet.

»Kein Problem. Es ist manchmal noch etwas schwierig, es auszusprechen«, gibt er zu. »Ich bin wegen beidem hier. Ersteres ist offensichtlich, Zweiteres – nun, sagen wir so, nicht die *Schwulen-Sache* ist das Problem gewesen, sondern das Mobbing. Sie haben mir gesagt, ich wäre nicht normal. Krank. Irgendwann habe ich es geglaubt.«

22

Dr. Brandt sieht mich heute nicht so an wie sonst. Sondern als würde er etwas Wichtiges überlegen und suchen zugleich.

»Leni, bevor wir unsere Sitzung beenden, würde ich dich gerne noch ein paar Dinge fragen.«

Bisher kam ich gut zurecht, ich hab nur einmal während der Sitzung einen zu schnellen Herzschlag gehabt. Und heute war die Traurigkeit nicht stärker als ich. Nein, bisher nicht. Aber jetzt bekomme ich wieder schwitzige Hände und drohe in mir zusammenzufallen, weil ich es nicht verhindern kann. Diese einfache Sache …

»Wir sind die Gespräche bisher anders angegangen, aber ich habe das Gefühl, da ist noch etwas, das wir klären müssen, bevor wir weitermachen können.« Konzentriert erwidere ich seinen Blick, bin dabei, der Angst standzuhalten, sie zu verdrängen.

»Bist du noch oft traurig? Jeden Tag?«

~~Ja.~~ »Nein.«

»Geht es dir wesentlich besser, seit du hier bist? Was denkst du?«

~~Nein, nicht viel.~~ »Ja«, antworte ich wieder.

Er nickt, steckt seine Papiere weg, schlägt die Beine übereinander und lehnt sich in seinem Sessel zurück.

»Eine Lüge ist eine Aussage, die bewusst gemacht wird und die falsch ist. Deine Antworten sind beides: Lüge und Wahrheit. Eine Lüge, weil es dir nicht besser geht und du jeden Tag gegen die Trauer kämpfst und oft genug verlierst.« Er fixiert mich mit seinem Blick, in dem nichts als Verständnis liegt. Wohl der einzige Grund, warum ich mir noch nicht die Ohren zugehalten habe oder aus dem Zimmer gerannt bin. Ich schlucke, wieder und wieder.

»Und eine Wahrheit, weil du so sehr selbst daran glauben willst. Nicht wahr?« Er erwartet keine Antwort und falls doch, ist mein Ich, zusammengesackt, zerbrochen und bleich, das vor ihm sitzt, Antwort genug.

»Leni, würdest du mir sagen, welche Makel du hast?«

Irritiert ziehe ich die Augenbrauen zusammen, bin verwirrt durch den plötzlichen Themenwechsel und kann ihn nicht zuordnen. Gleichzeitig erleichtert er mich, meine Muskeln entspannen sich. Makel, davon habe ich genug.

»Meine Haare«, beginne ich. »Sie sind zu lang, zu dick, zu lockig und auffällig. Zu widerspenstig. Meine Sommersprossen. Sie sind überall und es sind zu viele. Meine Zahnlücke …« Ich stocke kurz, denke nach, atme tief ein und spreche es endlich aus. »Meine Unentschlossenheit, meine Angst.«

»Sehr gut, Leni. Und nun, sag mir, warum du in all dem einen Makel siehst.«

»Ich bin nicht perfekt«, flüstere ich. »Ich … Ich bin nicht sicher, ob ich irgendetwas gut kann.«

»Das beantwortet die Frage nur halb. Wieso sind deine Haare gleichermaßen ein Makel wie deine Angst?«

»Weil sie …« Mein Mund klappt wieder zu.

»Bist du sicher, dass du diese Dinge als Makel siehst? Oder sind es nur Dinge, die andere an dir aussetzen könnten? Sind es deine oder ihre Ansichten?«

Meine Gedanken rasen, ich beginne über seine Fragen und Worte nachzudenken, aber in meinem Kopf ist so ein Chaos. Ich weiß nicht sicher, worauf er hinauswill.

»Was wollen Sie mir sagen? Dass ich schon perfekt bin?«

»Oh Gott, nein!« Er beginnt zu lachen und ich komme nicht umhin, ihn anzustarren und fieberhaft weiterzuüberlegen, worauf er hinauswill.

»Ich wünsche niemandem, perfekt zu sein. Nein, ich denke, das ist der Punkt: Du solltest aufhören, es dir zu wünschen. Und aufhören, Dinge, die andere über dich denken könnten, über die Dinge zu stellen, die du selbst von dir denkst, ganz tief in dir, hinter der Angst vor der Welt, hinter der, zu versagen, hinter der Trauer und dem Frust.«

Aus irgendeinem Grund trifft mich jedes seiner Worte wie ein Messerstich, wieder und wieder, und treibt mir Tränen in die Augen. »Wieso siehst du Makel, wenn es doch Merkmale sind?« Er beugt sich leicht vor. »Ich will damit sagen, dass du hier bist und dass es besser werden kann, aber nur, wenn du es wirklich willst. Wenn du mit aller Macht ein Licht in der Dunkelheit finden und ihm auch folgen willst.«

»Und was, wenn da keines ist?«, frage ich so leise, dass man es kaum hört, und senke den Blick.

»Es ist immer eines da. Immer. In jeder Dunkelheit brennt ein Licht. Man muss es nur finden, Leni«, entgegnet Dr. Brandt so inbrünstig, dass sein Funke zu mir überspringt. Zumindest für eine kostbare Sekunde. »Wir beenden unsere Sitzung für heute, aber ich möchte dich bitten, dir noch einmal Gedanken über deine Makel und Merkmale zu machen.«

Wir stehen auf, ich gehe zur Tür und als ich dabei bin, den Raum zu verlassen, hält mich seine Stimme zurück.

»Leni?«

Ich stocke, drehe mich nicht um.

»Weißt du, was ein Semikolon anzeigt oder bedeutet?« Bevor ich antworten kann, redet er weiter. »Es bedeutet, dass an dieser Stelle der Satz zu Ende sein könnte, wenn der Autor das gewollt hätte, aber er endet nicht. Du bist dieser Autor! Der deines Lebens und du entscheidest, wie es weitergeht. Manchmal hat man das Gefühl, es geht nicht mehr. Manchmal denkt man, die Depression und die Angst würden einem alles nehmen, was man hat und liebt. Aber die Wahrheit ist, dass nicht die Krankheit das entscheidet, sondern du.«

Wie in Trance habe ich den Weg in mein Zimmer gefunden, sitze nun auf einem Kissen auf dem Boden, mit der linken Schulter angelehnt an das Glas des großen Fensters, und blicke auf den Wald hinunter, auf den kleinen Park, der zur Klinik gehört, und auf den Fluss und die Mauer. Obwohl in mir ein Sturm tobt, fühle ich mich ruhig. Eigenartig. Das Essen war ganz nett, ich war zwar nicht gesprächig oder gesellig, aber das Gute an diesem Ort ist, dass dir damit niemand auf die Nerven geht, weil jeder selbst so viele Probleme und Sorgen hat, dass er mit den seinen schon zu platzen droht. Sie brauchen nicht auch noch die meinen.

Das Gespräch von vorhin sitzt mir bis jetzt im Nacken, all die Worte, die Dr. Brandt gesagt hat. Auch wenn ich es wollen würde, könnte ich nicht aufhören, über sie zu grübeln und sie umzudrehen, immer wieder, sie von jeder Seite zu betrachten, und ich muss mich unweigerlich fragen, ob ich mich selbst boykottiere.

Ich wollte hierherkommen, aber ich will nicht hier sein.

Seufzend greife ich nach meinem Tagebuch. Jedes Mal, wenn ich es ansehe, denke ich an Emma und frage mich, ob sie mich jetzt hasst. Ob sie die kranke Leni genauso lieben kann wie die gesunde. Ich vermisse sie. Genau wie Mum und Dad. Ich vermisse mein ganzes altes Leben. Im Tagebuch liegen zwei Briefe, sie wurden mir gegeben an meinem Geburtstag. Sie sind von den Menschen, die ich so vermisse, und dennoch habe ich sie noch nicht geöffnet. Es gab sogar einen Moment, da wollte ich sie wegschmeißen.

Meine Finger fahren über den Einband des Tagebuchs und ich leite meine Gedanken in eine andere Richtung, denke für einen Augenblick an den Tag zurück, an dem ich es geschenkt bekommen habe. Ich war glücklich, glaube ich. Mir war nicht klar, was auf mich zukommen würde. Es ist so unwirklich, dass dieser Tag mehr als zehn Monate zurückliegt, eine halbe Ewigkeit.

Ich nehme den Stift, schlage das Buch auf und beginne, die ersten Worte zu schreiben. Ich bin zu einem Ergebnis gekommen, was die Ansprache von Dr. Brandt angeht, und glaube, er hatte recht. Es kommt auf mich an, nicht auf die Welt.

08. MAI

Ich habe Sommersprossen. So viele, dass ich sie nicht mehr zählen kann. Glaubt mir, ich habe es versucht. Sie zieren die Haut an meinem ganzen Körper. Und ich habe eine kleine Lücke zwischen den beiden vorderen Zähnen, viel zu lockiges und dichtes Haar. Das sind wohl meine stärksten äußerlichen Merkmale. Ich habe Angst, ich bin nicht glücklich, ich habe mich verändert. Auch das sind Merkmale. Genau, Merkmale, nicht Makel. Es hat eine Weile gedauert, es wieder so zu sehen. Manchmal denke ich, nichts ist schwerer, als seinen Blickwinkel zu ändern. Besonders auf sich selbst.

Gerne würde ich mehr schreiben, aber manche Erkenntnisse brauchen länger als andere, um zu sacken und sich festzusetzen. Ich hoffe, dass diese es tut, dass sie sich niederlegt und festhält und nicht mit der nächsten Attacke und dem nächsten Morgen fortgespült wird.

Ich klappe das Büchlein zu, lege es weg und ziehe die Knie an. Ich habe keine Lust, Licht anzumachen, deshalb sitze ich da und warte, bis es dunkel wird. Die Lampen rund um die Klinik erlöschen, die Schatten werden zu einem großen, die Nacht ist da. Trotzdem kann man genug erkennen, wenn man sich konzentriert, denn der Mond scheint hell heute Nacht und sieht wundervoll aus. Halbmond. Den mag ich am liebsten.

Mein Atem trifft auf das Fenster, ich hauche dagegen, damit es beschlägt und ich beobachten kann, wie sich das Glas ganz langsam wieder aufklart. Ich war schon im Bad, aber ich habe mich noch nicht aus meinen Klamotten schälen können. Müdigkeit übermannt mich und sie ist so selten geworden, dass ich innerlich über ihre Anwesenheit juble. Ich sollte ins Bett gehen, denke ich bei mir, während ich beobachte, wie sich die beschlagene Fläche des Fensters weiter verkleinert und schließlich ganz verschwindet.

Irgendetwas lenkt mich von diesem Schauspiel ab. Ich senke den Blick, meine Augen schalten von Nahsicht zu Weitsicht und … Was war das? Gegen die Müdigkeit ankämpfend richte ich mich auf, hefte den Blick auf einen der Bäume unter mir und warte. Weil ich schwören könnte, dass …

Da! Da war sie wieder. Die Bewegung. Etwas oder jemand hat sich bewegt, da war ein Schatten.

Und ich? Ich tue etwas, das man in so einer Situation wahrscheinlich nicht tun sollte.

Ich stehe auf, schlüpfe aus dem Zimmer, schleiche den Flur entlang und hoffe, dass niemand hört, wie laut und heftig mein Herz schlägt. Stille ist etwas Besonderes, weil in ihr alles so viel lauter klingt. Mein Atem, meine Schritte auf dem Boden.

Wenn ich nach unten möchte, weg von Station Zwei, muss ich an dem Schalter des Pflegepersonals vorbei. Die Leuchten im Flur sind auf Sparmodus, nur manche von ihnen sind an, noch dazu ziemlich gedimmt, im Gegensatz zu dem Raum hinter dem Tresen, umhüllt von einer großen Glasfront, in dem ich Lisa und Finn erkenne, die heute Nachtschicht haben. Sie unterhalten sich, Finn versucht Lisa zum Lachen zu bringen, aber er schafft es nicht. Sie sieht genervt und müde aus. Meine schnellen, aber kleinen und bedachten Schritte tragen mich näher und näher, ich bücke mich unter dem Fenster hinweg, bis zur Tür, die halb offen steht. Ich höre ihre Stimmen und will gerade vorbeihuschen, als Lisas Stimme ganz nah ist. Zu nah. Schnell richte ich mich auf, tue, als wollte ich am Rahmen klopfen, denn zum Fortlaufen ist es längst zu spät. Ich spüre die Panik meinen Rücken hinaufkriechen. *Bleib weg*, sage ich leise zu ihr. *Bitte bleib weg.*

»Oh mein Gott«, keucht Lisa, als sie hinaustritt, und läuft beinahe gegen mich. Sie erschreckt sich, hält die für ihre große Gestalt ziemlich kleine Hand an ihre Brust. »Leni. Was machst du hier? Es ist Bettruhe.« Nach dem ersten Schock mustert sie mich argwöhnisch, zieht die Lippen kraus. Mir wäre es lieber gewesen, Finn wäre hinausgekommen, er hat ein fröhlicheres Gemüt. Ein naiveres.

»Ich … äh … Mir geht es nicht so gut«, beginne ich vage und kann das Zittern in meiner Stimme zwar mit Müh und Not unterdrücken, aber trotzdem klingt sie schwach und zerbrechlich. »Ich fühle mich eingeengt und ich …« Kontrolliert atme ich ein, versuche in mir eine andere Panik als die, die ich beschreiben will, unter Kontrolle zu halten. »Ich brauche etwas frische Luft. Mehr Platz.«

Sie mustert mich weiter, verschränkt die Arme vor der Brust und als sie ihren Mund zu einer Antwort öffnet, setze ich noch ein flehendes *Bitte* hinzu.

»Zehn Minuten. Wenn du dich in zehn Minuten nicht wieder hier meldest, werde ich nach dir suchen. Nimm den Seiteneingang, ich gebe ihn frei.« Bei anderen würde es fürsorglich klingen, bei Lisa klingt es wie eine Drohung. Hastig nicke ich und gehe zur Treppe, bis sie außer Sicht ist – denn dann beginne ich zu rennen. Mein lauter Atem hallt von den Wänden wider, als ich im Erdgeschoss ankomme. Der Seiteneingang lässt sich normalerweise ohne Probleme mithilfe unserer Chips öffnen, aber es herrscht bereits Ausgangsverbot.

Ich fummele den Chip aus der Hosentasche, halte ihn gegen das Schloss, es piept, der Punkt leuchtet grün auf und die Tür gibt nach.

Als die kühle, leicht feuchte Nachtluft mir ins Gesicht schlägt, kommt mit ihr auch ein Funken klaren Gedankens und eine leise Stimme, die mich fragt, warum ich das hier tue, mit so einem Elan, den ich verloren geglaubt hatte, und warum ich ausgerechnet *jetzt* keine Angst habe, wo ich spät in die Dunkelheit hinauswandere, in den Park des Klinikums, zur Mauer. Und das nur, weil ich von meinem Fenster aus einen Schatten gesehen habe. Warum habe ich Lisa nichts gesagt? Was tue ich hier?

Wahnvorstellungen? Halluzinationen? Ich kneife die Augen zusammen, denke scharf nach. Kann ich es mir eingebildet haben? Eindeutig! Ich raufe mir die Haare, bin frustriert und werde wütend, weil ich keinen Anfang finde zu einem normalen Ich, keinen Anfang für eine Besserung, weil ich die Welt verstehen will, aber nicht mal mich selbst verstehen kann. *Warum ich?*, hallt es in meinem Kopf wider.

Mit den Händen fahre ich meine Arme hoch und runter, umschlinge mich selbst, weil ich nur ein Shirt trage.

Schritt um Schritt entferne ich mich von der Klinik, nähere mich dem Platz, den ich vom Fenster sehen kann. Ich will mich umdrehen, reingehen und versuchen zu schlafen. Weil etwas tief in mir weiß, dass ich Schlaf dringend nötig habe. Doch da ist etwas …

Matti
23

Das hier hatte ich mir schwerer vorgestellt. Aber es war bisher ein Kinderspiel. Ja, es gibt eine Ausgangssperre und Pflegepersonal und Visiten, aber wenn man hier rauswill, schafft man es. Nach der Visite habe ich mich runtergeschlichen und die Tür war noch offen. Außerdem war Phillip sehr mitteilungsbedürftig. Er meinte, das wäre das, was uns von Station Drei unterscheidet: Freiheit. Irgendwie süß, nicht wahr? Als ob irgendeiner von uns ansatzweise frei ist. Na ja, die obere Station hat wohl geschützte Fenster und es erfolgt nur Ausgang unter Aufsicht, da akute Selbstverletzungsgefahr besteht. Gut zu wissen, dass Frank mir glaubt, dass ich mich nicht umbringen wollte – nicht wirklich.

Gott, wenn ich nur mehr Muskeln hätte oder mehr Kondition oder überhaupt eine Ahnung von Sport, dann würde ich hier nicht wie ein nasser Sack versuchen, über diese beschissene Mauer zu kommen. Warum? Weil sie einmal fast ganz um die Klinik verläuft und man sonst nur durch den Haupteingang von hier wegkommt. Da kann ich ja schlecht einfach vorbeimarschieren und rufen: Ich bin raus, Leute! Macht es gut.

Außerdem besteht der Plan mit Sicherheit nicht darin, nach Hause zu gehen, Frank zu sehen, jeden Tag den gleichen

Blödsinn zu machen, nämlich nichts, und irgendwann alt zu sein und zu wissen: Mensch, ich hab ja richtig was aus meinem Leben gemacht. Nicht!

Ich will etwas erleben. Ich will richtig leben, fühlen und mir meinetwegen auch die Knochen brechen, ich merke es ja eh nicht. Was ich nicht mehr will, ist, bemitleidet zu werden oder in einem Glashaus zu sitzen.

Das ist der Plan – sobald ich es über diese wirklich hohe alte Mauer geschafft habe. Meine Arme zittern schon, die Turnschuhe rutschen dauernd ab, meine Finger haben nicht genug Kraft, mein Körper schafft das nicht mehr lange. Ich hätte eine Leiter oder ein Seil besorgen sollen. Ja, bei genauerem Nachdenken fällt mir auf, dass ich das hätte früher tun sollen. Das Denken! Leise Flüche kommen über meine Lippen, während ich weiter darum bemüht bin, mich nach oben zu ziehen. Ich hebe den Fuß, spanne die Arme an und … ein lauter und ziemlich hoher Schrei erschreckt mich so heftig, dass ich mitschreie, meinen Halt verliere und nach hinten kippe. Ich rutsche ab, lande hart mit dem Rücken auf dem Rasen. Was zur Hölle … Damit habe ich jetzt nicht gerechnet. Schritte nähern sich mir, während ich noch einen Moment liegen bleibe und verkrafte, was da gerade passiert ist. Hoffentlich hat mich keiner gehört.

»Es tut mir so leid«, fängt jemand an zu nuscheln.

»Ja, das sollte es auch«, gifte ich zurück, bevor ich mich aufsetze und umdrehe. Mein ganzer glorreicher Plan ist im Eimer, ich kann noch mal anfangen.

Als ich wieder stehe, will ich zu einer Schimpftirade ansetzen, aber ich verschlucke mich an den Wörtern. Ich erkenne im Mondschein nur ein Mädchen mit dem krassesten Haar, das ich je gesehen habe, Tausenden von Sommersprossen, wenn ich die Flecken richtig interpretiere, ein schmales Gesicht, akkurate Nase, schmale Lippen und große Augen. Sie steht direkt vor mir, ist einen halben Kopf kleiner als ich. Sie hat Angst. Das würde ein Blinder erkennen. Oder ihr ist einfach kalt, könnte auch sein, bei ihrem dünnen Shirt.

»Ich … ich sollte gehen«, stammelt sie plötzlich, weicht Schritt um Schritt zurück, ich sehe, wie krampfhaft sie sich selbst umklammert.

»Jetzt, wo du mir das hier versaut hast, ja?«, meckere ich leise, damit wir nicht noch irgendwen aufschrecken. Sie bleibt stehen.

»Was genau tust du hier? Wer bist du noch mal?«

»Das könnte ich dich genauso fragen.«

»Stimmt.« Sie legt den Kopf schief, ihre Locken fallen über ihre Schulter. »Aber ich habe zuerst gefragt.«

»Du solltest wirklich reingehen. Ich bin vielleicht gefährlich oder sonst irgendwas«, sage ich nicht besonders eloquent und fuchtle mit einer Hand in der Luft herum.

»Vielleicht. Aber das glaube ich nicht. Ich denke, du wolltest gerade abhauen.«

»Scharfsinnig. Und jetzt verschwinde. Du zitterst und hast Schiss.«

»Ich weiß«, sagt sie beinahe wehmütig und nickt. Nur einen Moment schaut sie weg, dann wieder zu mir, sie mustert mich, zieht die Augenbrauen zusammen.

»Du bist neu, oder? Ich glaube, ich habe dich die Tage kurz gesehen.« Gerade so kann ich es mir verkneifen, die Augen zu verdrehen, und als ich erneut loslegen will, ihr zu sagen, dass sie mich in Ruhe lassen und hineingehen soll, ertönen weitere Schritte und eine ziemlich wütende Stimme.

»Leni! Leni, hörst du mich?«

Das Mädchen reißt die Augen auf, dreht sich um und flüstert: »Oh Scheiße!« Ja, ich denke, das gilt dann wohl für uns beide. Ich fluche einfach mal mit, fahre mir frustriert durch die Haare und überlege wegzulaufen, aber es hat keinen Sinn.

»Zehn Minuten! Wir haben zehn Minuten gesagt und jetzt musste ich runterkommen, nach dir suchen, mir Sorgen machen und …« Sie hat mich gesehen. Ihr Blick liegt auf mir, ihr Zeigefinger zeigt nicht mehr auf den Lockenkopf neben mir, sondern auf mich. »Was ist hier los?« Ihr Tonfall ist schneidend, als sie sich vor uns aufbaut. Wir versuchen zu antworten, aber sie lässt uns keine Chance.

»Wisst ihr was? Es ist mir egal, erzählt es mir oben, aber wir gehen jetzt rein und dann gibt es mächtig Ärger. Ich bin enttäuscht von dir, Leni.« Gut, nicht von mir, noch mal Glück gehabt. Die Pflegerin hebt den Arm, deutet uns an, dass wir vorausgehen sollen, was das Mädchen, das augenscheinlich den Namen Leni trägt, auch tut, aber ich bleibe stehen.

»Los, ich hab keine Lust, die ganze Nacht hier zu bleiben.«

»Ich auch nicht, aber … äh … kann ich meinen Rucksack wiederhaben?«

Irritiert zieht sie die Brauen zusammen. »Und wo ist der?«

»Da drüben«, sage ich matt und zeige auf die Mauer. »Also, drauf oder auf der anderen Seite, ich bin mir nicht sicher, aber ich hatte einen guten Wurf.« Klingt weniger lustig, wenn man es ausspricht.

»Rein. Sofort!«, presst sie wütend hervor und ich gebe dem Drang, ein weiteres Mal nach meinem Rucksack zu fragen, nicht nach, sondern laufe dem Mädchen hinterher. Wir gehen hinein, fahren mit dem Fahrstuhl nach oben und folgen der Pflegerin in ihr Kabuff. Das heute hab ich mir eindeutig anders vorgestellt.

»Hinsetzen.« Jetzt sind wir schon bei Einwort-Sätzen angekommen, prima. Ich seufze, fahre mir über den Nacken und ziehe unwillkürlich die Nase kraus. Ich bin zu alt für den Scheiß – ich kann keine Standpauken mehr ertragen.

»Lisa, ich …«, beginnt Lockenmädchen, aber Pflege-Lisa unterbricht sie sofort und hebt die Hand, marschiert durch den Raum in einen anderen und kommt mit einem Typen wieder, wohl auch Pfleger. Er versucht vergeblich, seinen Kaffee in der Tasse zu behalten, während er von seiner Kollegin zu uns geschleift wird.

»Was ist denn los?«, fragt er irritiert, da bleiben beide vor uns stehen und sie zeigt auf uns.

»Leni wollte frische Luft schnappen, weil es ihr nicht gut ging, ich hab gesagt, zehn Minuten wären okay, sonst muss ich nach ihr suchen. Tja, und was soll ich sagen? Ich hab sie mit ihm erwischt.« Sie sagt das, als wäre ich eine mutierte Kakerlake oder so, während Lockenmädchen rot anläuft und anfängt zu zittern. Sie sagt nichts, aber … Sie schwitzt. Ziemlich stark, ihr Mund steht offen, nicht vor Schock, sondern weil sie zu schnell atmet, sie beginnt, sich vor und zurück zu wiegen.

»Wie heißt du?«, fragt die Pflegerin, aber ich beobachte weiter das Mädchen neben mir.

»Matthias Alexander Winter.«

»Du bist neu, sonst würde ich dich kennen«, stellt sie fest.
»Diese Station?«

»Ja«, erwidere ich trocken.

»Finn, pass auf die beiden auf, ich suche seine Akte.«

Sie geht, Finn bleibt. Gut, er wirkt sowieso menschlicher.

»Ich glaube, ihr geht es gerade nicht so gut«, sage ich unsicher zu niemand Bestimmten, während das Mädchen neben mir blasser und blasser wird. Aber Finn hat seine Tasse bereits weggestellt und ist vor ihr in die Knie gegangen.

»Leni, hörst du mich?« Er nimmt ihre Gelenke, nicht ihre Hände und ich frage mich, warum. Sie nickt abgehackt, kneift die Augen zusammen und für einen Moment auch ihre Lippen.

»Lass die Augen zu. Achte auf deine Atmung. Ein und Aus. Wir machen es zusammen.« Fasziniert beobachte ich das Ganze und frage mich, was gerade mit ihr passiert. Kurz sieht es so aus, als würde sie sich beruhigen.

»Was stimmt denn nicht mit ihr?«, frage ich neugierig und als ich es ausgesprochen habe, nein, bereits als ich die Worte sagte, wusste ich, wie falsch sie klingen und sind. Gerade ich! Ich fluche innerlich, will mich entschuldigen. Ich bin vieles, aber kein Arschloch.

Aber es ist zu spät. Sie reißt die Augen auf, ihre Atmung beschleunigt sich wieder, ich kann sehen, wie ihr Körper arbeitet, sich regelrecht wehrt. Dann sieht sie mich an und ich denke, in diesem Moment erkenne ich, wie scharf meine Worte wirklich waren. Sie hat hellbraune große Augen, die leer und traurig wirken, und ihr Haar glänzt rot und braun. Ich schlucke schwer. Dieser Blick hat sich eingebrannt.

Sie springt auf, reißt sich von Finn los, krümmt sich, ihr Schluchzen geht mir durch Mark und Bein, sodass sich mein Magen zusammenzieht und ich kurz wegsehen muss.

Im Augenwinkel bewegt sich Finn, schnappt sich etwas, während das Mädchen auf den Boden sackt. »Atmen, Leni, atmen!« Sie beugt sich vor, Finn reagiert schnell, greift ihre Haare und schiebt einen Mülleimer zu ihr, in den sie sich übergibt. Alles an ihr zittert.

Es ist meine Schuld.

Der Pfleger reicht ihr ein Taschentuch, schiebt den Eimer weg und sorgt dafür, dass sie sich an der Wand anlehnen kann. Er sagt etwas zu ihr, verlässt kurz den Raum und ich kann nicht aufhören, sie anzustarren.

»Nicht besonders schön, ich weiß«, flüstert sie und mir ist klar, diese Worte sind für mich bestimmt.

»Was war das?«, ist das Einzige, das mir über die Lippen kommt.

»Panik«, antwortet Finn, der mit Pflege-Lisa den Raum betritt, die sofort beinahe fürsorglich nach ihr sieht.

Panik. Ich ziehe die Augenbrauen zusammen.

»Das war eine Panikattacke«, führt das Mädchen weiter aus. Leni. Ich sollte endlich aufhören, sie nur Mädchen zu nennen.

»Deshalb bist du hier?«

Pflege-Lisa durchbohrt mich mit ihren Blicken, würde mich wahrscheinlich am liebsten erdolchen. Finn will antworten, aber Leni unterbricht ihn.

»Ist schon gut.« Sie versucht sich an einem Lächeln, dann sieht sie mich an. Offen, beinahe freundlich. »Ja. Und wegen der Depressionen.«

»Du leidest an Panikattacken und Depressionen?«, frage ich erstaunt und mustere sie weiter.

»Nein«, sagt sie mit fester Stimme und nicht nur das, sondern auch diese Antwort erstaunt mich. Hat sie nicht gerade genau das gesagt?

»Nein?«, hake ich nach.

»Nein«, wiederholt sie. »Ich kämpfe gegen sie.«

24

Die Nacht war grausam. Nach der Sache im Klinikpark an der Mauer und danach bei Lisa und Finn war an Schlaf nicht mehr zu denken. Wenn ich mich daran erinnere, schießt mir immer noch die Hitze in die Wangen und mit ihr kommt die Scham.

Das war eine der schlimmeren Attacken. Sie kam wieder, hallte lange nach und hatte sich regelrecht festgesetzt.

Ich seufze.

Matthias. Seinen Namen habe ich mitbekommen und dass er fragte, was mit mir nicht stimmt, und wenn ich an den Moment zurückdenke, sind die Gefühle wieder präsent und ebenso der absolut unqualifizierte, kindische Kommentar, der mir auf der Zunge lag und den ich ihm gerne in sein Gesicht geschleudert hätte, aber das war nicht möglich, weil sich alles gedreht hat und ich keine Luft bekam.

Was mit mir nicht stimmt? *Was stimmt denn mit dir nicht, du Idiot!?* Ja, das hätte ich ihn gefragt und ich hätte keine Antwort darauf gewollt.

Danach ging es bergab. Ich hab mich vor ihm übergeben, bin vor Finn zusammengebrochen und musste danach erzählen, was ich gesehen habe, warum ich wirklich hinausgegangen bin und unendlich oft versichern, dass ich auf keinen Fall mit dem Jungen verabredet war, gar mit ihm abhauen wollte oder ihn überhaupt kannte.

Heute Mittag gab es neben dem Zeichenkurs eine außerplanmäßige Stunde mit Dr. Brandt, dem ich all das ein weiteres Mal erzählen musste. Matthias und ich gaben uns die Klinke in die Hand, er kam aus dem Zimmer, kurz bevor ich hineinging. Dieses Mal nahm ich mir die Zeit, ihn zu mustern, ihn genauer anzusehen. Vans, verwaschene Jeans, Langarmshirt, größer als ich, braunes Haar, dunkelbraune Augen, schlank, beinahe drahtig. Keine Regung seiner Gesichtsmuskulatur, na ja, vielleicht sah er etwas grimmig aus. Und während ich an ihm vorbeiging, fragte ich mich nur, warum genau er hier ist.

»Erde an Leni!« Phillip wedelt mit seiner Hand vor meinem Gesicht herum, mehr oder weniger, denn um es direkt zu machen, ist er zu weit entfernt.

Da wir gerade freie Zeit haben, sitzen wir auf den Sitzsäcken am Treffpunkt der Station und ruhen uns aus, quatschen, denken nach. Ich nippe an meiner vierten Tasse Pfefferminztee für heute, bevor ich sie neben mir abstelle. Ellen, ein Mädchen aus der Gruppentherapie, ist auch da, aber sie liest sehr vertieft ein Buch und beachtet uns nicht. Ab und an verzieht sie nur komisch ihr Gesicht.

»Woran denkst du gerade?«

»Weißt du, gestern Nacht«, beginne ich vorsichtig, weil ich bisher keinem davon erzählt habe und nicht weiß, was davon die Runde gemacht hat.

»Gestern Nacht war richtig was los«, fällt Phillip mir ins Wort und beginnt begeistert zu erzählen. »Ich bin mitten in der Nacht aufgewacht, weil Lisa meinen Mitbewohner Matti vorbeigebracht hat, der anscheinend fliehen wollte. Dabei ist er noch gar nicht lange da.« Phillip lacht kopfschüttelnd.

»Matti? Wie Matthias?«, frage ich vorsichtig.

»Jaaa«, erwidert er und sieht mich skeptisch an. »Er hat in Kurs drei Therapie, nicht mit uns, und er saß nur im Zimmer bisher oder in der Bibliothek.«

»Ich war gestern dabei«, gebe ich kleinlaut zu und beobachte, wie Phillips Mund auf und zu geht, wie er sich versucht in dem riesigen Sitzsack aufzusetzen.

»Du wolltest abhauen?«

»Um Gottes willen nein!« Ich hebe die Hände, will ihn beruhigen, aber er fällt oder kullert – wie man es nimmt – seitlich aus dem Sitzsack.

»Heilige Scheiße. Was hast du dann mit dem Typen gestern Nacht gemacht?«

»Ich … Ich …« Die Anspielung bringt mich in Verlegenheit, ohne dass ich weiß, warum. Ich muss mich auf meine Atmung konzentrieren. »Nichts! Es ist nichts passiert und es war anders, als du denkst.«

»So fangen die guten Geschichten immer an«, witzelt er, zwinkert mir zu und lässt sich wieder in den Sitzsack fallen. »Leg los! Warum warst du gestern bei Matti, der abhauen wollte?«

»Ich kann von meinem Zimmer aus den Park und die Mauer sehen, Richtung Wald. Ich saß am Fenster und … und es wurde dunkel. Ich wurde müde, aber plötzlich war da etwas oder jemand. Zuerst sah ich nur einen Schatten. Die Neugierde und das Adrenalin in mir waren so stark, dass sich mein Kopf einfach ausgeschaltet hat«, erkläre ich schulterzuckend. »Nachdem ich mein Zimmer hinter mir gelassen und Lisa belogen habe, ich wolle nur frische Luft schnappen, stürmte ich nach draußen und das war der Moment, in dem ich mich fragte, was ich da tue, ob ich wirklich verrückt geworden bin und ob ich anfange zu halluzinieren. Erst sah ich niemanden. Dann erkannte ich einen Schatten an der Mauer und hab mich so erschrocken, dass ich laut geschrien habe. Nun ja ... Der Schatten ist von der Mauer gefallen und mitten auf den Rasen geknallt.«

»Das gibt es nicht.« Er fängt lauthals an zu lachen, hält sich den Bauch, krümmt sich. Und obwohl ich weiß, dass er nicht direkt über mich lacht, nistet sich ein komisches Gefühl ein, ich spüre es wie eine dunkle Wolke, die den Anfang eines Gewitters ankündigt. Ich schließe die Augen, wende die Techniken an, die ich bisher gelernt habe: Selbstfokus, alles ausblenden, zur Ruhe kommen, Arme über dem Bauch verschränken. Es ist nicht so einfach, wie es klingt, aber es funktioniert bisher am besten. Zumindest bei mir. Ich rechne es Phillip hoch an, dass er sofort aufhört und die Geduld hat, auf mich zu warten. Als ich die Augen öffne, sieht er mich voller Bedauern an.

»Es tut mir leid.«

»Das muss es nicht. Es ist doch nicht deine Schuld. Ich bin krank, schon vergessen?« Vergebens versuche ich mich an einem Grinsen. »Es kann sich nicht jeder um mich herum an mich anpassen oder nicht mehr lachen. Das wäre traurig.«

Er nickt, bevor er wieder übers ganze Gesicht strahlt. »Du bist also der Grund, warum Matti geschnappt wurde und sich Hämatome am Rücken zugezogen hat.«

»Sieht ganz so aus«, nuschle ich. »Hat er seinen Rucksack wieder?«

»Keine Ahnung, wieso?«

»Im Gegensatz zu ihm hat der es wohl über die Mauer geschafft.«

Phillip lacht erneut, aber leise und dieses Mal macht es mir nichts aus.

»Weißt du, was er hat?«

»Nope. Zu mir meinte er, es würde ihm bestens gehen und er hätte keine Ahnung, was er hier soll. Außerdem hat er immerzu einen gewissen Frank verflucht. Er hat einen bandagierten Unterarm. Ganz ehrlich? Erst dachte ich, er ist deswegen da. Du weißt schon.«

»Wegen eines Unterarms?«

»Nein, du Genie. Ich dachte, er wäre suizidal.«

»Oh.«

»Ja, *oh*! Komm, wir holen mir einen Pulli. Mir ist kalt.« Er trägt nur ein Shirt, weil er dachte, das würde reichen, und weil er vorhin so in Eile war, dass ihm wesentlich wärmer war als jetzt. Ich hab nur auf den Moment gewartet, in dem er feststellt, dass das mit ihm und dem Shirt nichts wird. Wir pellen uns aus den Sitzsäcken und schlendern den Gang entlang.

»Heute ist ein guter Tag, oder?« Er fragt es beiläufig, damit ich mir nicht dumm vorkomme.

»Ja, ich denke schon. Ich bin müde, habe nicht geschlafen, aber so ging es auch schon die Tage davor, es waren immer nur wenige Stunden.« Ich sage es beinahe lässig, als würde ich vom Wetter reden. »Aber heute geht es mir ganz gut, würde ich sagen. Ich bin aufgestanden, ohne dass ich weinen musste.« Ich schlucke schwer.

»Das muss hart sein.«

»Was meinst du?«

»Na ja, das mit der Magersucht ist was, das jeder sehen und auch verstehen kann. Essen und Abführmittel führt zum Dünnsein. Das ist eine einfache Gleichung. Sogar Schwulsein ist das. Ich mag Jungs, also bin ich schwul. Okay, sie verstehen es nicht, aber … es ist doch irgendwie was anderes als das, was du durchmachst. Wie erklärt man jemandem, dass es dunkel ist, wenn man in einem hellen Raum steht? Oder dass Aufstehen anstrengend ist, wenn man doch nur die Beine über die Bettkante schieben und einfach *aufstehen* muss.« Er schüttelt den Kopf. »Das muss hart sein. Zu wissen, dass man es noch so oft und so viel erklären kann, aber nie wird es einer wirklich verstehen.«

Ja, denke ich bei mir, *das ist es. Es ist hart und unfair und verdammt noch mal schwer.*

Eine Woche später will ich abends nach dem Essen zu Phillip, weil ich meine Zeichensachen bei ihm vergessen habe. Wir sind zwar nicht im selben Kurs, aber wenn mein Zimmer mir zu eng wird, wenn das Alleinsein mich erdrückt, gehe ich zu ihm und setze mich einfach bei ihm hin. Matti ist nie da, er sitzt meist in der Cafeteria, der Bibliothek oder in irgendeiner Ecke, wo er mit niemandem reden muss. Das ärgert Phillip, er mag Menschen grundsätzlich ziemlich gern und ist durch und durch Optimist.

Die Tür ist angelehnt, ich klopfe kurz und fest, reiße sie im selben Moment auf und sage: »Hey, ich wollte nur …«

Aber Phillip ist nicht da, sondern Matti, der sich erschreckt. Irgendwas ist hier faul.

»Phillip ist unter der Dusche.«

»Okaaay«, erwidere ich gedehnt. »Ich wollte nur meinen Block und meine Stifte holen.« Mein Finger zeigt auf den Schreibtisch gegenüber, während meine Füße sich bereits mit dem Rest von mir in Bewegung setzen. Matti wirkt angespannt, er schiebt da irgendwas unters Bett.

Ich drücke meine Sachen an mich, setze mich auf Phillips Matratze und beobachte ihn.

»Du kannst jetzt wieder gehen.«

»Ja, ich weiß, danke.« Meine Aufmerksamkeit richtet sich weiter auf seine Beine und … »Du hast deinen Rucksack wieder.«

»Das hast du gut erkannt. Und nun geh. Bitte.«

»Nein, ich würde gerne auf Phillip warten.«

»Gleich ist Visite oder so.«

»Halb so wild«, halte ich dagegen.

Seine Miene wird grimmig, er fährt sich durch die Haare. Er hat am Rucksack rumgefummelt, wurde hektisch …

Erschrocken reiße ich die Augen auf. »Du willst schon wieder abhauen.«

»Das geht dich nichts an, Lockenkopf«, zischt er wütend und zeigt auf mich. »Du musst es mir nicht ein zweites Mal versauen.«

»Das werde ich so oder so. Ich kann nämlich wirklich beschissen lügen. Um genau zu sein, gar nicht. Wenn also jemand fragt, wo du bist oder ob ich etwas weiß – nun ja.« Ich spüre, wie ich rot werde, zucke mit den Schultern und drücke den Zeichenblock samt Etui fester an meine Brust.

»Scheiße«, flucht er und schnappt sich den Rucksack, pfeffert ihn neben sich aufs Bett. Ich wage es, den Blick wieder zu heben, ignoriere die Hitze, die sich aufbaut, und mein wild klopfendes Herz. Heute ist ein guter Tag, flüstere ich mir innerlich zu. Gestern nicht, aber heute schon. Ich muss mich darauf konzentrieren. Atme ein, atme aus, bevor ich ihn frage: »Wieso bist du hier, wenn du nicht hier sein willst?«

»Was ist das für eine bescheuerte Frage? Denkst du, alle in diesem Haus sind freiwillig hier?«

»Nein, aber sie sind nicht auf dieser Station.« Meine Stimme klingt zum Glück fest und zittert nicht.

»Willst du, dass ich dir jetzt mein Herz ausschütte?« Theatralisch hält er sich eine Hand an seine dürre Brust und verzieht seine Miene, während sich in mir die Dunkelheit regt. Die Vorwarnung kam zu spät, sie war zu kurz, es drückt mich nieder, macht mich fertig, Tränen steigen mir in die Augen. Ich bin so traurig, dass es wehtut, und kann niemandem erklären, warum – nicht einmal mir selbst. Ich blinzle sie weg, räuspere mich und versuche mich unter Kontrolle zu bringen, während ich Matti ein weiteres Mal laut fluchen höre. Gerade als ich beschließe, seinem Rat zu folgen, aufzustehen und zu gehen und ihn einfach seinem Schicksal zu überlassen, schlendert Phillip ins Zimmer und erschrickt heftig, weil er nicht mit mir auf seinem Bett rechnet. Dabei lässt er seinen Kulturbeutel durch die Luft fliegen, einen wilden Fluch hinterher und kann gerade noch so das Handtuch um seine Hüften zusammenhalten, was Matti ein gehauchtes *Gott sei Dank* entlockt.

»Wow, okay. Damit konnte jetzt keiner rechnen. Aber ich hab alles im Griff«, sagt er außer Atem, wirft einen Blick auf das zerknitterte Handtuch vor seinem Schritt samt seiner Hand und grinst. »Habt ihr gehört? Alles im Griff.«

Ich blicke zu Matti, der sich mit den Fingern den Nasenrücken massiert.

»So, Leute. Was ist hier los?« Phillip schließt die Tür. »In fünfzehn Minuten ist Visite, vorher kommt hier keiner raus und erst recht nicht, bevor ich weiß, warum Matti so hochgradig genervt und Leni so blass ist. Wer will anfangen?« Er will ernst wirken, reckt das Kinn und verschränkt die Arme vor der Brust, was augenblicklich dazu führt, dass das Handtuch fällt. Ich keuche, kann gerade noch weggucken. Bei Matti bin ich mir nicht sicher, denn er schreit.

»Verfluchte Scheiße, musste das sein?«

»Ups.«

»Ja, ups. Zieh dir was an!«

Ich kneife die Augen zusammen, sie fangen schon an wehzutun. Auch noch, als ich das Rascheln von Kleidung vernehme und dass das Bett neben mir nachgibt, weil jemand sich draufsetzt.

»Bin angezogen. Ihr könnt die Augen wieder aufmachen und mich ansehen.« Als ich das tue, sitzen wir fast Nase an Nase und er grinst schelmisch. »Und jetzt sagt mir endlich, warum ihr euch so komisch benehmt.« Seine Augen verengen sich zu Schlitzen, ich kann nicht …

»Matti will wieder abhauen«, platzt es aus mir heraus, aber ich schlage mir sofort die Hand vor den Mund und rücke von Phillip ab, sehe Matti an, der mich wütend anfunkelt.

Ich versuche mich so klein wie möglich zu machen.

»Tut mir leid.«

»Was? Schon wieder? Wieso bist du überhaupt hier? Brauchst du keine Hilfe?«

»Ja, geht euch nichts an, und nein, die brauche ich nicht.«

»Ich sollte gehen. Ich … Ich wollte nach dir sehen, aber du warst nicht da, aber er und der Rucksack, und ich hab gut kombiniert, ich wollte nur die Zeichensachen, weil ich mich ablenken wollte und …« Ich stammele, quatsche weiter wirres Zeug, erhebe mich und will einfach nur hier weg.

»Du gehst nirgendwo hin! Du wirst mich nur verpetzen.«

»Wenn das dein Argument ist, lass sie lieber. Spätestens wenn die Visite kommt und sie fragt, warum sie bei uns ist, wird es brenzlig.«

Matti reibt sich über die Stirn. »Wegen ihr bin ich überhaupt noch hier. Ihr zwei werdet mir helfen.«

Während ich mich beinahe an meiner eigenen Spucke verschlucke, lacht Phillip.

»Ah, du gehörst hierher. Du bist nicht ganz bei dir.« Er zeigt ihm den Vogel. Die beiden starren sich nieder, ich hingegen bewege mich seitwärts zur Tür und will einfach nur raus hier.

»Wenn ich euch alles erzähle«, beginnt Matti. »Also warum ich hier bin, warum ich wegwill und was ich habe, helft ihr mir dann?«

Matti
25

»Ja!« und »Auf keinen Fall!«, ertönt es zeitgleich. War klar, dass der Lockenkopf da nicht mitmacht.

»Los, wir haben nicht mehr viel Zeit, fang an. Leni, beweg deinen süßen Hintern hierher. Komm schon!«

Aber sie sackt nur an der Tür hinab, mit verängstigtem Blick. Kommt mir bekannt vor, hoffentlich kotzt sie uns nicht ins Zimmer.

»Okay, dann bleib da! Alles ist gut. Matti, leg los.«

»Ich bin hier, weil Frank, das ist mein Arzt, und meine Mum denken, das wäre das Beste für mich. Ich habe keine psychischen Probleme, aber ich denke, sie hatten davor Angst oder denken, ich könnte irgendwann durchdrehen.« Ich halte meinen Arm hoch, sodass der Pulli verrutscht und man den neuen Verband sehen kann. »Dabei war das, na ja, nicht so wild.«

»So nennst du das?«, fragt Phillip beinahe frech, was mich nur wütend macht.

»Willst du die Story jetzt hören oder nicht?«

»Sorry.«

»Ich hab schon gesagt, ich hab nicht versucht, mich umzubringen. Das hatte ich nie. Es war nur so …« Für einen Moment muss ich die Augen schließen. Bisher war es nie notwendig, das jemandem zu erklären. »Ich bin auch krank, aber anders krank.«

»Das sagen sie alle.«

»Phillip!« Dieses Mal war Lockenkopf schneller als ich. Sie sitzt noch immer an die Tür gelehnt da, mit angezogenen Beinen und verschränkten Armen, wie ein kleiner Ball, aber sie sieht weniger blass aus und gerade funkelt sie ihren Kumpel mahnend an. »Je öfter du ihn unterbrichst, umso länger dauert das hier.«

Das bringt mich zum Grinsen. »Sie hat recht. Und jetzt hör zu. Ich sage nicht, dass ich mehr krank bin oder so, aber anders. Ich bin körperlich krank und sie haben Schiss, dass sich das auf meine Psyche auswirkt – so nach einem Leben voller Kranksein durchaus möglich, würde ich schätzen, aber nicht bei mir. Ich habe HSAN.« Ich weiß nicht, warum ich meinen Kopf neige und zu dem Mädchen schaue, das aussieht, als würde es von rotbraunen Locken umrahmt werden ohne Anfang und Ende, und dessen Augen mich auf diese Art beobachten, die mich neugierig macht. »Das bedeutet, dass ich keine körperlichen Schmerzen verspüre, und ich schwitze nicht. Ich merke es nicht, wenn ich mir die Hand breche, wenn ich blaue Flecken bekomme und ich würde es auch nicht merken, wenn mein Magen explodiert. Zumindest nicht als Schmerz.«

Ihre Augen werden größer, man kann förmlich sehen, wie ihre Gedanken rasen. Auf gewisse Art bin ich fasziniert – bis Phillip anfängt zu reden.

»Ohne Scheiß? Dann ist es klar, warum du hier gelandet bist. Mein Zimmer hat durch seinen Standort die geringsten Temperaturschwankungen und ich hasse es, das Fenster offen zu lassen«, erklärt er stolz. Ganz toll!

»Was hat dein Arm mit allem zu tun?« Sie lenkt meine Aufmerksamkeit wieder auf sich.

»Gut aufgepasst, Lockenkopf!«

»Leni. Ich heiße Leni.«

»Das mit meinem Arm war ein schwacher Moment. Normalerweise liegt bei uns nichts offen rum, an oder mit dem ich mich ernsthaft verletzen könnte, aber an diesem Abend – mein Stiefvater hat sein Rasiermesser liegen lassen und ich habe es mir einfach geschnappt.« Ich schlucke schwer, mein Mund fühlt sich auf einmal trocken an. »Ich hab mich geritzt, weil ich schauen wollte, ob ich nicht vielleicht doch Schmerzen bekomme, und ich konnte nicht aufhören. Na ja, weil es eben nicht wehtat. Mein jüngerer Bruder hat mich erwischt und ich habe aus Versehen ein paarmal zu tief angesetzt. Das ist auch echt nicht einfach, wenn man nix merkt. Danach bin ich im Krankenhaus aufgewacht und man überbrachte mir die frohe Botschaft eines stationären Klinikaufenthalts.«

Ich klatsche in die Hände, schaue von Phillip zu Leni und wieder zurück, bevor ich mich räuspere. Sie sehen geschockter aus, als ich vermutet habe.

»Das ist heftig«, sagt Phillip. »HSAN. Hab ich noch nie gehört.«

»Das haben auch nicht viele. Ist eine Erbkrankheit. So was wie der Sechser im Pech-Lotto.«

Schweigen und Schock.

»Also, helft ihr mir?«

»Moment, Moment.« Phillip hebt die Hände. »Das war alles? Mehr gibt es nicht? Und deshalb willst du hier weg? Weil es dir im Kopf angeblich gut geht?«

»Wenn du es so ausdrückst, klingt es wirklich etwas bescheuert, aber eigentlich will ich nicht nur hier weg.«

»Sondern?« Leni fixiert mich mit ihrem Blick, sie hält sich noch immer selbst fest.

»Ich will endlich leben«, gebe ich zu.

»Wir wollen das auch«, sagt Phillip. »Wir unterscheiden uns nicht so sehr, wie du denkst.«

»Doch, das tun wir. Ihr hattet das irgendwann schon mal. Ihr habt mehr gesehen als immer nur Ärzte, euer Haus, wieder Ärzte, den Supermarkt, das Auto eurer Mutter, okay und eine Grundschule.«

»Ich helfe dir.«

»Das kommt überraschend.«

»Ja, für mich auch. Besonders, weil ich dann wieder allein in diesem Zimmer bin und ich das echt hasse. Aber gut. Du musst wirklich mal raus.« Er kräuselt die Nase. »Keine Party? Disco? Bars?«

Ich schüttle den Kopf. »Einmal ein Kino.«

»Bowling? Das Meer? Die Berge? Eine andere Stadt?«

»Mum hat mich gut behütet.« Ich grinse, während ich das sage, weil es lustig und frech klingen soll, aber bei Gott, es ist armselig.

»Du spürst keine Schmerzen?« Lenis dünne Stimme unterbricht uns. Ich schüttle den Kopf. »Du würdest also nicht merken, wenn es dir nicht gut geht? Wie soll das gehen? Wie willst du das machen ohne Hilfe? Wie willst du …« Sie stockt, weil sie keine Luft bekommt. Sie hyperventiliert, muss den Kopf auf die Knie sinken lassen.

»Ich kann versuchen, mich selbst abzutasten. Ich muss auch

hier jeden Tag einmal nach unten für eine Kontrolle, meine Mum macht das schon immer und falls es Auffälligkeiten gibt, ruft sie den Arzt. Einmal im Monat geht es für einen inneren Check ins Krankenhaus.«

»Weißt du, was da alles passieren kann? Es ist nicht nur das, sie werden nach dir suchen. Deine Mum wird sich Sorgen machen. Ist es das wert?«

»Du verstehst das nicht, Lockenkopf. Ich kann nicht gesund werden. Niemals. Mir wird keine Therapie helfen und kein Gruppengequatsche. Ich werde immer krank sein. Ich will nicht noch ein Jahr eingesperrt sein, bis ich achtzehn bin, ich will die Welt sehen oder zumindest etwas mehr davon als die zehn Kilometer Umkreis meines Hauses. Ich will leben. Und wenn ich mich verletze, dann ist das so. Ich will nicht mehr in Watte eingepackt werden. So ein Leben ist keines.«

Es ist ruhig nach meiner Ansprache. Zumindest bis die Tür piept und Leni mit ihr zur Seite geschoben wird.

»Was ist denn hier los?«

Visite. Das war's.

Leni geht, die Tür schließt sich wieder und die Nachtruhe setzt ein. Eigentlich wollte ich warten, bis Phillip schläft, und mich rausschleichen, aber das kommt mir jetzt nach diesem Gespräch schlicht bescheuert vor. Warum? Weil es keinen Plan gibt. Ich war nie ein großer Planer. Wofür auch? Und wenn ich kein Feigling wäre, könnte ich vor mir selbst zugeben, dass es etwas mit mir gemacht hat, den beiden meine Geschichte zu erzählen. Oder einen Teil davon. Dass da etwas in mir ist, das nicht mehr ganz so schnell von hier weg will wie der Rest …

»Klingt so, als wäre deine Mum übervorsichtig.«

»Vielleicht. Ich kenne es nicht anders und da die Krankheit echt selten ist, gibt es nicht besonders viele, mit denen ich mich darüber austauschen könnte. Sie tut ihr Bestes. Mir reicht das aber nicht. Das ist wohl das Schlimmste daran.« Mein Geständnis erschreckt mich selbst. Mein Kiefer mahlt, mein Hals schnürt sich zu, weshalb ich ein paarmal schlucken muss, bevor ich weiterspreche. »Und ich frage mich immer, wie es mir gehen würde, wenn wir nicht zufällig viel Geld hätten. Geld für einen privaten Arzt, ein großes Haus, einen Hauslehrer. Wäre ich glücklicher? Gefährdeter?«

»Keine Ahnung. Aber eines weiß ich: Sei froh, dass es jemanden gibt, der sich um dich sorgt. Das ist der eigentliche Luxus.«

16. MAI

ICH WÜNSCHTE, EMMA WÄRE HIER. Ich habe zwar mein Handy wieder, aber ich habe es ausgeschaltet. Es ist nicht das Gleiche. Ich würde gerne mit ihr reden, sie um Rat bitten und sie die magischen Worte sagen hören: Alles wird wieder gut, Leni. Aber ich habe Angst. Deshalb darf mich keiner besuchen und das Handy liegt tot in meinem Rucksack. Nur noch ein wenig durchhalten, das sage ich mir immer wieder, nur noch ein bisschen, aber ich weiß nicht, ob das stimmt.

Was macht man, wenn der Ort, an den man wollte, nur der ist, von dem man weg möchte?

17. MAI

Phillip und Matti wollten heute zu mir. Wir haben heute keine Therapiestunden, ich habe sie weggeschickt, ich brauche Zeit für mich. Ich habe mich schon wieder <u>verloren</u> und ich denke, jedes Mal, wenn ich mich wiederfinde, fehlt ein kleines Stück.

19. MAI

DIE DUNKELHEIT

in mir, ich umarme sie. Weil es zu schwer ist, sie zu bekämpfen. Weil es weh tut. (weh weh)

Ich möchte nicht mehr, dass es <u>WEHWEHWEHTUT</u>, und ich will nicht mehr kämpfen, keine Angst mehr haben.

Ich will nur hier liegen.

Juni
5 Monate nach dem Wimpernschlag, der alles verändert hat und zu einem Tsunami wurde.

26

Es fühlt sich an, als würde ich zu mir kommen.

Die letzten Tage waren ein Rückschlag. Niemand würde das auf diese Weise ausdrücken, aber ich tue es, weil es die Wahrheit ist. Dr. Brandt musste mich außerhalb unserer Stunden besuchen, man hat mir Essen aufs Zimmer gebracht. Ich bekomme neue Antidepressiva. Ich habe sie schon. Die Packung liegt auf dem Tisch, gestern habe ich die erste genommen. Aber deshalb geht es mir heute nicht besser, da mache ich mir keine Illusionen, denn sie braucht Zeit, um zu wirken.

Es klopft an der Tür, sie schwingt auf. Ich sitze angezogen auf dem Bett und denke nach.

»Darf ich reinkommen?«

Ich nicke nur.

Frau Belfor tritt ein, ich warte, bis sie auf dem Hocker Platz genommen hat.

»Geht es dir etwas besser?«

»Ich denke schon«, antworte ich vage.

»Dr. Brandt hat mich über deinen Zustand informiert. Ich halte es für sinnvoll, nachher für eine Einzelstunde zu dir zu kommen und dich von der Gruppentherapie freizustellen für heute. Wäre das okay?«

Wieder nicke ich.

»Du weißt, dass du nichts falsch gemacht hast, oder?«

Mit aufeinandergepressten Lippen sehe ich sie direkt an und der Druck in mir will hinaus, die Tränen fließen, mein Hals kratzt. »Doch, das habe ich.«

»Wie meinst du das?«

»Ich habe neue Medikamente bekommen. Ich habe sie genommen und ich werde es ab jetzt regelmäßig tun, jeden Tag.«

»Aber das ist doch nichts, was du falsch gemacht hast.«

»Das stimmt, aber etwas Besonderes, weil ich das bisher nicht getan habe. Die letzten konnten nicht wirken, sie hatten keine Chance. Weil ich sie schon seit Wochen nicht mehr nehme. Ob ich mich schlecht fühle deswegen? Natürlich tue ich das! Ich habe die Erklärungen im Ohr, die guten Zusprüche, weiß, wie die Medikamente wirken, warum es wichtig ist, sie regelmäßig zu nehmen, aber … Ich kann es nicht in Worte fassen. Ich glaube, ich wollte es einfach so schaffen, aus eigener Kraft. Ich dachte, ich schaffe es ohne sie. Das war ein Fehler. Das haben die letzten Tage gezeigt.«

Ich stoppe meinen Redeschwall, knete die Hände im Schoß und starre sie an. Bis andere Hände in mein Blickfeld geraten und sich auf die meinen legen.

»Fehler zu machen ist normal und nur tragisch, wenn wir nichts aus ihnen lernen können.«

»Dr. Brandt weiß es nicht.«

Sie schweigt. Irgendwann halte ich es nicht aus und hebe den Blick.

»Ich verstehe, dass du es allein versuchen wolltest. Dass du stark sein wolltest. Aber die Medikamente sind deine Helfer und Unterstützer in diesem Kampf, Leni. Lass sie dir helfen. Genauso wie uns.«

Vorgestern begann es mir besser zu gehen, ich habe wieder mein Zimmer verlassen, bin aufgestanden, habe aber nichts gegessen oder viel geredet. Phillip, Anna und Matti verstehen sich mittlerweile sehr gut und ich fühle mich in ihrer Gegenwart nicht unwohl. In der von Phillip und Anna sowieso nicht, sie sind wie ein Anker für mich. Manchmal sieht man Menschen, begegnet ihnen und glaubt, da könnte etwas sein. Dann wechselt man den ersten Blick, die ersten Worte und weiß, da ist etwas! Etwas, das uns verbindet, das über Sympathie hinausgeht und sie dennoch miteinschließt. Geborgenheit. Ein wenig Glück. Manchmal sieht man Menschen und weiß, sie werden im nächsten Moment zu Freunden. So war es bei den beiden. Bei Matti war es nicht so. Matti und ich brauchen mehr Zeit. Vielleicht werden wir nie Freunde. Vielleicht schon, nur langsamer. Eine Sache weiß ich, ich fühle mich nicht unwohl in seiner Gegenwart und das ist ein erster Schritt in die richtige Richtung, denke ich. Mich nicht unwohl zu fühlen heißt, maximal einmal am Tag wegen ihm eine Attacke zu bekommen und nicht das Bedürfnis zu haben, ihn zu meiden.

Gestern ging es noch mal ein bisschen besser, zumindest bis zum Abend. Anna, Phillip und Matti wollten mir helfen, sie haben es mit allem versucht: einfach nur da sein, mit Humor, mit Geschichten. Jeder auf seine Art. Aber Anna war diejenige, die erkannte, dass es einer dieser Momente war, an denen man aufgeben musste. Sie hat die Jungs mit rausgenommen und Frau Belfor zu mir gerufen.

Heute kann ich zumindest klar denken, auch wenn ich mich gehetzt, nervös und unruhig fühle. Es ist trotzdem ein guter Tag. Beim Mittagessen sitze ich mit Anna, Matti und Phillip an einem Tisch, es gibt irgendeinen Eintopf. Mein Hunger ist nicht wirklich vorhanden, aber ich schiebe dennoch Löffel um Löffel in meinen Mund und bemühe mich, nicht allzu sehr oder oft auf dem Stuhl herumzurutschen. Meine Gedanken hängen an den Worten meiner Psychotherapeutin, die übersetzt so viel heißen wie: Lern aus deinen Fehlern, lass dir helfen und alles wird bald besser! Gib nicht auf. Rückschläge sind normal.

Aber ganz ehrlich? Das liegt mir schwer im Magen, weil ich langsam nicht mehr weiß, *was* mir hilft und, noch schlimmer, *wann* es hilft. Das Wann ist mein Feind. Weil ich das nicht ewig durchhalten werde. Das Kämpfen, die Krankheit, diesen Zustand. Und immer, wenn diese Gedanken kommen, sage ich mir, dass es unwichtig ist. Was habe ich schon für eine Wahl?

»Wir haben uns echt Sorgen gemacht«, nuschelt Phillip zwischen zwei Löffeln voller Eintopf, der ihm beinahe wieder aus dem Mund gelaufen wäre, weshalb Anna das Gesicht verzieht.

»Bah, behalt das Essen bitte da, wo es keiner mehr zu Gesicht bekommt. Und ich hab dir gesagt, dass so etwas vorkommen kann. Ich kenne das«, fügt sie mitfühlend hinzu und schenkt mir den Ansatz eines Lächelns.

Ja, Anna kennt es zu gut. Ihr geht es oft wie mir, deshalb hat sie es auch sofort verstanden. Aber bei ihr zeigen sich die Depressionen anders, sie weint fast nie und sie hat keine Angststörung. Bei ihr wird es einfach nur still und dunkel, zumindest hat sie es mir einmal so erklärt. Es ist eine andere Art der Dunkelheit und die Narben auf ihren Armen zeigen es. Sie hat schon zweimal versucht, sie herauszuschneiden – und mit ihr das Leben. Ich bin froh, dass es nicht geklappt hat. Dass sie noch hier ist. Anna ist ein toller Mensch. Sie sieht ein bisschen aus wie die junge Reese Witherspoon, sie hat die gleichen Haare, Gesichtszüge und dieses freche, entwaffnende Grinsen. Über ihren Körper sagt sie jedoch stets, er sähe aus wie ein Wal, und ich antwortete, dass man nie glauben sollte, was Mobber einem an den Kopf werfen. Das ist natürlich, wie vieles, leichter gesagt als getan, das wissen wir alle, aber wir müssen es uns immer wieder ins Gedächtnis rufen, dürfen es nicht vergessen. Sie ist kein Wal und sieht nicht aus wie einer, sie könnte als Curvy-Model durchgehen.

Wen interessiert es schon? Niemanden geht es etwas an, warum du dünn bist oder kurvig, warum du braunes oder rotes, blaues oder blondes Haar hast, kurz oder lang, warum du Tattoos oder Piercings hast, warum du weinst oder lachst. Nur dich sollte es etwas angehen und nur du solltest damit zufrieden sein müssen. Deine Meinung ist die einzige, die zählt, wenn du morgens in den Spiegel blickst, und sie sollte lauten: Du bist schön und klug, du bist wertvoll und wunderbar. Wir sind hier, weil wir das vergessen haben. Weil wir es immer und immer wieder vergessen – aus den verschiedensten Gründen. Wir kämpfen gegen so viele Dämonen, dass wir sie manchmal nicht mehr erkennen oder auseinanderhalten können.

»Morgen Nacht ist es so weit.« Matti sieht mich eindringlich an und ich lasse den Löffel wieder auf den Teller sinken. »Wir haben gewartet, bis es dir besser geht.«

Verwundert schaue ich zu Anna und danach zu Phillip. Es ist so weit? Dann geht mir ein Licht auf. Sie reden davon, Matti zu helfen, diesen Ort zu verlassen.

»Anna weiß Bescheid«, sagt Phillip nur achselzuckend, als ich fragend zu ihr sehe. »Sie hat uns mehr oder weniger erwischt beim Pläneschmieden.«

»Es war mehr ein: *Was macht ihr da?* Und die Antwort: *Auf keinen Fall einen Fluchtplan!* Wir üben das noch mal, Jungs.«

Phillip verzieht das Gesicht, Matti sendet ein Stoßgebet aus, bevor er sich erneut mir zuwendet.

»Was die beiden sagen wollen, ist, dass es einen Plan gibt.«

»Wie sieht der aus?«, frage ich vorsichtig.

»Du ... also ... Es ist so, dass ...«

»Gott, Phillip! Hör auf zu stottern ...«, unterbricht Anna ihn. Phillip, der neben mir sitzt, ist von Annas Anpfiff ihm gegenüber sichtlich genervt und läuft rot an. Ich schiebe mir derweil ein paar meiner Locken wieder zurück über die mittlerweile knochigen Schultern und einen Löffel Eintopf in den Mund. Ich muss etwas essen, auch wenn mein Magen rebelliert.

Anna seufzt. »Wir haben zwar gewartet, bis es dir besser geht, Leni, aber wir haben beschlossen, dass du uns dabei nicht helfen wirst.«

Erschrocken blicke ich erst sie an, dann die anderen. Beinahe spucke ich den Eintopf wieder aus, so schockiert bin ich. Sie wollen mich nicht dabeihaben.

»Verstehe«, wispere ich verletzt, senke den Blick und weiß, wie kindisch das ist. Dabei wollte ich zuerst selbst nicht dabei sein.

»Leni, verflucht! Wir machen uns Sorgen. Wir wollen dir das nicht zumuten. Du warst die letzten Tage fast durchgängig

apathisch, hast dein Zimmer nicht verlassen, dein Zustand ...«
Sie schüttelt den Kopf. »Etwas hat dich wieder zurückgeworfen, ganz an den Anfang. Wie lange bist du schon hier? Länger als du wolltest, oder? Hast du das Gefühl, du gehst mehr Schritte vor als zurück?«

»Wollt ihr damit sagen, diese Klinik kann mir nicht helfen? Das hier wäre Zeitverschwendung? Und was hat das jetzt mit diesem Plan zu tun?«, frage ich mit belegter Stimme, aber sofort hebt Anna die Hände, sieht sich kurz um, ob uns jemand zuhört.

»Nein! Natürlich nicht. Wir sind ja auch hier und es hilft uns allen. Manchen langsamer, manchen schneller, aber es hilft. Wir glauben nur, dass dein innerer Schalter noch nicht auf GO steht und dass du uns bei dem Plan und der Flucht ... Du brauchst Ruhe.«

»Ich habe keine Ahnung, wovon ihr redet.« Mein Herzschlag beschleunigt sich, ich kann es spüren, er drückt gegen meine Brust, meine Lunge will mehr, meine Hände werden schwitzig. Ich lasse ab von dem Essen, lege sie in meinen Schoß.

»Weißt du, manchmal will man keine Hilfe oder man will sie, aber ist noch irgendwie blockiert. Ich kann das nicht erklären, es ist ja auch nicht bei allen so, aber wir kennen das, Anna und ich, und wir glauben, du hast das auch.«

»Ich wollte hierher, ich habe gesagt, ich will Hilfe.«

»Aber trotzdem ist da etwas in dir, das sie ablehnt.«

»Wisst ihr, wie bescheuert das klingt?«

»Ja, das war es für uns auch. Bis dieser eine Moment kam, dieses KLICK. Ich kann es nicht beschreiben, aber es war, als hätte ich das erste Mal wieder alles klar und deutlich sehen und verstehen können.«

»Phillip hat recht.«

»Ich gehe mit«, platzt es aus mir heraus, während Matti sich verschluckt, Anna ihm mit aufgerissenen Augen heftig auf den Rücken klopft, Phillip panisch lacht und ich die Arme vor der Brust verschränke. Meine Gedanken sind ein einziges Chaos, nichts von alledem, was sie mir versucht haben zu erklären, macht Sinn. Trotzdem ist da etwas in mir, das angetan ist davon, es ist verrückt. Ich will nicht hinaus, die Welt ist groß und laut, voller Gefahren, voller Dinge, die mich niederdrücken können. Aber ich will auch nicht ausgeschlossen werden.

Kurz ist es so still an unserem Tisch, dass mir eine Gänsehaut über die Arme fährt. Alle sehen mich an, durchleuchten mich förmlich, starren mich an.

»Nein.« Mattis Stimme ist fest, warm und dunkel. »Nein, nein, auf keinen Fall.« Die anderen sind anscheinend noch zu geschockt, ihre Münder stehen offen.

»Ich komme mit!« Meine Stimme ist belegt, ich halte die Tränen, so gut es geht, in Schach. »Alle denken, dass sie wüssten, was das Beste für mich ist, aber das ist nicht möglich, weil ich es seit Monaten selbst nicht mehr weiß.«

»Das ist doch Bullshit, Leni!« Mattis Worte gehen mir durch Mark und Bein. »Es gibt für dich keinen Grund, diesen Ort zu verlassen für einen, an dem es dir weitaus schlechter gehen wird. Das ist bescheuert! Ich will hier weg, um zu leben, nicht, um gesund zu werden.«

Mein Stuhl schabt über die Fliesen, als ich aufstehe und ich mein Tablett anhebe, um es wegzubringen. Tief einatmend und zitternd zugleich entgegne ich: »Ich auch nicht, Matti. Ich bin keine Närrin.«

Phillip beginnt zu stottern, hängt wahllos Worte aneinander, die von Annas fester Stimme durchbrochen werden.

»Bist du dir sicher? Weißt du, was da auf dich zukommt?«

Ich nicke nur, aber innerlich schreie ich: *Nein, tue ich nicht. Ich habe Angst. Ich will hierbleiben und fort zugleich!*

Und ich denke an Matti, den ich nun ansehe. Er wäre sonst alleine. Will er das wirklich sein? Kann er allein auf sich achten?

»Bitte«, flüstere ich. »Lass mich mitgehen.« Keine Ahnung, warum ich bettle, aber es fühlt sich nicht gut an. Alle sind still, also will ich mich umdrehen und gehen, aber Mattis Stimme lässt mich ein letztes Mal innehalten.

»Ich will dich nicht hier fortbringen und mitnehmen. Ich will nicht, dass du verletzt wirst, dass es dir schlechter geht, ich weiß nicht …«

»Vielleicht wäre es einen Versuch wert? Vielleicht findet sie draußen ein Stück von sich wieder. Vielleicht gibt es innerhalb dieser Mauern nichts, das sie daran erinnert, wie stark sie sein kann.« Anna wischt sich eine Träne aus dem Augenwinkel und ich schlucke schwer, versteife mich, weil ich glaube, sie hat gerade mehr von sich als von mir gesprochen. Ich versuche mich an einem Lächeln, dann gehe ich auf mein Zimmer.

09. JUNI

Mein Leben war einmal einfach und ich war glücklich. Jetzt habe ich nur noch die Erinnerung daran.

Ich will, dass es wiederkommt, dass aus einer Erinnerung mehr wird. Ich habe gerade einem beinahe fremden Jungen gesagt, dass ich mit ihm weggehen möchte. Wohin soll das führen? Wohin sollen wir gehen? Was sollen wir tun?

Ich frage mich, was mit mir los war. Denn wenn ich mitgehe, ist es, als würde ich vor meinen Problemen weglaufen.

Oder nicht?

Matti
27

»Sie wird das nicht wirklich machen. Ich meine ... das wird sie nicht, oder?« Es ist nicht überraschend, dass ich in meiner Position einen Hauch von Panik verspüre. Schließlich hat sich Leni seit ihrem Geständnis, sie wolle mich begleiten, nicht mehr blicken lassen oder noch etwas dazu gesagt.

»Das weißt du nicht, Matti. Wir müssen noch mal zu ihr.«

Ich halte hartnäckig dagegen. »Warum, Anna? Sie hat sich nicht mehr dazu geäußert, wir sollten das akzeptieren. Als ihre Freunde.«

»Genau deshalb! Weil wir ihre Freunde sind! Ich wünschte, meine Freunde hätten meinen Arsch früher hierherbefördert, hätten mich eher und besser dazu gedrängt, in eine Klinik zu gehen und mit jemandem darüber zu reden. Aber sie taten es nicht. Ich mache ihnen keinen Vorwurf. Das, was wir mit uns herumtragen, ist auch für die um uns herum schlimm. Aber ... wer weiß. Vielleicht würde manches anders aussehen. Was ich damit sagen will, ist, dass Leni hier gerade nicht glücklich oder gesund wird und ... Vielleicht braucht sie einen Schubs?«

»Wieso willst du eigentlich so plötzlich, dass ich sie mitnehme?«

»Sie kann auch hierbleiben, es ist mir egal.« Anna verzieht das Gesicht. Phillip macht mit und denkt anscheinend über irgendwas nach.

»Erklär uns noch mal, was genau du da draußen vorhast. Dann kann ich mich entscheiden, ob ich dafür oder dagegen bin, dass Leni die Klinik mit dir verlässt.«

»Ich will nur hier weg! Ich will andere Orte sehen, Abenteuer erleben und nicht alle zehn Minuten hören *Geht es dir gut, Matti* oder *Pass auf, Matti.* Ich bin nicht aus Glas und ich will nicht in einem gefangen sein.«

»Also einfach drauflos. Kein Ding. Und was passiert mit Leni?«

»Ich weiß es nicht, okay? Anna hat damit angefangen, dass es ihr vielleicht guttun würde und bla bla bla. Es ist ja nicht so, dass ich sie nicht mitnehmen könnte, aber ... aber ...«

Phillip lächelt plötzlich so dämlich. Wieso tut er das?

»Du willst sie also mitnehmen?«

»Lass es gut sein, Phillip«, versucht Anna die Situation zu schlichten, aber seine Augen fixieren mich weiter und ich presse die Lippen fest zusammen, weiche ihnen aus. Es gibt keine Antwort auf die Frage und ich habe nie behauptet, dass ich das will oder nicht will.

»Du magst sie und hast Schiss um sie.«

Anna schlägt sich bei Phillips Worten die Hand vor die Augen und seufzt. Mein Kopf ruckt nach oben, mein Kiefer mahlt und so ein dämliches Gefühl sitzt in der Magengegend. Wut, ja, ich denke, es ist Wut.

»Du übertreibst ein wenig, ich kenne sie ja kaum«, wiegle ich ab. »Und das ist hier auch nicht der springende Punkt. Ich hab keine Ahnung, wie ich das alles mit Leni machen soll. Wie man sich um sie kümmert, ob es ihre Situation verschlechtert …« Weiter und weiter zähle ich meine Argumente und Sorgen auf und sage auch mehr oder weniger, dass ich auf so was echt nicht vorbereitet bin. Das Einzige, was bei Phillip hängen bleibt, ist: nichts davon.

»Okay, dann findest du sie sympathisch und interessant. Jedenfalls so sehr, dass du sie mitnehmen würdest.«

»Phillip«, sagt Anna genervt.

»Was wollt ihr eigentlich von mir hören?«, frage ich aufgebracht.

»Dass es dir nicht egal ist, wie es ihr geht. Dass du sie mitnimmst, wenn sie das möchte. Wenn du das auch möchtest, natürlich. Und dass du, falls es so weit kommt, aufpasst, was diese Reise aus ihr machen wird. Dass du, wenn du sie mitnimmst und sie mitgeht, nicht vergisst, dass sie da ist, und dass es nicht länger nur dein Trip ist, sondern auch ihrer. Dass psychische Lasten so schwer sein können wie körperliche. Unsichtbar heißt nicht: nicht da.« Phillip beginnt zu zittern, Annas Blick ist starr und stur. Und statt zu sagen, ich kann das nicht, ich wollte allein sein, das ist zu viel, Leni will vielleicht gar nicht mehr, ich glaube nicht, dass es das Richtige ist, mir geht der Arsch auf Grundeis, verlässt nur ein einziges Wort meinen Mund.

»Versprochen«, entgegne ich und habe keine Ahnung, wieso ich das tue.

Operation Abenteuer beginnt. Phillip hat auf diesem absolut dämlichen und einfallslosen Namen bestanden. Na, wenn er Freude daran hat …

Mein großer Rucksack ist gepackt, vollgestopft mit Klamotten, ein paar Snacks, Zahnbürste und Co, mein Geld und eine dünne Decke ist eingerollt drangeknotet. Leni haben wir nur kurz während des Essens gesehen, sie hat sich alleine in eine Ecke gesetzt, womit die Sache wohl erledigt wäre und wir uns diese blöde Debatte heute Mittag hätten sparen können. Anna war während des Essens nicht da, also war ich mit Phillip allein, dabei hat er auch den Namen für das Ganze festgelegt. Jetzt sitzen wir in unserem Zimmer. Ich wäre bereit, die Visite ist schon lange vorbei. Die letzten Tage haben wir uns das Ganze genau überlegt und einmal alles ausgekundschaftet. Wir haben über den PC in der Bücherei eine Karte gedruckt, man muss sich eintragen und hat nur wenige Minuten pro Woche Zugang. Viele Seiten sind gesperrt – einige eben nicht. Wir haben heimlich Lisa und Finn beobachtet, die diese Woche noch Nachtschicht haben, haben ein Taxi vorbestellt via Internet für heute Nacht, zur Einfahrt der Klinik. Wir haben nur noch ungefähr dreißig Minuten, bis es da ist.

»Wo ist Anna?« Ich werde langsam nervös.

»Ich weiß es nicht.«

Wir warten zwei, drei, vier Minuten, bis ich es nicht mehr aushalte. »Komm, lass uns gehen.« Ich schnappe mir meinen Rucksack und entgegen meiner Erwartungen widerspricht Phillip mir nicht. Wenn das hier noch mal in die Hose geht ... Ich schüttle den Kopf. Es wird keinen dritten Versuch geben und auf einen Besuch samt Standpauke von Frank kann ich echt verzichten.

Phillip drückt die Klinke hinunter, zieht die Tür vorsichtig auf, späht hinaus, lauscht aufmerksam. Er zeigt mir den Daumen, alles okay. Das war ja auch noch keine Kunst. Unser Zimmer liegt im hinteren Gang, der eine Sackgasse ist. Wir müssen zur Treppe, schräg gegenüber vom Pflegepersonalraum. Ich setze den Rucksack auf, wir schleichen hinaus. Meine Vans machen zum Glück keinerlei Geräusche, Phillip läuft barfuß. Schritt um Schritt nähern wir uns der Ecke. Ich schiebe den Kopf langsam vor, spähe um sie herum, Phillip tut es mir gleich. Niemand zu sehen, aber wir hören Lisa, die gerade redet. Wir warten kurz.

Ihre Stimme wird leiser.

»Jetzt«, flüstert Phillip. Er geht schnell vor und auf Zehenspitzen stürzt er voran, schaut, ob uns jemand sieht, dann fängt er hektisch an zu winken und ich renne ihm hinterher. Wir stürzen beinahe die Treppe hinunter und ...

»Was machst du denn hier? Oder besser: Wo warst du, verflucht?« Genau das wollte ich Anna auch fragen, aber Phillip war schneller.

Anna grinst verschmitzt

»Blöde Frage, euch helfen natürlich.«

»Sie werden euch den Arsch aufreißen«, flüstere ich.

»Dafür müssen sie uns erst mal beweisen, dass wir von der Flucht wussten. Kommt! Phillip und ich müssen es gleich wieder unbemerkt nach oben schaffen.«

»Wie spät ist es?«

»Die Uhr in der Cafeteria zeigte zehn Minuten vor Mitternacht, ich habe kurz nachgeschaut, bevor ich zur Treppe bin.«

»Dann müsste es gleich so weit sein.« Zumindest wenn unsere gesammelten Informationen der letzten Tage stimmen. Wir haben uns jede Nacht die vergangenen drei Tage ins Foyer geschlichen, immer gegen Mitternacht. Die Empfangsdame hat jedes Mal geschlafen und der Wachmann geht dann um die Ecke. Entweder für einen Rundgang oder für den Besuch auf der Toilette, wer weiß das schon. Auf jeden Fall öffnet uns das ein Zeitfenster.

Wir schauen gespannt in Richtung Eingang.

Da, er setzt sich in Bewegung und wir uns mit ihm, wir gehen den Gang bis zum Foyer hinunter, folgen ihm mit unseren Blicken und zeitgleich sehen wir Frau Empfangsdame, die schlafend in ihrem Stuhl hängt. Perfekt.

»Ihr kennt den Plan. Phillip, Anna, Schalter.« Sobald Nachtruhe herrscht, ist die Haupttür nur noch durch Betätigung eines Schalters zu öffnen.

»Los!«

Ich renne los, leise, aber schnell und während Phillip aufpasst, dass niemand kommt, schleicht sich Anna hinter den Empfang und sucht nach dem Knopf. Das dauert zu lange, so schwer kann dieses Ding doch nicht zu finden sein. Ich gebe Phillip verzweifelt ein Zeichen, wir stehen hier wie auf einem Silbertablett. Er eilt zu ihr, kriecht unter den Tisch und sucht …

Er hat ihn! Daumen hoch, Anna winkt. Die Tür summt, ich bin draußen.

Für einen Moment stehe ich dümmlich da, sauge die frische Nachtluft, die schon jetzt nach Freiheit riecht, in mich auf. Meine Füße setzen sich in Bewegung, den dunklen Weg entlang, weg von der Klinik. Bis … Bis ich ihre zarte Stimme höre, die meinen Namen ruft, und ein paar Sekunden lang die Augen schließen muss.

Ich presse die Zähne aufeinander und gehe langsamer, bis Leni neben mir steht. Außer Atem, mit ihren großen Augen und dem flehenden und zugleich entschlossenem Blick. Mit erhobenem Kinn und einem Rucksack auf den Schultern.

Ich sage nichts, sie sagt nichts. Wir rennen los. Der Kies und die Steine knirschen unter unseren Schuhen und ich komme nicht umhin, immer wieder zurückzuschauen, um zu gucken, ob Lichter angehen, ob man uns erwischt hat. Es ist angenehm draußen und man merkt, dass der Sommer bald da ist. Neben mir wehen Lenis Locken wild umher, leuchten wie Feuer in der Dunkelheit und im Schein des Mondes.

Völlig außer Atem kommen wir unten am Weg an, die Klinik sieht winzig aus von hier.

»Das Taxi müsste jeden Moment da sein«, erkläre ich ihr, aber sie keucht noch immer und kann nicht antworten. Sie ist so dünn, ich frage mich, ob sie das schon immer war. Man bekommt Angst, sie könnte jeden Moment zerfallen. Sie redet kaum, das macht mich wirklich etwas nervös. Das – ach ja, und die Tatsache, dass sie nun wirklich hier ist, mein Trip ganz anders wird als gedacht und ich nichts mehr daran ändern kann.

Plötzlich erscheinen komische Lichter, eines direkt vor meinem Gesicht, und ich bin so irritiert, dass ich erst mal einen Schritt nach hinten mache.

»Was ist das denn?«

»Glühwürmchen«, wispert Leni und in diesem Moment sieht sie glücklich aus, beinahe friedlich. Sie lächelt, streckt ihre Finger nach einem der kleinen grünweißen Punkte aus.

»Sie sind wunderschön.«

Ich beobachte sie und sie hat recht, die kleinen Dinger sind irgendwie magisch. Aber Leni fasziniert mich mehr. Wieso macht sie das so glücklich? Wie konnte sie überhaupt hier landen und wieso kommt sie wirklich mit mir mit? Mit einem Jungen, den sie erst ein paar Tage kennt. Wieso lasse ich Depp das zu? Innerlich fluche und seufze ich. Super.

Helles Licht dringt durch die Bäume, beginnt uns zu blenden und bevor Panik ausbrechen kann, erkenne ich das Taxischild, das Entwarnung gibt. Es hält, ich öffne Leni die Tür und gehe danach auf die andere Seite. Wir steigen beide hinten ein.

»Frankfurter Hauptbahnhof, bitte.«

Der Fahrer nickt mir zu, stellt die Uhr an und gibt Gas, während wir uns anschnallen. Im Auto riecht es nach Leder, unsere Rucksäcke haben wir auf dem Schoß.

»Was hat dich umgestimmt?«

»Du meinst, warum ich hier bin?«

»Ja, wieso? Ich meine, du hast es gesagt, aber ich habe nicht wirklich daran geglaubt. Du hast danach kein Wort mehr darüber verloren.«

»Es muss doch jemand auf dich aufpassen.« Sie versucht sich an einem Lächeln, ich ebenso.

»Das ist der Grund?« Falls ja, ist es ein wirklich mieser. Es ist kein Grund, es ist eine Ausrede. Oder ein Vorwand.

»Einer davon. Gibt es einen Plan?«

»Nein. Bis hierher war das eher Phillips Ding, ich hab es nicht so mit Plänen.«

»Kein Plan«, wiederholt sie matt.

»Genau. Nur Ziele.«

Sie schaut aus dem Fenster, zieht den Rucksack fester an sich.

»Wieso haben dich die Glühwürmchen so glücklich gemacht?«, frage ich leise.

Leni bewegt sich nicht, aber sie antwortet. »Weil sie mich an bessere Zeiten erinnern«, erwidert sie ebenso leise, danach traue ich mich nicht, noch mal etwas zu sagen oder zu fragen, weil ich merke, dass sie von Minute zu Minute angespannter wird und ihren Rucksack immer fester umklammert.

»Wie lange dauert es noch?«, frage ich den Fahrer nach einer Weile. Ich merke, dass Leni mit sich kämpft.

»Zehn Minuten ungefähr«, gibt er zurück.

Ich lehne mich wieder zurück, greife nach Lenis Händen, die sie mir sofort entzieht, und jetzt weiß ich, warum sie am Handgelenk angefasst wird. Sie sind schweißnass. Unruhig rutscht sie hin und her.

»Mir wird schlecht, ich kriege keine Luft.«

Scheiße, ich hab keine Ahnung, was ich tun soll. Ich wusste, das hier wird schiefgehen.

»Du atmest doch! Du kriegst Luft.« Ja, ganz toll analysiert, Matti. »Ich meine ... Lehn dich zurück.«

Sie tut, was ich ihr sage, dann lehne ich mich zu ihr, ziehe an meinem Gurt und öffne ihr Fenster ein Stück. »Einatmen, ausatmen. Wir sind gleich da und es ist alles gut.«

Sie schließt die Augen, aber ich weiß nicht, ob es besser wird. Ich würde sie am liebsten fragen, aber ich denke, das wäre nicht förderlich. Das ist, als würde ich ihr jetzt sagen: Entspann dich doch mal! Würde ganz sicher richtig gut klappen.

Also tue ich etwas Verrücktes und lege meine Hand auf ihre Stirn. Auch schwitzig, aber das ist mir egal.

»Was tust du da?«, fragt sie schwach.

»Nicht nachdenken«, entgegne ich ein wenig zu schroff. »Meine Mum hat das immer gemacht, wenn ich nicht schlafen konnte, wenn ich angespannt war oder krank. Es hat geholfen, mich zu entspannen.« Gerade als ich mich mehr als dämlich fühle und meine Hand zurückziehen will, vor allem, weil diese Position bestimmt nicht gut ist für meinen Rücken, höre ich ihre Stimme.

»Danke.«

28

Ich würde gerne behaupten, dass ich mir ganz viele, ganz intelligente Sachen dabei gedacht habe, hierbei mitzumachen, aber jetzt, keuchend und einer Panikattacke erlegen in einem Taxi sitzend mit einem nahezu fremden Jungen, kann ich das nicht. Meine Augen sind noch geschlossen, seine Hand liegt auf meiner Stirn und der Druck tut unerwartet gut.

Abzuhauen war nie mein Plan und mich weiter darüber zu unterhalten auch nicht. Trotzdem habe ich gesagt, dass ich es tun will. Deshalb ging ich nicht zum Abendessen und fragte, ob es möglich wäre, noch einmal etwas Brot im Zimmer zu essen, und gab als Grund an: weil es mir nicht gut geht. Das war nicht mal gelogen. Das Gleiche habe ich heute getan, ich war nicht einmal beim Essen, wollte den anderen nicht begegnen. Ich wollte es mir nicht ausreden lassen. Vielleicht hatte ich auch Angst, dass sie recht haben könnten. Doch dann stand Anna in der Tür, schloss sie hinter sich und … redete mit mir darüber. Sie hat mich gefragt, was mich dazu bewegt, sich meine Ängste, Wünsche und Gedanken angehört und mir in Ruhe erklärt, warum sie das Ganze nicht vollkommen irrsinnig findet. Sie half mir dabei, den Rucksack zu packen, erzählte mir, wie sie uns aus der Klinik bringen und dass sie keine Ahnung hat, wie es danach weitergeht. An diesem Punkt der Unterhaltung hätte ich beinahe das Abendbrot wieder hinausgewürgt. Was, wenn es keinen Plan gibt? Diese Angst hat sich eben bestätigt. Es wird eine Reise, einfach so. Das ist in meinem jetzigen Zustand mehr als wahnsinnig und auch ein wenig fragwürdig. Das wäre es schon vorher gewesen. Ohne Plan geht nichts. Pläne sind notwendig – und seit ich krank bin, nun ja, ich konnte nirgendwo mehr hin, wenn ich nicht wusste, wo genau es hinging, wie lange man brauchte, wie wir hinkamen. Kurz: Ich verließ nicht mehr oft das Haus, zum Ende gar nicht mehr und die Klinik war so etwas wie mein Schutzschild vor der Welt. Eines, das ich freiwillig angelegt und gerade wieder abgelegt hatte. Wofür? Warum will ich das oder ziehe es überhaupt in Erwägung? Das konnte mir Anna auch nicht erklären, aber sie sagte etwas, das mich zum Nachdenken brachte: *Du hast doch nichts mehr zu verlieren, Leni. Entweder bringt dich diese Reise voran oder nicht. Ich glaube, irgendwann kommt ein Punkt, der so dunkel ist, dass wir alles tun würden, um ihm zu entfliehen. Eine Reise klingt da gut, oder nicht?*

Als sich Mattis Hand von meiner Stirn löst, öffne ich die Augen. Wir sind wieder in Frankfurt, fort vom Wald, mitten in der Stadt. Ich kann den Hauptbahnhof erkennen.

Der Fahrer stoppt, das Taxameter zeigt Matti den Preis und mir wird klar, dass wir gar kein Geld dabeihaben. Panik will sich ausbreiten, da zieht Matti ein Portemonnaie hervor mit ziemlich viel Barem darin und mir fällt beinahe die Kinnlade herunter. Er schnallt sich ab, bezahlt, gibt Trinkgeld und lächelt mich an. Er hat ein schönes Lächeln. Also nicht klassisch schön, wie das von Arschloch-Tim, sondern ansteckend schön. »Aussteigen, Leni!«

Ja, richtig. Wir sind da. Ich befreie mich vom Gurt, atme noch einmal tief ein, bevor ich die Tür öffne und den ersten Fuß auf den Asphalt setze. Matti ist schon an meiner Seite, das Taxi fährt weg. Vor mir der Hauptbahnhof. Auch bei Nacht ein Ort, der mich ängstigt. Zu groß, zu laut, zu viele Menschen.

Meine Finger tun weh, weil ich sie in den Stoff des Rucksacks kralle, den ich fest an meinen Bauch drücke. Meine Füße bewegen sich, ich kann es nicht verhindern. Rückwärts! Matti ist schnell, er packt meine Arme, hält mich fest.

»Leni, was machst du da?«

»Ich kann das nicht. Ich fahre einfach wieder zurück, ja, das ist das Beste. Das ist zu viel für mich.« Ein Schluchzen löst sich aus meiner Brust, zusammen mit purer Verzweiflung, die leider niemand sehen kann, ich aber dafür umso stärker spüre.

»Sieh mich an.«

Das tue ich. Seine braunen Augen halten mich fest und ich höre seine Stimme, die durch den Nebel in meinem Kopf dringt und gegen das Rauschen in meinen Ohren ankommt.

»Wie kann ich dir helfen?«, fragt er und das macht es nur schlimmer, weil ich es ihm nicht sagen kann. Ich weiß es nicht!

»Okay, okay! Pass auf. Wir werden jetzt zusammen da reingehen, langsam. Ich werde dich nicht alleine lassen, nie. Verstanden? Sag mir, wie es dir geht. Sag mir, wenn du Ruhe brauchst, sitzen musst, kotzen, aufs Klo, was auch immer. Ja?«

Ein Lachen entweicht mir und ich erschrecke kurz deswegen. »Du willst, dass ich dir so was sage?«

»Wenn es dir hilft.« Er zuckt mit den Schultern, als wäre es keine große Sache. Er erinnert mich gerade an Emma. Sie würde ihn mögen.

»Ist dir das nicht unangenehm?«

»Sollte es das? Ich hab nicht so viel Erfahrung damit«, sagt er und grinst schief, während ich ihn einfach weiter anstarre. »Nun komm schon! Das sind alles ganz normale Dinge, nur dass es bei dir häufiger passiert. Okay, und vielleicht heftiger. Aber es ist jetzt nicht so, als hätte sich die Menschheit noch nie übergeben, geschwitzt oder Angst gehabt. Außer mir natürlich, die Sache mit dem Schwitzen überlasse ich anderen.« Er tritt zurück, lässt mich los und meine Arme werden an den Stellen, an denen zuvor seine Hände waren, kalt. Er hält mir eine Hand hin und ich nehme all meinen Mut zusammen, setze den Rucksack auf und lege meine hinein.

Wir betreten den Bahnhof. Es sind noch genug Leute hier und die ein oder andere Taube. Gott, es stinkt! Wir gehen an einem Starbucks vorbei, geradeaus direkt zu den Ferngleisen.

»Darf ich dich etwas fragen?«

»Nur zu«, entgegnet er und hält weiterhin meine Hand.

»Wieso hast du so viel Geld?«

»Gut, dass du mich daran erinnerst! Wir brauchen einen Geldautomaten.«

»Ich meine das ernst. Ich fühle mich komisch, weil ...«

»Ich meine das auch ernst«, unterbricht er mich, »und du musst dich nicht komisch fühlen. Das ist das erste Mal, dass ich nicht nur richtig Geld ausgeben kann, sondern auch wirklich möchte. Für etwas Sinnvolles. Du bist dabei, das ist doch kein Ding.«

Dieser Junge ist anscheinend wirklich irgendwo eingesperrt gewesen, fernab von allem. Was soll ich darauf nur antworten?

»Außerdem haben wir genug. Mein Konto ist voll und da heben wir jetzt was ab. Das Geld bei mir habe ich aus meinem Sparschwein. Da floss bisher immer nur was rein und sehr selten was raus. Weihnachtsgeschenke, Bücher oder neue Spiele für die Playstation. Das war's.« Er zuckt mit den Schultern, zieht mich um die Ecke, wir laufen parallel zu den Gleisen.

Ich würde gerne etwas antworten, aber mir fehlen die Worte.

»Da!« Er zeigt auf einen Geldautomaten. Karte rein, Geld raus. Fertig. »Falls meine Mum auf die Idee kommt, das Konto zu sperren. So habe ich wenigstens ein paar Tage oder Wochen meinen Spaß, bevor ich pleite bin.«

»Lass mich mal ran.« Verdutzt geht er zur Seite. Ich hole mein Portemonnaie heraus, meine Karte und hebe auch ein wenig Geld ab.

»Ich hab nicht viel, aber ich will dir nicht ganz auf der Tasche liegen.« Wie unüberlegt ich gehandelt habe, wird mir Stück für Stück mehr bewusst.

»Komm, wir holen uns Tickets.« Er geht nicht näher auf das Thema ein, deshalb tue ich das auch nicht.

Die Eindrücke, all die Menschen, dieser Ort. Es ist wie ein verschwommenes Bild, von dem ich Kopfschmerzen bekomme. Ich bin angespannt, meine Muskeln im Nacken beginnen zu schmerzen.

»Wo fahren wir hin?«

»Weit weg.«

Weil es Nacht ist, werden wir knapp sechs Stunden im Zug nach Hamburg sitzen. Eben mussten wir einmal umsteigen. Der Zug ist fast leer, wir haben eines dieser Sechs-Sitz-Abteile für uns. Wir sitzen uns gegenüber am Fenster, ich in Fahrtrichtung, unsere Rucksäcke neben uns. Gedimmtes Licht, draußen ist es dunkel.

Es geht mir besser als erwartet. Wieder. Hier gibt es Toiletten, es ist ruhig und überraschend angenehm. Wir haben uns nach den Tickets zwei Sandwiches gekauft, je eine Flasche Wasser und Matti wollte in den Buchladen. Dort hat er ein Science-Fiction-Buch gekauft – *Neon Birds* prangte in fetten Lettern darauf – und für uns beide so ein Nackenkissen. Ich würde es ihm noch danken, waren seine genauen Worte. Er hat es bereits umgelegt, meines liegt neben dem Rucksack, dessen Reißverschluss ich öffne und außer Emma Junior und einem Stift auch meine Tabletten entnehme und sie neben meine Flasche Wasser lege auf den Abstelltisch. Matti beobachtet mich genau.

»Nun frag schon.«

»Na schön! Was sind das für Tabletten?«

»Antidepressiva. Sie sollen mir helfen, ich nehme eine jeden Abend.«

»Weißt du, wie es angefangen hat? Ich meine ...«

Ich lehne meine Stirn an das Fenster, es ist schön kühl. »Darüber habe ich so oft nachgedacht, aber ich denke nicht, dass ich je eine genaue oder richtige Antwort finden werde. Vielleicht nicht mal eine zufriedenstellende. Es war einfach da. Zuerst die Angst, die Panik, die Übelkeit, und mit der Zeit schlichen sich Trauer, Müdigkeit, Verzweiflung und eine alles verzehrende Dunkelheit dazu. Das klingt immer so dramatisch, dabei ist es einfach passiert, ohne dass es jemand gemerkt hat.« Ich schlucke schwer. »Wahrhaben wollte es niemand, ich am allerwenigsten. Aber ich konnte irgendwann nicht mehr. In einem der klaren Momente, an einem der guten Tage, wie ich sie nenne, wurde mir bewusst, dass ich das nicht allein schaffen kann. Ich wusste ja nicht, was ich habe. Ich wusste nur, dass etwas da ist und ich mich veränderte, dass ich mich selbst verlor. Das war das Schlimmste daran.« Meine Stirn wird zu kalt, deshalb lehne ich mich zurück und sehe Matti an. »Es hat einige Wochen und Ärzte gedauert, bis klar war, was mit mir los ist. Ich musste auf einen Platz in einer Klinik warten, aber man sagt zu einer Depression nicht: Drück mal auf Pause! Ich wollte, dass es aufhört, also habe ich meine Notfall-Tabletten genommen.« Ich muss die Augen schließen, weil sich Tränen darin sammeln. Sie laufen über. »Ich wollte nur schmerzfrei sein. Ich hab zu viele genommen, ich war nicht klar im Kopf. Mein Vater hat mich krampfend auf dem Boden gefunden und … Danach ging es relativ schnell, ich kam in die Klinik. Sie glaubten mir, dass ich nicht sterben wollte, aber die Sache war wohl doch zu heikel.«

Als Matti auflacht, kann ich nicht anders, als die Augen zu öffnen und die Stirn zu runzeln.

»Du wolltest schmerzfrei sein«, wiederholt er meine Worte kopfschüttelnd. »Es ist verrückt, wie sehr wir uns Dinge wünschen können, die andere haben und verabscheuen.«

»Ich meine anderen Schmerz als den, den du dir wünschst.«

»Ich weiß. Ich verstehe das«, sagt er.

»Nein, das tust du nicht. Du möchtest es und würdest es gerne. Vielleicht hast du eine Ahnung, aber du weißt nichts und verstehst es nicht.« Ich sage die Worte härter als beabsichtigt. »Entschuldige. Ich wollte nicht …«

»Schon gut, du hast ja recht. Glaub mir, wenn ich sage, dass ich wenigstens *das* mit Sicherheit verstehe.«

11. Juni

Es gibt so viele Krankheiten. Jede von ihnen ist auf ihre Art grausam und stark. Manche von ihnen kommen und gehen, manche bleiben. Aber es gibt nur eine Gesundheit. Das ist, als würde man eine dünne Kerze bitten, mit ihrer kleinen Flamme das Universum zu erhellen. Ganz allein. Man muss kein Genie sein, um zu wissen, welch aussichtslosen Kampf sie führt. Wir kämpfen mit ihr, kämpfen wir weiter. Und bei Gott, wir wissen, wie hart es ist...

29

Alles tut weh. Ich wache auf, stöhne leise und strecke meine Glieder. Mein rechtes Bein ist eingeschlafen, meine Augen fühlen sich verquollen an.

Matti ist schon wach, er schaut aus dem Fenster. Er sieht blass aus, seine Haare stehen in alle Richtungen ab. Ich setze mich anders hin und es fällt mir so schwer, dass ich schreien möchte. Mein Magen rebelliert ein wenig, mein Mund fühlt sich pappig an, der Geschmack darin ist undefinierbar. Ich möchte einfach weiter liegen bleiben, egal, wie unbequem es ist. Ich will nicht aufstehen, keinen Stress, keine Reise. Ich bin müde ...

»Hast du gut geschlafen?«

Ich kann nicht antworten, nur mich selbst umarmen.

»Leni?«

Als ich wieder nicht antworte, steht Matti auf und setzt sich direkt neben mich, er legt seine Hand auf meinen Arm, rüttelt leicht an mir. »Kann ich etwas tun?«

Es tut so weh, in mir ist es leer und überfüllt zugleich. Ich kralle meine Finger fester in mein Shirt und ziehe die Beine wieder an. Die Dunkelheit ist wie ein Monster, das sich vergrößern und vervielfältigen kann, wie es ihm beliebt. Wann auch immer es will, wo es will.

»Scheiße, Leni! Ich mache mir echt Sorgen. Sag etwas!«

Ich höre das Rascheln seiner Klamotten, spüre den leichten Lufthauch, als er sich bewegt und sich vor mich kniet. Er streicht meine Haare zur Seite, nach hinten, sodass er mir ganz ins Gesicht sehen kann.

Ich kann nicht mehr ausweichen. All meine Kraft fließt in die nächsten Worte.

»Heute ist kein guter Tag.«

Was danach passiert ist, verschwimmt. Ich komme erst wieder zu mir, als Matti an mir rüttelt und mir mitteilt, dass wir gleich da sind und aussteigen müssen. Wie soll ich das schaffen? Wie soll ich aufstehen, den Rucksack aufsetzen, aus diesem Zug marschieren, hinein in eine fremde Stadt voller Menschen, voller Orte und Dinge, die ich nicht kenne und … Mir wird schlecht, Schweiß bricht mir aus.

Matti flucht und hält mir schnell eine Plastiktüte, in der noch eines der Sandwiches ist, unter die Nase, bevor ich mich übergebe. Es riecht und schmeckt widerlich.

Er entsorgt es, hilft mir, mich aufzurichten, und reicht mir ein Taschentuch. Danach packt er unsere Sachen zusammen.

»Okay, sag mir, wie wir das jetzt hinkriegen.«

»Gar nicht. Ich fahre zurück, gehe wieder in die Klinik, in mein Zimmer«, sage ich mit belegter Stimme. »Da war es ruhig und sicher und ich hab mich wohlgefühlt.«

»Schwachsinn!«

Ich zucke zusammen.

»Du hattest da weniger Angst und weniger Dinge, wovor du Angst haben konntest, aber trotzdem war sie da. Du hast ja nur an etwas gedacht und schon ...« Er atmet ein-, zweimal ein. »Was ich sagen will: Du wolltest das hier. Das fühlt sich jetzt vielleicht noch nicht so an, aber manchmal muss man versuchen, sich seinen Ängsten zu stellen. Wenn du ihnen zu viel Platz einräumst, werden sie dich erdrücken! Das ist dein Leben, Leni. Nicht ihres! Deins.« Das letzte Wort flüstert er und ich spüre, wie nicht nur die Panikattacke in mir nachklingt, sondern wie die Dunkelheit in mir ihre Klauen ausstreckt. Ein Wimmern entfährt mir, es ist mir peinlich.

»Ich bin bei dir, dir wird nichts passieren. Ich verspreche es.«

Der Zug hält, ich sehe Matti an, dass er nervös wird, und – stehe auf.

Einfach so.

An einem schlechten Tag.

Diese Erkenntnis bringt mich an den Rand eines anderen Zusammenbruchs. Aber Matti schnappt sich meine Hand, zieht mich nach draußen, auf den Bahnsteig.

So.

Viele.

Menschen.

»Sieh mich an! Du wirst dich jetzt an mir festhalten, okay? Du wirst dich auf dich konzentrieren, mir sagen, wenn dir schlecht wird, und nur auf deine Füße gucken. Schaffst du das?«

Mein Blick springt hin und her, Menschen ziehen hektisch an uns vorbei, es ist halb acht Uhr morgens, das zeigt die riesige Uhr über dem Gleis an. Ich würde mir gerne eine überdimensionale Leiter schnappen und sie abhängen. Eine Durchsage ertönt, jagt mir eine Gänsehaut über den Körper, es rempelt uns jemand an, ich beginne zu beben, meine Beine sind aus Pudding.

»Konzentrier dich!« Matti kommt einen Schritt näher, nimmt meinen Arm. Ich will mich an seinem festhalten, aber er zieht meine Hand fort, führt sie mit meinem linken Arm hinter seinen Rücken, zwischen ihn und seinen Rucksack, bis ich mit der Schulter an seinem Oberkörper andocke. Sein Atem streift mein Gesicht.

»Ich bringe dich jetzt hier raus und suche uns einen Ort, wo du dich erholen kannst.« Er wartet meine Antwort nicht ab und geht los. Meine Hand kralle ich in sein Shirt, er legt seinen Arm über meine Schultern, zieht mich ein Stück näher und ich befolge seine Anweisungen, senke den Kopf und den Blick, achte auf unsere Füße und Schritte, auf meine Atmung, beginne zu zählen. Eins, zwei, drei, vier, fünf. Wir gehen Treppen hinab, einen Gang entlang, der Duft von unzähligen Dingen steigt in meine Nase und die Hälfte davon finde ich widerlich. Es ist zu laut, zu voll. Matti zieht an mir und hält mich gleichzeitig fest, während er versucht, mich an Menschen vorbeizumanövrieren.

Es kommt mir wie eine Ewigkeit vor, bis mir wieder frische Luft entgegenschlägt, bis die Gerüche sich verändern und die Geräusche leiser werden, nicht mehr so aufdringlich. Matti löst sich nicht von mir und ich bin froh drum.

»Komm, da hinten gibt es ein paar Hotels. Wir quartieren uns ein.«

Wir sind draußen, trotzdem halte ich den Kopf unten und meinen Blick gesenkt. Wir laufen eine Straße entlang, nicht länger als fünf Minuten, würde ich sagen, bis Matti sagt: »Wir sind da.« Das soll wohl der Code sein für *Du kannst dich wieder normal verhalten*, aber so einfach ist das nicht. Das von eben sitzt mir in den Knochen, ich fühle mich erdrückt und aufgeputscht zugleich.

Die Türen des Hotels gleiten auf, warme Luft kommt uns entgegen. Matti steuert auf die Rezeption zu, wo man uns freundlich begrüßt.

»Guten Morgen. Hätten Sie noch ein Zimmer für uns frei? Doppelzimmer mit Einzelbetten?«

»Ja, ein Doppelzimmer haben wir noch, aber leider nicht mit Einzelbetten.« Die Dame am Empfang sieht uns fragend an, Matti blickt zu mir.

»Das ist okay«, gebe ich schwach zurück.

»Hat das Zimmer eine Klimaanlage?«, fragt Matti, bevor er mich von sich löst, um an seinen Rucksack und sein Geld zu kommen. Ich schwanke leicht.

»Aber natürlich.« Sie tippt etwas in den Computer. »Für wie lange?«

»Eine Nacht vorerst.« Sie nickt, tippt weiter, druckt etwas aus. Matti bezahlt, bekommt von ihr zwei Zimmerkarten.

»Zimmer 206, zweiter Stock und gleich nach links. Einen schönen Aufenthalt.«

Er steuert den Aufzug an.

»Bitte lass uns die Treppe nehmen.«

»Auf keinen Fall, du klappst mir gleich zusammen und willst zwei Stockwerke laufen?« Er geht weiter, ich bleibe stehen. Sein Seufzen tut mir irgendwie weh.

»Was muss ich tun, damit du mit mir in diesen Aufzug steigst?«

Ich will ihm hundert Gründe nennen, die mich dazu bewegen würden, die Treppe zu nehmen, aber etwas lässt mich zögern. Weil er genervt klingt, obwohl er es wahrscheinlich nicht sein will.

»Gut, dann nehmen wir die Treppe!«, stößt er plötzlich ohne Vorwarnung aus und ich bin so perplex, dass ich Nein sage.

Er denkt, ich kann das nicht. Wäre möglich, dass es stimmt. Vor allem will ich es nicht, ich könnte diesen dämlichen Fahrstuhl vermeiden, aber etwas in mir setzt sich in Bewegung und reißt den Rest von mir mit. Ich gehe zum Fahrstuhl, drücke auf den Knopf, nehme einen kräftigen Atemzug und trete ein.

Ping, die Tür geht wieder auf, ich stürze auf zitternden Beinen hinaus. Matti sagt nichts, geht nur voraus und findet unser Zimmer. Karte, grünes Licht, Tür schwingt auf. Es erinnert mich an die Klinik.

Das Zimmer ist in Naturtönen gehalten, ein großes Doppelbett, ein Fernseher, ein riesiges Fenster, ein schönes Bad. Ich stolpere mehr oder weniger hinein, lasse den Rucksack auf den Boden plumpsen und mich ins Bett. Die Schuhe kann ich noch abstreifen, mehr schaffe ich nicht.

Ich bin unendlich müde.

»Ich werde etwas lesen. Wir bestellen uns Essen, sobald es dir besser geht.« Nicht einmal mehr ein Nicken will mir gelingen, ich schlafe sofort ein.

Es ist Abend und unbegreiflich, dass keine vierundzwanzig Stunden vergangen sind, seit wir fort sind. Die Stunden, die ich nach unserer Ankunft in Hamburg geschlafen habe, waren gute Stunden. Ich hatte keine Träume, ich war nicht unruhig und danach auch nicht bedrückt. Es war ein tiefer, friedlicher Schlaf, der so selten geworden ist die letzten Monate. Danach haben wir uns Essen bestellt. Ich habe Matti gesagt, dass er gehen soll, sich die Stadt ansehen und sich amüsieren soll, aber er hat Nein gesagt.

Er hat mich zuerst duschen lassen, was er bereut hat, nachdem ihm eingefallen ist, was für Haare ich habe. Es hat wie immer eine halbe Ewigkeit gedauert. Danach hat er mir erklärt, dass ich die Klimaanlage bitte nicht verstellen soll, sie steht auf genau zweiundzwanzig Grad. Nachts stellt er sie auf zwanzig Grad runter. Er hat mir noch mal erklärt, wie das mit seinem Hitze- und Kälteempfinden ist, aber ich verstehe nur, dass es nicht ganz funktioniert und alles komplizierter wird dadurch, dass er nicht schwitzen kann.

Wir liegen gerade im Bett, angelehnt an der Wand, und zappen durchs Fernsehen. Ich nehme meine Tablette, Matti die Nick Nacks aus der Mini-Bar.

»Meinst du, sie suchen nach uns?«

»Mit Sicherheit! Aber es wird eine Weile dauern, bis sie uns finden. Meine Mum dreht gerade durch und Frank rauft sich bestimmt ohne Unterlass die Haare vor Wut.«

»Wer ist noch mal Frank?«

»Mein Hausarzt.«

Verstehe. »Hast du kein schlechtes Gewissen?« Nach der Frage beiße ich mir auf die Lippe, ich bin nicht sicher, ob ich sie hätte fragen dürfen.

»Doch, das habe ich«, gibt er zu, bevor er erneut auf eine der Tasten der Fernbedienung drückt. »Aber ich muss das jetzt ausblenden. Ich hab ein Handicap, aber ich kann damit leben. Ich muss und ich will damit leben und Mum muss das verstehen. Sie muss loslassen.« Er seufzt. »Was ist mit dir?«

»Ich versuche nicht daran zu denken. Mum und Dad sind … Ich liebe sie sehr und sie haben immer ihr Bestes getan und versucht. Ich hoffe, sie machen sich nicht zu große Sorgen. Und Emma …« Ich verstumme sofort wieder.

»Wer ist Emma?«

»Meine beste Freundin. Sie war es, keine Ahnung, ob sie es noch ist. Ich habe sie seit Monaten nicht gesehen oder etwas von ihr gehört. Kein Handy, keine Besuche. Ich wollte niemanden sehen. Das war ein Fehler, glaube ich.« Ich starre auf den Bildschirm, ohne etwas zu sehen.

»Sie wird es verstehen.«

»Woher willst du das wissen?«

»Nur so ein Gefühl.« Er zuckt mit den Schultern. Für einen Moment schweigen wir, aber zu schnell brennt die nächste Frage auf meinen Lippen.

»Wohin fahren wir morgen?«

»Ans Meer.«

»Ans Meer?« Erstaunt drehe ich mich zu Matti, mustere sein Gesicht, aber er hält seinen Blick gebannt auf dem Fernseher. »Wieso das?«

Er antwortet nicht, schiebt sich mindestens sechs Nüsse in den Mund.

»Du warst noch nie am Meer?«

Weitere Nüsse folgen. Ich will weiterbohren, aber ich nehme den winzigen Klecks Geduld, den ich in mir beherberge, und warte, bis er seine Hamsterbacken geleert hat.

»Nein, war ich nicht, okay? Ich war auch noch nie in Hamburg oder in den Bergen, ich bin erst ein Mal Zug gefahren und kann mich kaum daran erinnern.«

Mein Mund steht offen, ich bemerke es, aber ich kann nur wenig dagegen tun.

»Nun sieh mich nicht so an! Wir sind beide nicht ganz normal und ich sehe dich nicht so an.«

»Entschuldige«, gebe ich zerknirscht zu und spüre, wie meine Wangen warm werden.

»Weißt du, es hätte auch anders laufen können. Wir haben genug Geld und ich bin nicht todkrank. Aber weil HSAN so selten ist, hat es seine Zeit gedauert, bis sie wussten, was es ist, und Mum ist überdies beinahe daran zerbrochen. Sie war jung, ich war ihr erstes Kind, es war kein Vater da. Wenigstens das Geld war egal.« Matti räuspert sich, legt die Nick Nacks zur Seite und dreht sich zu mir, auch wenn er meinen Blick meidet. »Ich ging in den Kindergarten und kurz in eine öffentliche Grundschule und ich habe Sport gemacht. Aber die Verletzungen nahmen zu, weil ich nicht aufgepasst habe, ich hatte ja keine Schmerzen, also … Mum hat es nicht ausgehalten. Ich wurde isoliert, war nur noch daheim. Es ging mal ins Kino, oft einkaufen, aber auch das wurde weniger. Ich dachte, es muss so sein. Aber in den letzten Monaten habe ich mich immer öfter gefragt, ob das stimmt. Ob es das wert ist. Ob ich wirklich so zerbrechlich bin. Ich wollte mehr als das, ich hatte nicht das Gefühl zu leben. Und an diesem Abend, da … Das Messer, dieser Druck in mir. Es ist passiert. Aber nicht, weil ich nicht mehr leben wollte, sondern weil ich es zu sehr wollte!« Er fährt sich durch seine Haare, atmet schwer ein. »Ich gebe Mum keine Schuld, sie hatte nur das Beste im Sinn. Ich gebe sie mir, weil ich ihr nie gesagt habe, dass ihr Bestes meine Hölle ist.«

30

Tag zwei, wir sind auf dem Weg ans Meer. Ich bin mir nicht sicher, ob Matti, wenn er die Chance bekommen hätte, nicht gerne etwas mehr von Hamburg gesehen hätte als das Hotel und den Bahnhof. Falls ja, hat er nichts gesagt, ich denke, aus Höflichkeit mir gegenüber, und ich habe auch nichts erwähnt. Nicht, weil ich ihm das kaputt machen möchte oder weil ich nicht auch neugierig wäre, sondern weil ich noch nicht so weit bin. Die Menschenmengen am Bahnhof und der Beginn der Reise haben mich an meine Grenzen gebracht, die sich innerhalb des letzten Jahres immer weiter zugezogen haben und die ich erst wieder austesten muss. Das, und ich muss herausfinden, ob und wie weit ich sie dehnen kann.

Von Hamburg ging es nach Lübeck und gerade sind wir auf dem Weg an den Strand, an die Ostsee. Nur fünfzehn Minuten muss ich in dieser Regionalbahn sitzen, davon habe ich schon fünf hinter mir. Das weiß ich, weil ich sie gezählt und mich an den Zahlen festgeklammert habe wie ein Ertrinkender an einem Rettungsring. Busse sind schlimmer als Züge, sie sind enger, muffiger und unruhiger, deshalb bin ich froh, dass mir das bisher erspart blieb. Der einzige Vorteil: Ich könnte jederzeit aussteigen. Das geht hier nicht.

Matti lässt mich ganz in Ruhe, er redet nicht mit mir, bedrängt oder stresst mich nicht, weil er merkt, dass ich gerade jegliche Energie auf mich und meine Gedanken verwenden muss. Darauf, die negativen Gedanken fortzuschaffen und die guten festzuhalten.

Ich schaffe das, es sind nur noch zehn Minuten, ich muss nur atmen und daran denken, dass das hier etwas ganz Normales ist.

Ab und an spüre ich Mattis Blick auf mir ruhen, aber das ist okay, er will nur schauen, ob ich klarkomme. Er wird es merken, wenn es nicht mehr geht.

Wir sind da. Ich springe sofort auf, stolpere halb, als die Bahn ganz zum Stehen kommt, und sprinte förmlich die Treppen hinunter. Mit dem ersten Atemzug der frischen Luft geht es mir besser. Meine Nerven beruhigen sich, mein Magen ebenso. Dieser Bahnhof ist der süßeste, den ich bisher gesehen habe. Zugegeben, das waren bisher nicht allzu viele, aber jeder war größer. Die Nummer eins prangt oben direkt hinter dem Schild mit der Aufschrift Timmendorfer Strand.

Der Sommer kommt, es ist angenehm warm, auch wenn eine leichte Brise weht. Wir folgen ein paar anderen Menschen, verlassen den Bahnhof und erblicken ein großes Schild, auf dem Strand steht und das uns die Richtung weist. Wir gehen zusammen weiter, nebeneinander her, aber sehr schweigsam. Uns ist nicht nach reden zumute, jeder von uns hängt anscheinend seinen eigenen Gedanken nach. Meine kreisen gerade um Emma und meine Eltern. Wie es ihnen geht und was sie wohl gerade tun. Innerlich entschuldige ich mich so oft bei ihnen, dass ich das hier tue, aus heiterem Himmel. Aber da ist eben noch eine andere Stimme neben der, die sich entschuldigt und das hier bedauert, die Angst hat und unsicher ist. Das ist die, die einen Funken Hoffnung hat, dass dieses kleine Abenteuer zu etwas führt. Dass es, wie Anna es formuliert hat, irgendwie klick macht. Auch wenn ich immer noch nicht weiß, wie sie das gemeint hat.

Mein Handy liegt schwer hinten im Rucksack. Es ist aus und ich habe keine Ahnung, wann und ob ich es je wieder anschalten werde. Welche Nachrichten werde ich lesen müssen? Wie viele schlechte und vorwurfsvolle werden dabei sein?

Wir gehen die Straße entlang, kommen irgendwann an einen Park, den wir durchqueren, laufen immer geradeaus.

Ich kann es riechen. Vielleicht bilde ich es mir nur ein, aber ich glaube, ich kann es riechen.

Das Meer.

Wenige Augenblicke später bin ich mir sicher, denn ich kann es sehen. Wir sind da. Es sind nur vereinzelt Wolken am Himmel, die Sonne scheint, Vögel fliegen über uns hinweg. Es sind genug Menschen hier, um mich nervös zu machen, aber es ist auszuhalten. Meine Konzentration liegt am Horizont, auf dem Wasser und der Unendlichkeit. Meine Schuhe berühren Sand, sie versinken leicht darin und ich kann nicht anders, ich ziehe sie aus, stopfe die Socken hinein und nehme sie in die Hand. Matti tut es mir gleich. Barfuß durchwaten wir den Strand und es fühlt sich unglaublich gut an. Besonders. Ich war erst einmal am Meer, mit Mum und Dad in Frankreich. Die Erinnerungen an einen der wenigen Urlaube, die wir gemacht haben, sind gering. Wenn ich ehrlich bin, kann ich mich gar nicht erinnern.

Die salzige Luft, der Wind in meinem Gesicht, das Rauschen des Meeres, die Wellen. Das hier ist wunderschön. Das hier fühlt sich nach Freiheit an und Sehnsucht. Der Anblick berührt etwas ganz tief in mir, lässt mich flacher atmen, lässt einen Kloß in meinem Hals entstehen.

Ich hebe den Kopf, blicke zu Matti, der gebannt nach vorne schaut. Sein Kiefer bewegt sich, seine Lippen sind fest zusammengepresst.

»Ist es so, wie du es dir vorgestellt hast?«, frage ich vorsichtig.

»Nein. Nein, es ist anders. Besser.«

»Ich weiß, was du meinst.« Ich lächle und sehe mir wieder das Meer an, das seinen ganz eigenen Sog auf mich hat. Ich stehe hier, neben Matti, der noch nie das Meer sah, und es ist, als wäre ich für einen Moment nicht krank, nicht traurig, nicht auf der Flucht vor meinen eigenen Gedanken. Da ist keine Unruhe. Da sind nur Frieden und Sehnsucht. Die Angst liegt in einer Ecke, sie ist da, unterschwellig, aber sie hält mir nicht wie sonst das Messer an die Brust.

Ich bin einfach nur ein Mädchen, das neben einem Jungen am Meer steht und träumt.

Das fühlt sich gut an.

Nachdem wir uns getraut haben und unsere Füße ins kalte Meer getaucht haben, sind wir den Strand entlanggegangen, einfach immer weiter, bis zu einem Café. Ursprünglich wollten wir umdrehen, uns erst ein Hotel suchen, okay, ich wollte das, weil sich die Nervosität weiter ausgebreitet hat. Ich kenne hier nichts und niemanden, habe das so lange wie möglich verdrängt, aber jetzt ist es mir umso bewusster. Ich bin so weit von zu Hause fort.

Matti hat mich überredet, eine Pause zu machen, also haben wir uns einen Tisch gesucht, sitzen nun draußen mit Blick auf den Strand und die See. Ich habe meine Haare zu einem Zopf geflochten, damit nachher noch der Hauch einer Chance besteht, sie durchkämmen zu können. Der Kellner kommt mit unserer Bestellung. Ein Wasser mit Zitronenscheibe für Matti, ein Pfefferminztee für mich. Frische Minze. Es gibt nicht viele Dinge, die besser riechen. Meine Nase schwebt über dem Glas, durch das man die Blätter sehen kann, daneben steht ein Töpfchen mit Honig. Ich atme tief ein.

»Ich nehme an, du liebst Tee?«

»Nur diesen! Und manchmal auch Früchtetee, aber das kommt selten vor.« Ich öffne das kleine Töpfchen und sehe zu, wie sich der Honig zu der Pfefferminze gesellt und sich im heißen Wasser auflöst.

»Wieso hast du dir nur Wasser bestellt?«, frage ich neugierig, während ich mit meinem kleinen Finger den letzten Rest Honig auffange und ablecke. Himmlisch!

»Weil ich nie weiß, wann ein heißes Getränk für mich trinkbar ist. Ich hab doch dieses Temperaturproblem.« Er versucht, witzig zu sein, und wackelt mit seinen Augenbrauen, bevor er einen kräftigen Schluck Wasser trinkt.

»Entschuldige, das habe ich vergessen.«

»Schon gut. Ich habe es auch oft vergessen und mich ziemlich oft verbrannt oder verkühlt, ohne es zu merken.« Er zuckt mit den Schultern, eine Windböe erfasst uns. Wir sitzen direkt am Meer, im Schatten, ich habe mir bereits vor einer Stunde einen dünnen Pullover aus dem Rucksack gefischt und übergezogen. Wir sitzen hier, immer noch barfuß, meine Füße frieren ein wenig. Temperaturproblem, hallt es in meinem Kopf nach.

»Oh mein Gott! Matti, zieh dir bitte einen Pullover an.« Ohne groß darüber nachzudenken, greife ich über dem Tisch nach seiner Hand und – sie ist kalt. Ich fahre über seine Haut, seinen Arm hinauf, strecke mich. Kalt, kalt, kalt.

Matti antwortet nicht, er sieht mich nur komisch an. Also nicht witzig, sondern anders als sonst. Kein Wunder, ich beuge mich gerade über den ganzen Tisch und begrapsche ihn. Meine Hand scheint wie festgeklebt zu sein an seinem Arm, er bewegt sich nicht, wir sehen uns an – bis er sich räuspert und ich mich so schnell zurücksetze, dass mein Stuhl wackelt und ich beinahe mit ihm umfalle.

Matti greift in seinen Rucksack, zieht einen Sweater heraus und sich über.

»Danke!« und »Entschuldigung!«, nuscheln wir beide zeitgleich und können uns ein Lachen darüber nicht verkneifen.

»Danke, dass du mir gesagt hast, dass mir kalt sein könnte. Ich muss lernen, selbst daran zu denken und darauf zu achten. Es einschätzen und so.«

»Entschuldige, dass ich dich so überfallen habe. Das war irgendwie schräg.«

Wir fangen an zu lachen und es tut weh, weil ich schon sehr lange nicht mehr so gelacht habe. Es fühlt sich fremd an und ungewohnt. Und sofort fühle ich mich wieder schlecht, verschlucke mich an meinem Lachen, weil etwas in mir angewidert den Kopf schüttelt und sagt: Du hast keinen Abschluss, du bist krank, du hast Angst, du hast keine Ahnung, wie es weitergeht. Wie kannst du da lachen?

Ich senke den Blick, weiche dem von Matti aus und sage nichts mehr. Puste nur meinen Pfefferminztee kalt und trinke ihn aus. Viel zu schnell, ohne ihn zu genießen.

Matti
31

Es gibt Momente, da vergesse ich, der Typ ohne Schweiß und Schmerzen, dass ich erst seit fast drei Tagen auf diesem irgendwie schrägen Roadtrip bin mit einem Mädchen, das Panikattacken und Depressionen hat und das ich erst seit wenigen Wochen kenne. Einem, das ungeplant mitkam.

Schräg, super schräg!

Vor allem, als sie mich darauf aufmerksam machen musste, dass ich mir was überziehen sollte. Gott, ich muss echt besser aufpassen! Keiner traut es mir zu, umso mehr will ich das hier. Ich hab die letzten Tage auch vergessen, mich selbst abzutasten und zu schauen, ob irgendwas komisch aussieht oder geschwollen. Das sollte ich gleich im Hotel dringend nachholen. Ich verhalte mich wie ein HSAN-Anfänger.

Kopfschüttelnd laufe ich neben Leni über den Strand, hinauf auf die Promenade, zu einem anderen Hotel. Wir haben es eben schon bei einem versucht, aber es war kein Zimmer mit Raumtemperaturregelung frei, weshalb ich leider ablehnen musste. Leni hat nur okay gesagt. Okay. Total teilnahmslos. Ich frage mich, ob ich dieser Sache gewachsen bin, und lache innerlich, weil das eine bescheuerte Frage ist. Die Antwort ist klar nein. Die gute Sache daran ist, dass wahrscheinlich niemand dem hier gewachsen wäre, nicht wirklich. Es ist schon schwer, mit sich klarzukommen, auf jemand anderen ein Auge zu haben ist doppelt schwer und wir beide sind auch noch ziemlich unnormal. Das klingt komisch, aber wir müssen den Tatsachen ins Auge sehen: Wir zwei zusammen sind zwei Extreme, die versuchen müssen, sich gegenseitig auszugleichen, ohne dass es komplett aus dem Ruder läuft. Und man hat uns keine Anleitung dafür gegeben.

Leni schweigt wirklich beharrlich und noch dazu richtig laut. Ich kann ihre Gedanken förmlich schreien hören. Also ich weiß nicht, was sie denkt, aber dass sie es tut, dass sie richtig grübelt und sich Sorgen macht, ist so offensichtlich.

Das nächste Hotel kommt in Sicht und ich halte es nicht mehr aus.

»Was ist los?«

Sie dreht sich zu mir, legt den Kopf schief und mustert mich mit zusammengekniffenen Augenbrauen.

»Nichts.«

»Lügnerin!«

»Wie bitte?« Sie bleibt ruckartig stehen und ihr schönes Gesicht wird zu einer mörderischen Fratze.

»Du hast mich schon verstanden!«

»Du blöder ... arschgesichtiger ...«

»Arschgesichtig?«, unterbreche ich sie und stelle mich direkt vor sie.

»Es ist nichts.«

»Das sieht anders aus, Leni.«

»Dann schaust du eben nicht genau genug hin«, erwidert sie. Es soll patzig klingen und aus irgendeinem Grund will sie mich gerade auf Abstand halten. Sie stolziert an mir vorbei, aber ich sehe ihre zitternden Lippen, egal, wie sehr sie sie anspannt. Ich packe sie, ziehe sie herum und gerade als sie wieder irgendwas sagen will, weiß ich, dass ich keine Ahnung habe, was *ich* sagen soll. Also nehme ich sie ohne Vorwarnung in den Arm. Glaubt mir, das kommt für alle überraschend. Und ich will sie wieder loslassen, weil sie sich zuerst versteift. Doch dann umfassen ihre Arme meinen Oberkörper und ihr Kopf schmiegt sich an mich. Ich halte sie einfach und bleibe mit ihr stehen.

Umarmungen sind etwas Verrücktes. Berührungen allgemein. Weil ich sie spüre, ich fühle sie. Es ist, als wären sie die Ausnahme meiner Regel, als hätten Berührungen jeglicher Art ein Schlupfloch der Krankheit gefunden. Kein Schmerz, keine Hitze oder Kälte. Aber ich bin nicht vollkommen ohne Gespür. Und als ich Leni so halte, wird mir das umso mehr bewusst. Das und etwas, das zu Lenis Verhalten passt und meine Mutter mal zu meinem Bruder gesagt hat. Dass man seine Emotionen und Gedanken von Zeit zu Zeit nicht gut mit jemandem teilen kann und anders reagiert, als man möchte. Da lag er im Bett und sie saß auf der Kante, kurz nachdem sie ihn ohne Grund angeschrien hat, weil sie sich wegen etwas anderem Sorgen machte. Und mein Bruder fragte sie, was man da tun kann. Ich stand im Türrahmen und hab sie beobachtet. Sie sagte: Manchmal muss man die Menschen einfach in den Arm nehmen.

Ich hätte nie gedacht, dass sie damit recht haben könnte.

Wir stehen da, Arm in Arm, und ich traue mich nicht, mich zu bewegen, weil ich nicht weiß, wann der richtige Moment dafür wäre. Das ist Lenis Aufgabe. Wenn sie so weit ist, wird sie es schon zeigen. Einige Dinge belasten einen und vielleicht würde man gerne darüber reden, aber die Worte bleiben im Hals stecken, falls man denn überhaupt passende findet. Das nennt man eine Zwickmühle, man steckt fest, kann nicht vor, nicht zurück. Mittlerweile fahre ich mit der Hand über ihren Rücken, langsam hoch und runter. Keine Ahnung, warum. Könnte sein, dass es auch mich beruhigt. Ein wenig fasziniert mich es auch, und zwar jedes Mal, wenn sich meine Hand unter ihr Haar schiebt. Weil es noch schwerer ist, als es aussieht, aber weniger rau. Das macht wahrscheinlich keinen Sinn, aber so ist es.

Da! Sie bewegt sich, erst nur ein wenig, dann so deutlich, dass ich meine Arme zurücknehme, sie hebt den Kopf. Sie hat nicht geweint, aber sie sieht traurig aus – wie so oft. Ganz langsam verziehen sich ihre Lippen, beinahe in Zeitlupe und nur ein wenig, aber ich kann es sehen.

»Danke«, sagt sie so aufrichtig, dass ich nichts entgegnen kann. Ich nicke nur kurz.

»Komm, wir suchen uns ein Hotel, Lockenmädchen«, necke ich sie und dieses Mal bekomme ich ein richtiges Lächeln.

Eingecheckt. Und zwar in ein Doppelzimmer mit direktem Blick aufs Meer. Wahnsinn. Es tut so gut, endlich mein Geld ausgeben zu können, für Dinge, die mich wirklich glücklich machen oder die mich etwas erleben lassen. Für Erinnerungen. Das ist schön und neu und beflügelt mich. Leni hat mir gerade mindestens einhundertmal versichert, dass sie mir das Geld zurückzahlen wird, und ich habe jedes Mal okay oder na schön gesagt, nur, damit sie beruhigt ist. Es ist ihr so unangenehm, das ist irgendwie süß. Natürlich wird sie es mir nicht zurückgeben, ich werde es nämlich nicht annehmen. Aber wenn sie sich besser fühlt, wenn ich Ja sage ...

Leni schaut gerade aus dem Fenster.

»Könntest du mir einen Gefallen tun?«

Sie dreht sich um, ihre Haare wirbeln wie Erde und Feuer herum. Fragend und abwartend sieht sie mich an, mit verschränkten Armen und erhobenen Augenbrauen.

»KannstdudieDuschefürmicheinstellen?«, nuschle ich schnell und nicht verständlich.

»Was soll ich machen?«

»Das letzte Mal warst du vor mir duschen und ich hab die Einstellungen so gelassen, aber dieses Mal«, sage ich frustriert. »Na ja, ich brauche jemanden, der eine angenehme Temperatur einstellt, damit mir nicht die Haut abfällt.« Wenn ich allein gewesen wäre, hätte ich das Wasser wohl einfach sehr weit in Richtung blaues Feld gestellt, aber jetzt ...

»Oh! Ja, natürlich.« Sie geht an mir vorbei ins Bad, beugt sich in die Dusche, dreht den Hahn auf und hält ihre Hand unter das Wasser. Sie stellt es wärmer, wieder kälter, wieder ein Stück zurück. Dann krempelt sie ihren Pullover nach oben und hält den ganzen Arm drunter. Ich muss mir ein Lachen verkneifen, weil ihr Gesichtsausdruck so lustig ist. Hoch konzentriert, die Stirn in Falten gelegt und – ich kann es nicht fassen – sie streckt ein Stück ihrer Zunge zwischen den Lippen heraus.

Sie lässt das Wasser laufen und sagt beinahe stolz: »Nicht zu warm, nicht zu kalt.«

»Danke«, erwidere ich immer noch grinsend, als sie das Bad wieder verlässt. Die Klamotten segeln zu Boden, ich stelle mich unter das Wasser und das Gefühl auf der Haut ist einfach gut.

Ich dusche länger, als ich muss, wie immer, aber dazustehen, die Augen zu schließen und das Wasser auf sich prasseln zu lassen vertreibt für den Moment so viele Sorgen. Es ist wie ein Rausch.

Aber irgendwann ist jeder Rausch zu Ende, auch der meiner Dusche. Ich stelle sie ab, gehe hinaus und greife mir den Bademantel an der Tür.

Im Zimmer sehe ich Leni, sie ist auf dem Sessel eingeschlafen mit ihrem Tagebuch in der Hand. Zumindest vermute ich, dass es eines ist. Könnte auch ein einfaches Notizbuch sein. Noch bin ich unschlüssig.

Ich krame meine Sachen aus dem Rucksack und ziehe mich im Bad an, trockne die Haare, putze die Zähne. Das Hotel hat einen Wäscheservice, den sollten wir dringend in Anspruch nehmen.

Apropos, wir müssen einkaufen. Abgesehen davon, dass mein Magen mit seinem Knurren einem Bären Konkurrenz machen könnte, weil der heute noch nichts gesehen hat außer einer Packung Kekse, brauchen wir hier einen Vorrat. Ich sage es nur ungern, aber Leni ist dünn. Also das klingt jetzt bescheuert, sie ist nicht magersüchtig und sieht auch nicht so aus, aber ich glaube, sie ist dünner, als sie sein sollte, und dünner, als sie mal war, und zwar nicht, weil sie einem Diät-Wahn verfallen ist und das wollte. Es ist einfach passiert. Ein weiterer Grund ist, dass ich es keinesfalls bis zum Buffet nachher unten im Hotel aushalte, und da wir ein paar Tage hierbleiben wollen, weil das Meer schön ist und noch dazu passender Weise sehr weit weg von daheim, scheint einkaufen gehen ein guter Plan zu sein.

Alles lief gut, ich habe Leni geweckt, sie hat sich geduscht, aber ohne Haare, wie sie betont hat, und sie war ganz gut drauf für ihre Verhältnisse, als wir das Hotel verlassen haben. Na ja, bis sie gemerkt hat, dass es nicht zum Meer geht und nicht in ein Café und mir klar würde, dass ich das unter Umständen hätte erwähnen sollen. Also sagte ich, dass wir einkaufen gehen, und jetzt? Jetzt stehen wir hier und ich fühle mich wie der letzte Idiot. Allen voran, weil ich keine Ahnung habe, was ich tun soll, was richtig ist und was falsch. Weil Leni vor mir steht und weint.

32

»Warum weinst du? Wir gehen doch nur schnell einkaufen.«
Matti sieht vollkommen ratlos aus und ein wenig verzweifelt.

Ich kann ihm nicht antworten, weil die Tränen meine Worte ertränken und mein Hals sich Stück für Stück zuschnürt. Meine Hände fangen an zu schwitzen, die Muskeln in meinem Nacken und Rücken verspannen sich, ein leichter Schweißfilm bedeckt meine Stirn. Mein Körper wird mit Adrenalin versorgt, mein Herz beginnt zu rasen, während ich einfach nur dastehe, ohne mich zu rühren. Ich kann nichts sehen, kann nicht aufhören zu weinen.

»Was ist los? Tut dir etwas weh?« Sein eben noch verwirrter Tonfall weicht einem besorgten. Seine Hände fahren plötzlich über meine Arme und ich kann förmlich spüren, wie er mich mit seinen Blicken nach Verletzungen absucht, so wie er es bei sich vorhin getan hat.

Ich schüttle den Kopf. Zuerst bin ich geneigt, eine Ausrede zu finden, ihn anzulügen, weil all das nicht nur schmerzt, sondern auch furchtbar albern ist. Weil es das für jeden ist, nur eben nicht für mich. Aber ich reibe meine Hände an den Jeans ab und entscheide mich dagegen. Meine Stimme ist schwach und ich schäme mich dafür.

»Ich weiß nicht, wann ich das letzte Mal *nur schnell einkaufen* war. Wann es das letzte Mal *einfach* war und mich keine Kraft gekostet hat. Diese …« Ich hole zitternd Luft, atme heftig wieder aus und wische trotzig die Tränen weg. »Diese Sache, die für alle so leicht ist.« Meine Stimme bricht. Ich räuspere mich. »Ich weine, weil es das auch mal für mich war und ich nicht mehr weiß, wie sich das anfühlt.«

»Einkaufen zu gehen?«, fragt er leise und interessiert.

»Keine Angst mehr zu haben«, wispere ich.

»Oh.«

Ich zucke mit den Schultern, würde gerne überspielen, wie ich mich fühle, und all meine Sorgen einfach wegpusten. Ich habe die Hoffnung noch nicht aufgegeben, dass es besser wird, dass es irgendwann klappt, aber sie wird von Tag zu Tag kleiner und schwächer, ohne dass ich etwas dagegen tun kann. Matti sagt nichts mehr, ich denke, er wartet ab. Innerlich schüttle ich den Kopf darüber, dass er mich manchmal schon gut kennt, dass er sich dann intuitiv richtig verhält, richtig für mich. Wenn man sich bei jemandem gut aufgehoben fühlt und sicher, wenn man jemanden mag, ist er ein Freund, nicht wahr? Egal, ob man sich drei Tage kennt oder drei Jahre. Oder gibt es auch dafür eine Regel?

Mit kühlen Händen wische ich mir die letzten Rückstände meiner Tränen weg, schlage mir auf die Wangen, nicht allzu fest, aber es tut irgendwie gut und richte mich auf. Bin bereit, mich zu entschuldigen, weil ich mal wieder etwas nicht kann und dieses etwas mir gezeigt hat, dass ich eben nicht normal bin.

»Möchtest du es trotzdem versuchen?« Matti hat mir einen Moment gegeben, bevor er gefragt hat, und ich habe mit allem gerechnet, aber nicht damit. »Ich meine, wir können es einfach zusammen versuchen. Du hast Angst, dass es nicht funktionieren kann, aber du weißt nicht, was passiert. Wir sollten das wirklich machen, Leni.«

Er hat recht. Es ist nicht von der Hand zu weisen. Dennoch schreit alles in mir: Renn weg! Es ist so schwer, so schwer, so schwer. Und niemand sieht es. Niemand sieht diesen ewigen Kampf, das Leid, die Trauer, die ganzen Dinge, die mich überrollen, obwohl sie das nicht tun dürften. Ich bin es leid. Schwer schluckend stehe ich da und würde all die Worte in die Welt hinausschreien, wenn es nur einen Unterschied machen würde. Aber egal, wie mächtig Worte sind, sie werden nicht zu Wundern.

»Okay. Versuchen wir es.« Meine Stimme ist ruhig, mein Körper ist es nun auch – von außen. Von da ist es immer anders.

Lass es uns versuchen, das war ein Vorschlag, mein Okay, ein Schritt des Entgegenkommens. Die Hand, die Matti mir nun entgegenstreckt und damit die meine umfasst, ist wie ein elektrischer Strom, der mich durchfährt, wie eine Aufladestation für Mut und Zuversicht. Also halte ich sie fest, gehe mit ihm, weiter und weiter, bis wir vor dem Supermarkt stehen, und ich wiederhole seine Worte, sage mir selbst, dass alles möglich ist und ich es schaffen kann. Dass ich nicht jeden Tag, jede Minute und jede Sekunde kaputt sein muss.

Matti bleibt mit mir vor dem Supermarkt stehen, drückt noch einmal meine Hand und ich meine ihn flüstern zu hören, dass ich nicht allein bin.

Wir treten ein, die Luft verändert sich. Sie wird nicht zwingend stickig, aber sie ist kein Vergleich zur frischen Meeresluft, die ich innerhalb von wenigen Augenblicken lieben gelernt habe. Wir gehen weiter, ich drücke mich an Matti. Menschen an der Kasse, Menschen vorne an der Theke, Menschen in den Gängen, ich kann sie hören und sehen. Die Gänge sind lang und bestimmt eng und ich ... Ich kann nicht.

»Matti?«

Er bleibt stehen, er ahnt es schon.

»Können wir es vielleicht morgen noch einmal versuchen?«

»Ja, das können wir.« Er lächelt, er ist nicht böse. »Ich bringe dich schnell zum Hotel, dann komme ich zurück und besorge uns hier einige Sachen.«

Es wird schlimmer, mein Magen rumort, ich merke es. Ich muss hier raus, sofort.

»Nein, nein. Schon gut. Wir treffen uns gleich im Hotel.«

Ich lasse seine Hand los, eile nach draußen, entferne mich schnell von diesem Gebäude, renne beinahe auf das Meer zu und mit jedem Schritt geht es mir besser. Mit jedem Meter, den ich zwischen mich und die Angst bringen kann.

12. Juni

Wenn man das Wort

Abenteuer

benutzt, denken alle an waghalsige Sprünge, exotische, besondere Reisen. Für mich ist es schon ein Abenteuer, wenn ich einkaufen oder mit der Bahn fahren muss. Beides klappt nicht sonderlich gut. Dass ich hier bin, ist auch ein Abenteuer. Mein ganzes Leben ist eines ... Warum? Weil ich keine Ahnung habe, wie es ausgeht.

13. JUNI

Man sagt, Schönheit liegt im Auge des Betrachters. Aber da ist noch mehr. Ich glaube, dass von Natur aus schöne Dinge weitaus schöner werden können, wenn sie uns etwas bedeuten, und dass Dinge, die andere als hässlich empfinden, für uns dennoch schön sein können. Auch Menschen. Schönheit ist mehr als etwas Ersichtliches, es ist eine Meinung, eine Emotion. Schön können Momente sein, Gefühle, alles, was wir wahrnehmen. Schönheit sprengt Grenzen.

Warum ich dir das erzähle?
Weil ich gerade auf einer schlichten, unbequemen und dreckigen Bank sitze, mit Blick zum Meer, ich nichts bei mir habe als das, was in meinen Rucksack passt, mit Matti neben mir – und mehr ist da nicht.

DAS IST SCHÖN! Dieser Augenblick ist so schön, dass es wehtut.

33

»Okay, wiederhole bitte, was wir besprochen haben.«

»Wir möchten beide da rein. Wir können gehen, wann immer ich das möchte, es ist kein Gefängnis, es gibt nichts, wovor ich mich fürchten muss ...«

»Aber falls du es tust, ist es kein Problem«, unterbricht er mich.

»Jede Form der Emotion ist in Ordnung. Ich bin nur ein Mensch. Es ist früh am Morgen, unter der Woche und es sind keine Ferien. Es wird nichts los sein.«

»Und ich bin da«, sagt er beinahe fröhlich, als wäre das das Besondere an der ganzen Situation. »Und nun, lass uns abtauchen.«

Ich fühle mich okay. Das gleicht einem Liebesgeständnis an den Tag, weil es bedeutet, dass ich hier stehe und mich einigermaßen sicher und ruhig fühle. Wir stehen vor dem Sea Life Timmendorfer Strand und momentan bin ich einfach nur aufgeregt. Weder Matti noch ich waren je tauchen im Meer oder haben so etwas zuvor besucht.

»Auf geht's!« Wir holen uns Eintrittskarten und gehen hinein. Er geht zum Schalter, kauft sie, winkt mich zu sich und das ist der Moment, in dem das mulmige Gefühl auftritt und ich einen Schritt zurücktaumle.

»Leni?« Ich höre Mattis Stimme, aber es wird dunkel, so dunkel.

Atmen, atmen, atmen. Alles ist gut, ich kann da wieder raus, ich brauche keine Angst zu haben.

»Sag mir, was gerade passiert.« Er ist bei mir.

»Ich stehe im Dunkeln, Matti. Mitten drin. Und ich kann das Licht nicht finden«, flüstere ich verzweifelt. »Es ist nicht nur das hier, es ist mein ganzes Leben. Es wird nie aufhören. Ich kann es einfach nicht finden.«

Da ist sie, die Welle, die mich mitreißt und unter sich begräbt, sie kam aus dem Nichts.

Matti rüttelt an mir, zwingt mich, ihn anzusehen. Er steht jetzt direkt vor mir, ganz nah. Ich spüre seinen Atem auf meinem Gesicht. »Weil du an der falschen Stelle suchst, verflucht. Überall, nur nicht da, wo es ist.« Er ist wütend, ich verstehe das.

»Und wo soll das sein?«

»In dir drin!« Er nimmt mich in den Arm und ich spüre seine Wärme. Es tut gut. Er riecht frisch und ein wenig nach den ganzen Kirschbonbons, die er eben schon verputzt hat.

Ich kann nichts mehr sagen und mich nicht bewegen. Keine Ahnung, ob er recht hat. Wenn ich wüsste, wo das ist, was mich gesund machen kann, wo die alte Leni ist, müsste ich nicht so verzweifelt suchen. Dann hätte ich sie längst gefunden.

»Normalerweise würde ich sagen, dass wir jetzt wieder gehen können, aber das werde ich nicht tun«, sagt Matti die Worte in mein Haar, bevor er mich ruckartig loslässt und mich mitzieht, immer tiefer hinein, wir schauen uns gar nichts richtig an.

Ich stemme mich mit voller Kraft dagegen. »Warte!«

Matti bleibt stehen, widerwillig, aber er tut es.

Ich lausche, höre in mich hinein und außer meinem wild klopfenden Herzen und leichten Magenschmerzen ist nichts präsent, das mir momentan Sorgen machen könnte.

Es ist niemand hier, dahinten geht ein älteres Ehepaar, ein Stück weiter, eine kleine Gruppe, aber ansonsten …

»Es tut mir leid«, sagt Matti plötzlich.

»Nein, mir tut es leid. Dass du mich mitgezogen hast, war nicht schlimm. Ich hab wieder Panik bekommen und …« Ich schüttle den Kopf, weil ich mich selbst so anstrengend finde. »Es tut mir leid, dass ich für dich alles noch komplizierter mache. Das ist nicht meine Absicht.«

»Das ist mir klar. Niemand hat Lust auf diese Stimmungsschwankungen und diese Ängste, das tut sich keiner freiwillig an.« Als habe er jetzt erst gemerkt, was er da von sich gegeben hat, weiten sich seine Augen und wird er etwa rot? »Verflucht, das hat jetzt nicht nett geklungen, aber …«

»Aber?«

»Eigentlich gibt es keins. Trotzdem war es die Wahrheit.« Sein schiefes Grinsen lässt ihn verschmitzt aussehen und so, als wäre in seiner Welt alles in bester Ordnung. Ich mag das. »Wie fühlst du dich?«

»Lass es uns versuchen.« Ich schlucke schwer. »Und danach sollten wir einkaufen gehen.«

Er fasst sich theatralisch ans Herz. »Wow. Heute willst du es wissen, nicht wahr? Heute geben wir alles!«

Ein Lachen steigt in mir auf und ich will es zurückhalten, will es unterdrücken, weil ich das Gefühl habe, ich verdiene es nicht. Aber dann denke ich an all die Momente, die mich zum Weinen gebracht haben, und dass ich es genießen sollte. Ich sollte lachen, laut und frei, weil es zu schnell vorbei sein kann. Also tue ich das und erschrecke mich, weil es so selten vorkommt, und sehe Matti an, dass auch er sich nicht zwischen Verwunderung und Freude entscheiden kann.

Ist es verrückt, dass ich mir wünsche, dass er wieder meine Hand nimmt? Weil es sich gut anfühlt? Und gerade nachdem ich das denke, verstecke ich meine Hände in den Taschen meiner Jeans und kann nicht verstehen warum. Warum tue ich so oft Dinge, die mich von den Dingen entfernen, die ich mir wünsche?

»Jetzt aber: Lass uns untertauchen, Lockenmädchen! Die Fische warten auf uns.«

Wir erkunden das Sea Life und ich merke, dass ich ruhiger werde. Weil ich genug Raum für mich habe und es so viel zu entdecken gibt, so viel Neues und Schönes. Zuerst ging es durch den Regenwald und ich habe mich in die kleinen Otter verliebt, die wir gesehen haben. Schlangen sind nicht ganz mein Ding, auch eine neue Erkenntnis. Für Matti wohl auch, der ist nämlich richtig blass geworden. Das Berührungsbecken war zu viel für ihn, er hat geschrien, als der kleine Oktopus ihn berührt hat und ihn seinen Angaben nach in die Tiefe reißen und verschlingen wollte.

»Matti, der arme Kerl war richtig süß und wollte nur kuscheln.«

Er schüttelt sich. »Erinner mich nicht daran. Er war super gruselig. Wenn du *20 000 Meilen unter dem Meer* gelesen hättest, wüsstest du das.«

Ich grinse noch und ja, ich mag es hier. Ich habe Spaß und bin sehr bemüht, nicht zu viel darüber nachzudenken.

Wir haben schon einiges erlebt und hinter uns gelassen und jede Station war nicht nur einzigartig, sondern auch lehrreich. An einer ging es mir kurz schlecht, keine Ahnung wieso, und wir mussten eine Pause machen, ich hab mich gesetzt und einfach geatmet. Irgendwann ging es wieder und jetzt sind wir laut Plan am Rochenbecken. Wir stellen uns davor und ich kann spüren, wie ich immer aufgeregter werde. Das Wasser fasziniert mich, der ganze Ozean tut es. Es ist grausam, dass wir ihn nicht gut genug behandeln. Ich hab in die Broschüren reingelesen zu *Rettet die Schildkröten* und *Plastik im Meer*. Ich musste sie wieder schließen, weil es zu viel für mich war. Später werde ich sie lesen, aber nicht hier. Das kann ich nicht.

In dem Moment schwebt ein Rochen vor uns vorbei. Ja, er schwebt und ja, er ist riesig. Es ist so wunderschön, ich bin vollkommen erstarrt, gefangen in diesem Anblick und dem, was es mit mir macht. Was es mich vergessen lässt.

Das Sea Life beginnt sich zu füllen und ich gebe zu, ich bemerke es mehr, als ich möchte. Dennoch komme ich damit klar. Ich denke, weil es nicht von Anfang an so war, weil ich nicht gleich in die Menge springen musste, sondern als Erste da war und sie langsam zu mir kamen. Das macht selbst in meinen Ohren kaum Sinn, aber wenn ich ganz aufhöre, mir einen Reim darauf machen zu wollen, wäre das fatal. Dann hätte ich aufgegeben.

Die Rochen haben wir schweren Herzens hinter uns gelassen, aber ich kann es verkraften, denn ich stehe jetzt vor dieser unfassbaren Panoramascheibe und möchte gerne Arielle sein. Ich möchte schreien: Komm, Arielle, wir tauschen! Unter

Wasser ist es bestimmt schön. So sieht es nämlich aus. Wundervoll und atemberaubend.

»Ist es nicht unglaublich?«, frage ich Matti.

»Ja, das ist es. Und es wird noch besser!« Er hält die Karte hoch, den Lageplan, und wedelt damit herum.

»Das kann ich kaum glauben.«

»Ich denke schon, denn laut Plan kommen wir gleich zum tropischen Tunnel!«

Ich beobachte ihn kurz und stelle fest: »Du hast keine Ahnung, was das heißt, oder?«

»Keinen Schimmer, aber es muss phänomenal sein. Man sagt ja, das Beste kommt zum Schluss.« Nach dieser Rede marschiert er los und ich hinterher.

»Lass mich bloß nicht allein!«

»Schneller, Lockenkopf, ich will das jetzt sehen.«

Einige Meter weiter bleibt er ruckartig stehen, gerade als ich ihn eingeholt habe, und deshalb krache ich jetzt beinahe in seinen Rücken. Es ist eher ein Andocken als ein Reinlaufen, aber so oder so klebe ich gerade an ihm.

»Matti!«, meckere ich und drücke mich wieder von ihm ab, umrunde ihn. »Was ist los, wieso …«

Weiter komme ich nicht. Vor uns beginnt ein Tunnel komplett aus Glas, überall ist Wasser, es schimmert, das Licht bricht sich, tanzt an den Wänden. »Du hattest recht.«

Aber Matti sagt nichts und als ich in sein Gesicht schaue, sehe ich, was ihm das hier bedeutet. Das hier ist mehr als nur ein Besuch in einem überdimensionalen Aquarium und die Reise ans Meer war auch viel mehr. Weil Matti so wenig von der Welt kennt, so wenig von ihr gesehen hat. Ich hätte ihm das beinahe kaputtgemacht. Dieses Mal stecke ich meine Hände nicht in die Taschen und bin feige, ich strecke meine rechte Hand aus, schnappe mir seine und ziehe ihn in den Tunnel.

»Du hattest recht, das Beste kommt zum Schluss.«

Sein Lächeln ist das eines Kindes, das zum ersten Mal ein Eis bekommt. Unbezahlbar.

Als wir den Tunnel betreten, ändert sich die Atmosphäre und ich traue mich nicht mehr, etwas zu sagen, nicht einmal zu flüstern. Ich schaue nach links, nach rechts, nach oben und ich könnte platzen vor lauter Emotionen. Es ist, als würde man im Ozean stehen, mittendrin. Man sieht angelegte Riffe, die großen Fische sind zum Greifen nah. Etwas wirft einen Schatten über uns und als ich hochblicke, stockt mein Atem. Ich ziehe hektisch an Mattis Hand, zeige nach oben, damit er es auch sieht. Ein Riffhai schwimmt direkt über uns drüber, ruhig und elegant.

»Wusstest du, dass Haie immer schwimmen müssen, damit sie nicht sterben?«, murmelt er. »Weil sonst das Wasser nicht mehr durch ihre Kiemen strömt und sie ersticken. Riffhaie können auch mal eine Pause machen und sich schlafen legen. Faszinierend oder?«

»Klugscheißer«, flüstere ich, dabei finde ich diese Information unheimlich spannend.

Matti lacht leise. »Ich liebe Dokumentationen, ich kann es nicht ändern. Ich schau mir so was gerne an oder lese Bücher dazu. Man muss zugeben, ich hatte dafür bisher auch wirklich viel Zeit.« Er grinst noch, nimmt sich selbst nicht so ernst und ich stupse ihn freundschaftlich mit meiner Schulter an.

Das hier war es wert. Jeden Moment der Angst.

»Woran denkst du gerade?«, fragt Matti neugierig, weil ich aus dem Fenster starre und nicht damit aufhören kann. Wir liegen noch im Bett, haben das Frühstück verpasst. Gestern Nacht liefen alte Folgen von FRIENDS im Fernsehen und wir haben ziemlich lange durchgehalten, obwohl wir so k. o. waren von unserem Unterwasser-Abenteuer.

»Dass auch gute Tage schlechte Tage sind.«

Er dreht sich ganz zu mir, weg vom Fenster und stützt seinen Kopf auf seine Hand. »Das verstehe ich nicht. Übersetz das bitte, wir hatten eine kurze Nacht.« Er hält kurz inne. »Das klang jetzt komisch, aber du weißt, wie ich das meine.« Er gähnt.

»Heute ist ein guter Tag, denke ich. Gestern war auch einer, nur noch besser. Ich fühle mich nicht so beschwert wie sonst, nicht ganz so traurig. Aber, nun ja, meine guten Tage sind für alle anderen Menschen wohl immer noch schlechte Tage.« Ich bin stolz auf mich, weil es so klingt, als würde ich die Lage nur analysieren und als würde mir der genannte Umstand nichts ausmachen.

»Wow. Okay, warte kurz.« Er dreht sich schwungvoll um, zieht die Schublade seines Nachttischchens auf und …

»Ist das Nutella?«

Er reicht mir so eine Einmal-Packung, setzt sich aufrecht hin und reißt seine auf. »Jepp. Habe ich beim Frühstück gestern mitgenommen. Für den Notfall oder für Schokoladen-Momente.« Er tippt seinen Finger hinein und leckt die Schokolade ab.

»Also du denkst, deine guten Tage sind eigentlich schlechte Tage? Klingt für mich, als hättest du heute einen schlechten Tag.«

Das Nutella stelle ich zur Seite und versuche Matti nicht dabei zu beobachten, wie er seinen Mund damit vollschmiert.

»Ich hatte alles, aber jetzt ist nichts mehr geblieben. Zumindest fühlt es sich oft so an.«

»So ein Blödsinn!«, fährt Matti mich an und lässt das Schokoladendöschen sinken. »Man hat immer irgendwas. Selbst deine Krankheit ist etwas. Zwischen *Alles* und *Nichts* liegt ziemlich viel dazwischen, wenn du mich fragst.«

Vielleicht hat er recht. Ich lache, zeige auf seine Nase, weil er es geschafft hat, sich dort zu versauen, und mache meine Packung auf. Meine Dose zwischen alles und nichts.

»Die Glühwürmchen«, sagt Matti plötzlich und aus irgendeinem Grund muss ich die Luft kurz anhalten. »Du hast gesagt, sie erinnern dich an schöne Zeiten. Diese Erinnerung ist doch etwas, oder?«

»Ja«, erwidere ich erstickt und lasse meine Arme auf die Beine sinken.

»Erzählst du mir, warum?«

»Warum ich sie mag?«

»Und warum diese Erinnerung so besonders ist.«

Schwer schluckend sehe ich Matti in die Augen, nehme mir einen Moment, bevor die Worte einfach aus mir heraussprudeln.

»Es ist gar nichts Spektakuläres«, beginne ich vorsichtig. »Es bedeutet mir nur viel.«

»Das ist dann irgendwie ein Widerspruch, oder?« Er grinst schief, ich auch. Könnte wohl sein.

»Es war eine Klassenfahrt. Wir machten einen Nachtspaziergang. Emma und ich waren sieben oder acht, ich weiß es nicht mehr genau. Auf jeden Fall führte man uns an einem entlegenen Ort vorbei, an einen alten Brunnen. Es war Sommer. Und auf einmal waren sie da. Sie waren überall.« Ich kann spüren, wie mein Lächeln sich vergrößert, ich rieche plötzlich dieselbe Nachtluft und sehe die Lichter vor mir. »Grüne und weißliche Punkte flirrten an uns vorbei, um uns herum, sie waren wie Sterne, die ihren Halt verloren und vom Himmel gefallen waren. Zumindest hat Emma das behauptet. Wir waren beide so fasziniert. Sie haben uns den Weg geleuchtet und ich kann mich genau erinnern, wie wohl ich mich gefühlt habe. Es waren nur Glühwürmchen, aber für Emma und mich wurden sie zu einem Symbol unserer Freundschaft. Dafür, dass Sterne auch noch leuchteten, wenn sie gefallen waren.« Ich schüttelte den Kopf. »Wir waren Kinder.«

Matti grinst übers ganze Gesicht. »Das ist eine schöne Geschichte.«

Ich räuspere mich, aus irgendeinem Grund wird mir das Gespräch unangenehm. »Wir ... wir sollten wirklich mal dringend deinen Verband wechseln«, sage ich stattdessen.

Matti

34

Adieu, Ostsee, ich hoffe, wir sehen uns wieder! Das waren meine Worte, als wir heute Morgen das Meer hinter uns gelassen haben. Es war unglaublich, auch die Tage, an denen wir eigentlich nichts gemacht haben – weil es eben hier war, an einem anderen Ort und nicht da, wo ich mein Leben lang war. Wir haben viel geschlafen, sind über den Sand spaziert, haben geredet und nachgedacht, haben unsere Wäsche im Waschsalon gewaschen, weil das irgendwie cool war, haben Eis ohne Ende gegessen und bei hellem Sonnenschein war bei Leni immer Platz für einen Tee. Ich schüttle den Kopf. Nach dem Besuch im Sea Life sind wir noch zwei weitere Tage geblieben, jetzt wird es Zeit für einen anderen Ort und ein anderes Abenteuer.

Als wir in Lübeck angekommen sind, fragte Leni mich, wo wir hinfahren. Wir bräuchten spätestens jetzt einen Plan.

»Berlin«, antwortete ich. »Wir sollten nach Berlin fahren. Ich würde die Stadt gerne sehen.«

Kontrastprogramm hat Leni es genannt, als wir in den Zug gestiegen sind, und kaum saßen wir, ist sie eingeschlafen. Sie ist oft müde, aber ich habe das Gefühl, sie ist etwas selbstbewusster geworden. Vielleicht bilde ich mir das auch nur ein. Aber ich mag die Vorstellung.

Der Berliner Hauptbahnhof war noch mal eine Herausforderung der besonderen Art nach unserem Trip ans Meer, weil es hier mehr hektische Menschen auf kleinerer Fläche gab, und Leni hat das als Erste gemerkt. Sie hat dreißig Minuten auf dem Bahnhofsklo verbracht.

Irgendwann hab ich sie rausgeholt, musste mich mit dem Klomenschen auseinandersetzen, der mir klargemacht hat, ich wäre kein Mädchen. Was er nicht sagt! Ich wollte ja auch nur eines da rausholen. Es hat weitere zehn Minuten gedauert, ihm das zu erzählen, und noch mal fünf, um Leni dazu zu überreden, die Klotür zu öffnen. Sie saß auf dem Boden und sah furchtbar aus. Ich hob sie hoch und trug sie aus dem Bahnhof, während ihr Kopf irgendwo an meinem Hals hing. Scheiße! Ich dachte, es ginge voran.

Draußen hab ich sie wieder abgesetzt, sie hat sich gefangen und wir sind zu einem nahe liegenden Hotel gelaufen. Es ging nichts mehr. Berlin musste warten.

Aber nach einem Tag und einer Nacht voller Schlaf und ganz viel Ruhe war Leni wieder fit. Ich gestehe es: Es gab Momente, da hat mir das alles so große Angst eingejagt, dass ich am liebsten weggerannt wäre, oder ich war überfordert. Es gab auch einen Moment, in dem ich überlegte, alleine Orte auszukundschaften. Aber ich tat es nicht und werde es nicht tun. Ich habe Anna was versprochen und das werde ich halten.

Das geht in Ordnung.

Sie kommt gerade aus dem Bad, ihre Haare sehen furchtbar aufgeplustert aus, wie immer kurz nach dem Föhnen. Sie hat etwas Farbe bekommen und wenn möglich noch mehr Sommersprossen. Aber das Beste daran ist, dass ich schwören könnte, dass sie zugenommen hat. Dazu verliere ich kein Sterbenswörtchen, aber ich beobachte es weiter und freue mich im Stillen.

»Fertig«, sagt sie und lächelt schräg. »Was möchtest du dir ansehen?«

»Wenn ich ehrlich bin, habe ich nur ein Ziel. Also einen Ort, den ich unbedingt sehen möchte, und das ist die Gedenkstätte der Berliner Mauer.«

»Niemand hat die Absicht, eine Mauer zu errichten«, sagt sie in einem tiefen, spielerischen Tonfall und schlägt sich sofort die Hand vor den Mund. »Entschuldige! Wir hatten das Thema in der Schule und na ja, das wurde irgendwie zum allgemeinen Code, wenn einer gelogen hat oder wir das Gefühl hatten, er erzählt Blödsinn«, gibt sie kleinlaut zu und obwohl die Sache mit der Mauer schlimm war und keinesfalls lustig, pruste ich los, weil der Kern der Sache gut erfasst wurde. Es war eine dicke fette Lüge, zwei Monate später stand die Mauer, die niemand bauen wollte.

Leni entspannt sich sichtlich. »Wieso genau möchtest du unbedingt dahin?«

»Willst du wieder etwas über meine Liebe zu Dokumentationen hören?« Meine Augenwackel-Künste kommen voll zum Einsatz.

»Wirklich, ich bewundere das, aber es macht mir auch ein wenig Angst. Wir müssen dir Netflix besorgen.«

»Habe ich! Na, noch mehr beeindruckt?«

»Hast du *The Blacklist*, *Brooklyn 99* und *New Girl* gesehen?«

»Jepp, alle drei.«

»Okay, du hast gewonnen. Ich mag dich noch.«

»Ich finde *New Girl* nicht so toll.«

»Ich nehme alles wieder zurück«, erwidert sie und geht aus dem Zimmer, während ich nicht aufhören kann zu lachen.

»So viele Opfer«, murmle ich und kann meinen Blick nicht von all den Fotos vor mir abwenden. »Ich meine, ich habe darüber viel gelesen und es im Fernsehen als Doku gesehen, aber ... das hier ist ...« Ich schlucke schwer.

Leni lehnt sich leicht an mich.

»Du magst Geschichte, nicht wahr?«

»Ja«, entgegne ich mit belegter Stimme. »Politik interessiert mich leider weniger. Aber ich bemühe mich. Was ist mit dir?«

»Geschichte ist nicht übel. Aber ich mag Kunst am meisten. Und ich mag es zu schreiben.«

»Tagebuch?« Sie nickt an meiner Schulter.

»Meine beste Freundin Emma hat mir eines geschenkt. Ich vermisse sie. Ich konnte ihr nie erklären, was mit mir los ist, und mich verabschieden. Ich denke, sie hasst mich.«

»Nein, das glaube ich nicht. Gute Freunde halten mehr aus, als man denkt.«

»Woher weißt du das?«

»Ich weiß es nicht, aber wir haben ziemlich viele Folgen *Friends* gesehen.« Ich atme tief ein. »Nein, ich vermute es nur.«

Für einen Moment stehen wir da, schweigen, sehen uns die Fotos von fremden Leuten an.

»Der Mensch vergisst so schnell«, beginne ich. »Nicht nur Dinge seines Lebens, sondern besonders die außerhalb. Am meisten, dass er nur ein kleiner Teil davon ist und dass seine Handlungen sich auf andere auswirken können. Er vergisst, dass es Dinge gibt, die gut für ihn und schlecht für andere sind.« Ich drehe meinen Kopf, schaue zu Leni hinunter. »Ich will leben, richtig, aber so, dass ich stolz darauf sein kann.«

Lenis Lächeln ist warm und freundlich und die kleine Lücke zwischen ihren Zähnen blitzt auf, die sie frecher aussehen lässt, als sie ist. Sie zieht an meinem Arm und plötzlich steht sie auf den Zehenspitzen und ich spüre ihre Lippen auf meiner Wange. Nur kurz, aber sie waren da.

»Ich glaube nicht, dass es dir anders möglich wäre, Matti.«

Ganz ehrlich? Ich mag Leni. Und ich mag die Zeit, die wir miteinander verbringen. Umso schlimmer wird es mittlerweile für mich, wenn sie eine Attacke erleidet oder eine depressive Phase sie unter sich begräbt. Besonders an Orten wie diesem.

Leni wollte mutig sein, ich habe sie nicht aufgehalten und weiß nicht, ob das die richtige Entscheidung war, denn statt mit dem Taxi sind wir nun mit der U-Bahn auf dem Weg zum Hotel – und sie ist voll. Wir sitzen zum Glück in einem der Vierer, Leni neben mir, die Beine eng zusammen, sie hält sich den Bauch, während ich ihr über den Rücken streiche. Ihr Top ist ganz feucht. Sie dreht sich um, sieht mich panisch an.

»Ich muss hier raus!« Ihr Mund verzieht sich, sie wird blass. Die Oma uns gegenüber starrt Leni unentwegt an und schüttelt den Kopf, ich starre jetzt zurück, weil ich langsam wirklich ungehalten werde.

»Die Jugend von heute. Kann nicht mehr U-Bahn fahren. Ist sich zu fein dafür. Was wir alles schon mitgemacht haben«, giftet sie rum und Leni verkrampft sich nahezu, ich kann es unter meiner Hand spüren. Ich kann nicht fassen, dass sie das gesagt hat. Mein Mund steht offen, ich bin so empört, dass mir die

Worte fehlen, und es wird nicht besser, als ich ohne Vorwarnung Lenis Stimme höre, die der Oma Kontra bietet.

»Es geht Sie ja nichts an, aber ich bin mir nicht zu fein, mir ist schlecht und mir geht es nicht gut. Aber selbst, wenn es anders wäre, wäre es nicht Ihr Problem!«

Die Oma sieht so geschockt aus, wie ich mich fühle, ihre Mundwinkel wandern immer weiter hinunter. »Frechheit«, nuschelt sie noch und Leni giftet hinterher: »Gleichfalls!«, bevor sie sich erneut nach vorne beugt.

Sie hat es nicht gemerkt, aber sie hat es durchgehalten.

»Komm, auf! Wir müssen raus.«

Sich an mir festhaltend schafft sie es aus der U-Bahn und hinauf zum Hauptbahnhof, den wir so schnell wie möglich Richtung Hotel verlassen. Sie ist noch blass um die Nase, aber sie atmet wieder normal und sieht weniger verspannt aus. Ich kann nicht anders, ich hebe sie kurz hoch und drücke sie fest, bevor ich sie wieder herunterlasse.

»Leni! Scheiße, weißt du, was da gerade passiert ist?«

»Eine Panikattacke?« Sie klingt erschöpft.

»Das auch, aber viel wichtiger: Du hast dich behauptet, als jemand sich dir gegenüber ekelhaft verhalten hat, und du hast durchgehalten. Du hast es versucht und geschafft. Bis zum Ende!«

Ihr Gesichtsausdruck ist unbezahlbar, als sie versteht, was passiert ist und was sie geschafft hat. »Stimmt. Ich habe es gar nicht gemerkt. Die alte Dame hat mich zu wütend gemacht.«

»Gut zu wissen! Ich ändere die Strategie und werde mich bemühen, dich in diesen Situationen wütend zu machen.«

»Wage es ja nicht!« Sie hebt drohend den Finger.

»Ich kann nichts versprechen.«

Mit besserer Stimmung geht es ins Hotel, danach besorgen wir uns etwas zu essen oder bestellen uns einen Happen aufs Zimmer. Mein Magen knurrt. Leni nennt ihn Snickers, wegen der Werbung und weil ich so oft hungrig bin. Unfassbar, dass sie meinem Bauch einen Namen gegeben hat!

Irgendwie ist das aber nicht alles. Mir ist mulmig zumute, also komisch, als wir die Tür unseres Zimmers öffnen und ich hab das Gefühl, ich muss mich erst mal hinsetzen. Aus dem Hinsetzen wurde hinlegen und der Hunger war gerade kein vorrangiges Problem. Sofort ist Leni bei mir und sieht mich besorgt an, ein verrückter Rollentausch.

»Was ist los? Bist du müde?«

»Ganz ehrlich, ich weiß es nicht.« Mein Atem geht ein wenig schneller, aber ansonsten … Ich werfe einen Blick auf die Raumtemperaturanzeige. Einundzwanzig Grad. Total in Ordnung.

»Vielleicht bin ich ein wenig müde«, revidiere ich meine Antwort. »Ich schlafe mal 'ne Runde, du sagst immer, ein Mittagsschlaf wäre mit eines der besten Dinge des Lebens.« Wir wissen beide, dass sie damit übertreibt, aber ich denke, ich könnte jetzt ein wenig Schlaf gebrauchen.

35

Matti schläft seit drei Stunden und weil er vorhin solchen Hunger hatte und er bisher nie einen Mittagsschlaf nötig hatte, setze ich mich zu ihm ans Bett, um ihn vorsichtig zu wecken und ihn zu fragen, ob ich uns einfach etwas zu essen besorgen soll. Per Zimmerservice natürlich. Denn ehrlich gesagt würde ich heute wirklich nur ungerne noch einmal einen Fuß vor das Hotel setzen.

Meine Hand legt sich auf seine Schulter, auf das dunkelrote Shirt, das er angelassen hat. Die Bettdecke geht ihm nur bis zur Hüfte. Ich rüttle kurz an ihm und seinen Lippen entweicht ein leichtes Stöhnen. Ich rüttle wieder, er bewegt sich träge. Zu träge. Etwas stimmt nicht.

Mit zusammengekniffenen Augen und Lippen lasse ich meine Hand nach unten vom Shirt auf seine Haut wandern und keuche auf. Scheiße!

Scheiße, Scheiße, Scheiße, Scheiße, Scheiße, Scheiße, Scheiße, Scheiße, Scheiße, Scheiße, Scheiße, Scheiße, Scheiße, Scheiße, Scheiße, Scheiße … Ich würde gerne etwas anderes denken und etwas anderes tun als fluchen, aber der erste Schock musste raus.

Ich nehme meine andere Hand hektisch dazu, nehme seine in meine. Heiß. Verflucht heiß. Hand auf die Stirn, über die

Wangen, seine Augen sind geschlossen, aber er stöhnt wieder leise. Er hat Fieber. Er glüht.

»Matti, du musst aufwachen. Hörst du mich?« Mein Rütteln wird stärker und das tut mir so leid, aber ich muss das tun, weil er mir helfen muss. Vielleicht ist es mehr als nur Fieber und Matti ist der Letzte, den ich fragen kann, wo es ihm wehtut. »Matti«, wiederhole ich verzweifelt – bevor ich ihn mit voller Wucht und der flachen Hand ins Gesicht schlage. »Oh mein Gott, es tut mir so leid!«

»Was zur Hölle ...« Seine Stimme ist kratzig, langsam schlägt er die Augen auf. »Was war das für ein lautes Geräusch?«

Stimmt, es hat ja nicht wehgetan. »Nichts«, entgegne ich kleinlaut.

»Kannst du mir einen Schluck Wasser geben?«

»Ja, klar.« Ich stehe auf, schenke ihm ein Glas ein und gehe zu ihm zurück. Er trinkt gierig, gibt es mir zurück, bevor er sich aufsetzt.

»Matti, du hast Fieber.«

»Ah«, sagt er nur leicht lachend. »Das Gefühl kam mir irgendwie bekannt vor.«

»Das ist nicht witzig! Was sollen wir jetzt tun?«

»Es ist Fieber, nicht Weltschmerz. Wir müssen es nur runterkriegen.«

»Was, wenn es das nicht ist? Wenn es nur ein Symptom von schlimmeren Krankheiten ist? Du kannst mir nicht zufällig sagen, wo es wehtut, oder?« Ich wollte nicht sarkastisch werden, aber manchmal passiert es.

»Beruhig dich, Leni. Stell die Anlage auf 20 Grad, das wird helfen. Vielleicht.«

»Vielleicht?«

»Das wird schon funktionieren, okay?«

Ich reibe mir über die Stirn und fühle mich überfordert. Nicht mit dem Fieber, sondern damit, dass es Matti nicht gut geht. Ich gehe unruhig auf und ab.

»Leni? Es wird alles gut. Das Fieber geht in einem Tag runter und wir können weiter Berlin erkunden, wir können weiterreisen, vielleicht nach München? Oder zuerst in den Harz? Da soll es schön sein, ich hab da mal …«

»… eine Doku gesehen?«, beende ich seinen Satz, was ihn schelmisch grinsen lässt.

»Du sagst es!«

Er hustet. Genau zweimal. Er hat versucht, es zu unterdrücken.

Ich sehe ihn warnend an, hebe den Finger. »Ich schwöre dir, Matthias, wenn das Fieber nicht runtergeht und es dir nicht besser geht, bringe ich dich um.«

»Interessante Drohung«, sagt er.

Einen Fluch ausstoßend gehe ich ins Bad, setze mich auf den Deckel der Toilette und atme tief durch. Ich kann das nicht. Was, wenn es ihm schlechter geht? Wenn es was Schlimmes ist? Wenn wir es nur schlimmer machen?

Ich stehe auf, spritze mir kaltes Wasser ins Gesicht und da fällt mir ein, was Mum immer getan hat. Es hat immer geholfen. Ich schnappe mir zwei der Handtücher, zwei große, eines bleibt trocken, das andere halte ich unter kaltes Wasser und wringe es aus. Ein kleines folgt. Damit bepackt gehe ich zurück ins Zimmer und Matti fragt wortlos, was das werden soll, er zieht nur eine Augenbraue hoch.

»Wadenwickel«, erkläre ich. »Mum hat mir die immer gemacht, wenn ich Fieber hatte. Man wickelt kalte Tücher um die Waden, die zu einem Wärmeverlust des Körpers führen sollen. Zumindest solange sie kalt sind. Mach die Decke weg.« Matti deckt sich auf und legt sich wieder hin. Er hat noch seine Jeans an. »Die muss ausgezogen werden«, erkläre ich fachlich und Matti macht sich an ihr zu schaffen. Ich halte meinen Blick gesenkt, warte, bis er fertig ist, und ziehe die Decke wieder über seine Hüfte, danach lege ich das kalte Tuch um seine Waden und das trockene darum, damit nicht das ganze Bett nass wird.

»Spürst du was?«

»Es ist feucht und fröhlich?«, witzelt er.

»Solange du noch lachen kannst …«

»Was machst du jetzt?«

»Ich gehe runter und frage, ob wir Suppe aufs Zimmer bekommen können. Hühnerbrühe oder so und Tee, für mich Minze, für dich Salbei. Und ich werde fragen, wo eine Apotheke ist, damit ich dir fiebersenkende Medikamente besorgen kann.«

»Nimmst du den Fahrstuhl?«

»Treib es nicht zu weit«, nuschle ich und verlasse unser Zimmer. Er versucht mich zum Lachen zu bringen, um mich zu beruhigen. Dass er das so intensiv tut, führt leider nur dazu, dass ich mir noch mehr Sorgen mache.

Ich laufe die Treppen hinunter, nehme hier und da zwei auf einmal und bete, dass alles gut wird. An der Rezeption merke ich, wie schwer es mir fällt, auf die Damen zuzugehen. Egal, wie freundlich sie aussieht und lächelt. Aber es muss sein, also trete ich mit mulmigem Gefühl und knetenden Händen vor.

»Entschuldigung, aber mein Freund ist krank und ich … ich wollte fragen, ob es möglich wäre, zwei Teller Suppe aufs Zimmer geliefert zu bekommen?«

»Aber natürlich. Welches Zimmer haben Sie?«

»Zweihundertzwanzig.«

Sie tippt etwas ein. »Kann ich sonst noch etwas für Sie tun?«

»Können Sie mir sagen, wo es eine Apotheke in der Nähe gibt?«

Das war ein Aufzug der Hölle, ich bin mir dessen sicher, als ich keuchend und verschwitzt die Tür hinter mir schließe, in der Hand eine Tüte mit Medikamenten. Sie zittert noch. Es ist etwas anderes, mit Matti unterwegs zu sein und zu wissen, dass er bei mir ist als das allein zu machen. Und auch noch in einer Stadt wie Berlin. So viele Menschen, hallt es in meinem Kopf wider und mein Herz rennt weiter davon.

»Leni?« Matti klingt verschlafen.

»Ja, ich bin's. Entschuldige. Die Uhr an der Rezeption sagt, ich war nur fünfzehn Minuten weg.« Es hat sich angefühlt wie Stunden, aber das behalte ich für mich. Ich muss all die Gerüche, die Lautstärke, die teilweise so dümmlichen Gespräche und die Nähe zu so vielen Menschen erst einmal verdauen und wegstecken.

»Die Suppe ist noch nicht da?«, frage ich vorsichtig und mustere ihn. Er sieht etwas blass und schlapp aus. Wenn man nicht wüsste, dass er Fieber hat …

Er schüttelt den Kopf und ich schaue nach seinen Wadenwickeln. Sehr warm. Beide Handtücher. Vorsichtig wickle ich sie ab, ziehe das nasse heraus und halte es erneut unter kühles

Wasser, wringe es aus und wickle es wieder um seine Beine. Danach hole ich die Tabletten heraus, drücke ihm eine in die Hand.

»Was ist das?«

»Nur Ibuprofen. Und danach«, sage ich, »ist das hier dran.«

»Okay, einfach über die Stirn rollen oder unter die Achsel?«

Irritiert sehe ich ihn an und räuspere mich, fange an zu stottern und zu nuscheln.

»Eigentlich ... also ... das ist ...« Ich zeige vage auf meinen Hintern und kann sehen, wie Matti versteht, wie seine Augen sich weiten.

»Was? Das Fieberthermometer kommt in den Arsch? Niemals!«

Ich verziehe das Gesicht. »Die Dame in der Apotheke sagt, das ist am zuverlässigsten. Tröstet es dich, dass ich das auf keinen Fall tun werde?«

»Witzig! Wirklich witzig.«

Es klopft an der Tür, Zimmerservice. Ich gehe hin, öffne die Tür, man will einen Wagen hineinschieben.

»Danke! Ich mache das schon.« Ich nehme die Suppen und trage sie auf den Tisch. Die Tür schließt sich.

»So, erst wird gegessen, dann wird Fieber gemessen.«

Gerade halte ich das Handtuch für die Wadenwickel wieder in kaltes Wasser, als Mattis Stimme ertönt. »Du kannst wieder reinkommen. Es ist vorbei.« Er klingt, als hätte er im Krieg gekämpft, dabei hat er nur Fieber gemessen. Ich stelle das Wasser ab, nehme das Handtuch mit und gehe rüber. Die Suppe war warm und hat gutgetan, aber wir musste ein wenig warten, weil sie noch zu heiß für Matti gewesen wäre. Okay, ein wenig fad war sie auch.

»Und? Womit haben wir es zu tun?«
»Ich hab kein Fieber.«
»Gott, und ich dachte, ich kann nicht lügen. Nun sag schon!«
»39,1 Grad«, nuschelt er.
»Hohes Fieber. Bravo!« Ich schüttle den Kopf, lege die Handtücher an, danach umrunde ich das Bett und setze mich auf meine Seite, mit dem Rücken an der Wand.
»Woran denkst du?«
»An viel.«
»Bist du wütend auf mich?«, fragt er geknickt.
»Was? Wieso sollte ich das sein?«
»Keine Ahnung, ich wollte nur sichergehen.«
»Idiot.«
»Manchmal.«
Wir lächeln uns an, einen langen wundervollen Moment, bis mir die Realität wieder ins Gesicht schlägt.
»Ich hab Angst, Matti.«

Zwei Tage später ist es nicht besser geworden. Matti wird kaum wach, er glüht noch immer und ich werde nicht nur besorgter, sondern auch panischer. Ich komme kaum aus dem Bett, die Angst vor allem Möglichen sitzt mir in den Knochen und ich lege mich mitten am Tag einfach wieder neben ihn und schlafe ein.

Wir schlafen und schlafen, ich habe Albträume, ich weine viel, ich habe Angst. Ich will, dass es aufhört.

Mein lautes Schluchzen dringt durch das Zimmer und schüttelt mich, ich halte mich selbst fest. Es geht Matti nicht besser und dir auch nicht, flüstert eine fiese Stimme in meinem Kopf. Sie hat recht. Ich kann das nicht, ich konnte das nie.

Die Lethargie hält mich fest, ich starre ins Nichts. Ich bin so müde.

Bis es passiert. Etwas in mir verschiebt sich, wehrt sich so stark, dass es wehtut und ich es im Keim ersticken will, aber es kämpft weiter und weiter und schreit mich an: *Steh auf! Du kannst das. Beweg dich. Es ist Zeit, Lenida.*

Und Tränen rinnen über meine Wangen, weil es Emmas Stimme ist. Sie ist in meinem Kopf – aber ich bin es, die kämpft. Ich quäle mich aus dem Bett, weine, höre Matti stöhnen, sein Fieber ist so hoch. Ich muss das jetzt tun. Ich nehme den Hörer ab, rufe unten an.

»Hallo? Wir ... wir brauchen einen Krankenwagen.« Ich erkläre der Frau am Telefon, was mit Matti ist, und vage, was mit mir ist. Sie wird den Krankenwagen rufen, er wird gleich da sein. Sie werden sich um Matti kümmern. Und am Ende, als ich aufgelegt habe, tue ich noch eine Sache, die ich schon vor Tagen hätte tun sollen. Ich rufe zu Hause an.

Tut.

Tuut.

Tuuut.

Mum geht ran. Ich kann nichts sagen, schlucke schwer und weine und ...

»Leni, bist du das?« Meine Mum klingt so voller Hoffnung und so verzweifelt zugleich, dass es mein Herz sprengt. »Bitte,

bitte sag, dass du es bist«, flüstert sie und ich kann förmlich spüren, wie sie den Hörer umklammert.

Ich schluchze auf und sie schluchzt mit, kein Wort hat meine Lippen verlassen, aber jetzt weiß sie es. So wie Mütter manche Dinge eben wissen.

»Mein Schatz, oh mein Gott«, wispert sie. »Geht es dir gut? Bitte sag, dass es dir gut geht. Wo bist du? Sag es, ich komme dich holen. Ich hole dich heim.«

Ich weine mehr und mehr, Bäche fließen aus mir, mit all den Sorgen und Ängsten und der Dunkelheit fluten sie mich. Bis ich tief Luft hole und ihr alles erzähle, zumindest so viel, wie sie wissen muss.

»Wir kommen dich holen, gib dem Krankenhaus unsere Nummer. Wir kommen, hast du gehört, Leni? Wir haben uns solche Sorgen gemacht«, sagt sie mit fester und bebender Stimme zugleich. Sie sammelt jetzt Dad ein und fährt nach Berlin. Sie würde für mich jeden Ozean dieser Welt überqueren und es tut mir leid, dass ich das vergessen habe.

»Mum? Kannst du ... Kannst du in der Klinik Bescheid geben?«

»Wegen Matti? Das werde ich. Seine Mutter ist außer sich vor Sorge gewesen, wie ich. Wir haben die Polizei informiert«, gesteht sie. »Ich werde mich darum kümmern.«

»Sag Emma, dass ich ...«

»Sag es ihr selbst, wenn du heimkommst.«

Ich halte den Hörer fest und weine, bis die Sanitäter hereinkommen und ihn mir wegnehmen. Ich will ihn zurück, schreie und trete, bevor ich in mich zerfalle und hören kann, wie ich zerbreche. Jemand ist da, jemand ist bei Matti, ich höre fremde Begriffe, deutliche Befehle und kann sie doch nicht klar zuordnen oder erkennen. Es verschwimmt, entgleitet mir. Man hebt mich hoch und ich rufe Mattis Namen, weil ich ihn nicht mehr sehen kann und ich wissen muss, dass er noch da ist, aber er antwortet nicht. Sie binden mich fest, sie tragen uns raus und ich kann nicht aufhören zu weinen. Die Sanitäter haben Fragen über Fragen, ich kann keine beantworten, weil ich sie nicht verstehe, sie schaffen das letzte Stück in mein Bewusstsein nicht und das macht mich verrückt.

Etwas pikst mich, ich kann es spüren. Dann drifte ich weg.

36

Dieser Traum war grauenvoll und genauso fühle ich mich auch. Leicht benebelt schlucke ich, lecke mir über die trockenen Lippen und versuche, die Augen zu öffnen.

»Sie wird wach, Steph.«

Dad? Meine Hand fühlt sich schwer an und irgendwie fremd, als ich mir damit über die Augen reibe, um sie schließlich ganz aufmachen zu können.

Mum und Dad.

»Ihr seid da.« Dass ich sie vermisst habe, stand außer Frage, aber wie sehr, merke ich jetzt erst und ich da …

»Emma«, flüstere ich und fange haltlos an, mit ihr zu weinen. Ich habe sie fast ein Dreivierteljahr nicht gesehen. Ich kann nicht glauben, dass sie hier ist. Mum und Dad umarmen mich, halten mich fest, dann machen sie Platz für Emma, die stürmisch um meinen Hals fällt und deren Tränen sich mit meinen vermischen.

»Ich hasse dich, Lenida! Hörst du! Wie konntest du uns das antun? Wie konntest du?«, flucht sie und sie hat recht, also lasse ich es zu, dass sie ihrer Wut freien Lauf lässt. Einige Minuten später gibt sie mich frei, setzt sich wieder hin und putzt sich die Nase. Dad hält mir ein Taschentuch hin und ich bedanke mich.

»Wo ist Matti?« Ich blicke mich hektisch um, aber das Bett neben mir ist leer.

»Er ist am Ende des Ganges, er wird es schaffen. Er hat hohes Fieber bekommen, vermutlich eine grippale Infektion, aber es wird«, verspricht meine Mum zuversichtlich, sodass ich erleichtert einatme.

»Und nun«, beginnt Dad, »sollten wir über dieses Abenteuer reden und darüber, wie es weitergeht. Ich bin noch zu erleichtert, um wirklich böse auf dich zu sein«, gibt er zu und Emma sagt: »Ich nicht! Soll ich anfangen?«

Das bringt meine Mum zum Weinen und Lachen gleichzeitig und Dad dazu, sie in den Arm zu nehmen, ihr einen Kuss auf den Scheitel zu geben. Emma streicht sich trotzig die letzten Tränen weg und die Haare aus dem Gesicht.

»Ich weiß gar nicht, was ich dir zuerst an den Kopf werfen soll! Ich musste meinen Abschluss ohne dich machen, Leni. Ohne dich! Das war schrecklich. Noch schlimmer war, dass du auf einmal weg warst. Du warst am Anfang einfach weg und ich wusste von nichts. Du hast nichts gesagt.« Sie bemüht sich, nicht zu schreien, aber nicht aus Rücksicht vor mir, sondern weil wir in einem Krankenhaus sind. Ich kenne Emma.

Sie hat schon ihren Abschluss, hallt es in meinem Kopf wider. Ich bin stolz auf sie.

»Hast du gehört, Leni? Weg! Meine beste Freundin, meine Schwester.« Ihre Stimme bricht. »Weißt du, was am meisten wehgetan hat, neben der Tatsache, dass du krank warst und es dir nicht gut ging? Dass du mich ausgeschlossen und mir keine Chance gegeben hast, für dich da zu sein und für dich zu kämpfen.«

Meine Mum nimmt die Hand von Emma, sie gehört zur Familie, schon immer, und ich hatte nie vor, sie so zu verletzen.

»Es tut mir so leid«, sage ich beschämt. »Ich habe das alles nie getan, um euch wehzutun. Ich musste es aber tun, weil … weil ich mich selbst nicht mehr verstanden habe, ich hatte Angst. Die habe ich immer noch. Ich bin nicht mehr ich. Und ich wusste nicht, ob ihr damit klarkommt, ob das jemand wirklich akzeptieren kann.«

»Du hast gesagt, du willst mich nicht sehen. Ich stand vor der Klinik. So oft stand ich da und man sagte mir immer, du willst alleine sein.« Emma schluckt schwer, die Tränen fließen wieder, dieses Mal leise.

»Es tut mir so leid«, wiederhole ich. »Es wird jetzt anders. Ich kann es schaffen.«

»Oh Schatz!« Meine Mum will jetzt so was sagen wie: Lass es langsam angehen, wir schauen, was kommt oder so.

»Nein, Mum. Es ist … Es gibt viele Dinge, die ich nicht erklären kann, vieles, das ich falsch gemacht habe. Ich hätte Emma nicht ausschließen sollen, euch auch nicht, aber ich konnte mir nicht anders helfen. Ich kann euch nicht beschreiben, wie es ist, wenn man sich so einsam und traurig fühlt, dass man glaubt zu zerbrechen, wenn man so müde ist und trotzdem kein Schlaf der Welt einen wacher werden lässt, wenn es so dunkel ist, dass …« Ich atme tief ein. »So dunkel, dass man nicht glaubt, dass es je wieder hell wird. Wenn man vor allem Angst hat, ohne zu wissen warum. Wenn die Angst vor der Angst dich auffrisst.« Ich sehe sie nacheinander an, sehe, wie Emmas Mund sich öffnet, wie Mum blass wird und sich fester in Dads Arme kuschelt.

»Ich war noch nicht bereit. Diese Reise war – notwendig. Ich wollte euch keine Angst machen, aber hätte ich es euch gesagt, hättet ihr mich gehen lassen?«

Die Antwort ist Nein und das wissen sie.

Nach Minuten des Schweigens steht Dad auf und nimmt Mum mit. »Wir klären alles mit dem Arzt, dann fahren wir heim.«

Ich nicke. Emma bleibt bei mir.

»Ich wollte dich nie von mir stoßen.«

»Tu es einfach nie wieder.«

Ich blicke mich um.

»Suchst du den?« Emma hält meinen Rucksack hoch und ich stoße ein »Zum Glück« aus. Ich nehme ihn entgegen, öffne ihn und zerre Emma Junior hinaus. Das Leder ist weicher geworden, es sieht benutzt aus und das mag ich.

Ich drücke es Emma in die Hand.

»Hier. Du warst immer bei mir, siehst du.«

Emma lächelt traurig und nimmt es. »Wieso gibst du es mir?«

»Lies es.«

»Was? Nein, das kann ich nicht, das …«

»Emma! Lies es. Bitte. Es wird dir helfen zu verstehen.«

Sie drückt es an sich, ihre Lippen beben. »Gib es mir wieder, wenn du durch bist. Ein paar Seiten sind noch frei.«

»Das werde ich.«

»Gut.« Ich zögere, bevor ich weiterspreche. »Kannst du mich zu Matti bringen?«

Sie grinst. »Ich war schon da, er hat nach dir gefragt. Er ist süß, auf keinen Fall ein Bööööcker.« Sie zwinkert und ich beginne zu lachen und direkt danach zu husten, weil mein Hals so trocken ist. Meine Beine fühlen sich an wie Pudding, mein Magen rumort, Kopfschmerzen bahnen sich an. Emma stützt mich auf dem Weg zu Mattis Zimmer und mein Herz klopft immer schneller.

»Ich warte hier. Seine Mum und sein Bruder sind drin und ein verrückter Kerl namens Frank. Ich geh da nicht wieder rein.«

Meine Hand berührt dreimal die Tür, klopft daran und ich warte, bis ein Herein ertönt, bevor ich sie öffne.

Ich trete ein, nur zwei Schritte, und als ich Matti sehe, wach mit einem Grinsen im Gesicht, kann ich meine Freude auch nicht mehr zurückhalten.

»Ich kann nicht fassen, dass du meine Mum angerufen hast.«

Sofort mache ich ein zerknirschtes Gesicht. »Und einen Krankenwagen«, fügt er hinzu.

»Ach sei bloß still, du Idiot!« Das muss dieser Frank sein und ein Blick zu Emma bringt mich zum Lachen, die mir anzeigt, die Beine in die Hand zu nehmen.

Mattis Mutter kommt auf mich zu, ihr Blick ist unergründlich und ich weiß nicht, was jetzt kommt.

Sie umarmt mich, drückt mich fest an sich und ich entspanne mich. »Danke«, sagt sie nur und entfernt sich wieder.

Ein kleiner Junge sitzt bei Matti auf dem Bett und mustert mich. »Ist das Leni?«

»Ja, genau.«

»Ist sie jetzt unsere Schwester?«

»Äh, ich denke nicht, nein.«

Mattis Bruder, nehme ich an. Er mustert mich weiter, sagt aber nichts mehr. Frank hingegen flucht noch ein wenig vor sich hin.

»Ich wollte mich verabschieden.« Es wird still im Raum. Mattis Mum nimmt den kleinen Jungen zu sich und sagt plötzlich bestimmend: »Raus hier, Frank.« Der folgt ihr nur unter Protest und ich trete einen Schritt zur Seite, damit sie den Raum verlassen können. Mattis Mum legt im Vorbeigehen kurz ihre Hand auf meine Schulter, Emma schließt die Tür und ich gehe zu Matti ans Bett. Ich nehme seine Hand, sie ist immer noch sehr warm, aber nicht mehr ganz so heftig wie vorher.

»Es geht dir besser.«

»Ja. Dank dir.«

»Ich hätte den Arzt früher rufen sollen.«

»Leni, sieh mich an.«

Nur schwer kann ich seiner Bitte nachkommen.

»Ich war der Idiot. Ich hab dich in diese Lage gebracht. Du hast das gut gemacht.«

Darauf kann ich nichts erwidern.

»Du willst dich verabschieden?«

»Ja. Ich gehe zurück, in die Klinik zu Anna und Phillip. Es ist … Etwas hat sich verändert. Ich kann es schaffen, das weiß ich jetzt. Ich werde anfangen, dafür zu kämpfen, und dieses Mal richtig.«

Matti drückt meine Hand. »Gut so. Du wirst das Ding schon schaukeln.«

»Emma hat schon ihren Abschluss, ich werde meinen nachholen. Irgendwann, wenn aus stationär ambulant wird und danach nur einzelne Therapiestunden folgen.«

»Ich werde reisen.«

»Allein?«

»Ja. Ich hab es gerade meiner Mum gesagt. Deshalb hört Frank nicht auf zu fluchen. Sie hat es mir erlaubt.« Er schüttelt ungläubig den Kopf. »Wir müssen noch über einiges reden, auch über die vergangenen Jahre, aber ich weiß jetzt, dass es besser werden kann. Auch das dank dir.«

»Nein, das war ich nicht. Du hast mich dafür nicht gebraucht.«

Er geht darauf nicht ein. »Ich werde dir schreiben, immer wenn ich an einem neuen Ort bin. Emma hat mir deine Adresse gegeben und deine Handynummer.« Er grinst schelmisch und ich verdrehe spielerisch die Augen. Emma.

»Wo soll es hingehen?«

»Überallhin.«

»Pass auf dich auf.« Ich lächle schwach. Ich werde ihn vermissen. Ein Ruck geht durch meinen Arm, Matti zieht mich zu sich und auf einmal liegen meine Lippen auf seinen und seine Finger greifen in mein Haar. Es ist ein einfacher Kuss, kurz und wunderschön.

»Pass auf dich auf, Lockenkopf. Mach keinen Unsinn, bis ich wieder da bin.«

37

Es sind etwas mehr als vier Stunden mit dem Zug von Berlin nach Frankfurt. Wir sitzen in einem Ruhewaggon, Vierersitz. Es ist auszuhalten und das ist mehr, als ich in mancher Situation bisher erwarten konnte. Wir schweigen ziemlich viel, ich denke, weil wir alle nach den richtigen Worten ringen. Es gibt noch eine Menge zu sagen, zu klären und zu besprechen, aber nicht jetzt, nicht hier, nicht heute.

Emma sitzt neben mir und liest. Das Tagebuch hält sie aufgeschlagen vor sich und ab und an kann sie einen verwunderten, traurigen oder erschreckenden Laut nicht unterdrücken. Es ist gut, dass sie es liest, denn alles, was da steht, würde ich ihr so gerne sagen, aber ich könnte es nie. Also ist das die beste Möglichkeit.

Draußen zieht die Welt an uns vorbei, die Sonne scheint, der Sommer ist da. Ich schließe die Augen, lasse die Strahlen mein Gesicht wärmen und denke an das vergangene Jahr, an die Zeit in der Klinik, an die kleine Reise, an Matti und an diesen einen Kuss. Ich werde ihn lange nicht sehen und das tut weh. Gleichzeitig freue ich mich, denn er kann endlich das tun, was er möchte, er kann die Welt sehen, Abenteuer erleben, über sich hinauswachsen. Ich denke, seine Mutter wird darauf bestehen, dass er sich regelmäßig meldet und zum Arzt geht. Ich hoffe, er hält sich daran.

Und ich? Bei mir steht das alles auch auf dem Plan, nur in anderer Form. Ich lächle, sehe meine Mum an und meinen Dad und denke mir, dass Matti recht hatte, ich kann den Funken spüren, das kleine Licht in mir. Jetzt muss ich dafür sorgen, dass es zu einem Inferno wird.

Einige Tage habe ich zu Hause verbracht, jetzt stehe ich mit meiner Familie samt Emma wieder in der Klinik. Ich darf zurück, ich will zurück.

Emma gibt mir das Tagebuch wieder, ohne ein Wort, aber ich sehe ihr an, dass sie manches nun besser versteht.

»Weitere sechs Wochen. Bist du sicher?«, fragt meine Mum.

»Ja, das bin ich. Danach geht es wieder in die Schule. Ich will meinen Abschluss machen und das Jahr wiederholen. Einen Versuch ist es wert.«

Dad lächelt, sieht stolz aus.

»Wir helfen dir«, sagt Emma zuversichtlich.

»Ich weiß.« Ich nehme sie nacheinander in den Arm, schnappe mir meinen Rucksack und gehe hinauf, winke im Vorbeigehen Ulli zu, sie winkt zurück. Und am Ende des Ganges drehe ich mich ein letztes Mal um, bevor ich in den Fahrstuhl steige. Ja, genau, ich steige in den Fahrstuhl, aber es wäre gelogen, wenn ich behaupten würde, mir geht es gut dabei.

Als die Türen aufspringen bei Station Zwei, sprinte ich beinahe hinaus und keuche. Geschafft. Auch wenn ich mich gerade fühle, als wäre ich einen Marathon gelaufen. Stehend, in einem Fahrstuhl.

Dr. Brandt steht vor mir, hat mich erwartet, und sein freundliches Gesicht gibt mir den Mut, mich aufrecht hinzustellen und seinem Blick standzuhalten.

»Leni. Schön, dass du wieder da bist. Folge mir bitte.«

Wir gehen in sein Büro, es riecht ein wenig nach Vanille. Das ist mir vorher nie aufgefallen. »Setz dich doch.« Ich stelle meine Sachen ab und komme seiner Bitte nach.

»Wie gesagt, ich freue mich, dass du wieder da bist. Bevor ich mit dem eigentlichen Gespräch anfange, möchte ich betonen, dass wir so ein Verhalten keinesfalls angebracht oder angemessen finden und dass einiges hätte schieflaufen können. Euch hätte etwas passieren können. Wir haben uns alle Sorgen gemacht. Wir sind alle für dich da, aber ich muss an dieser Stelle betonen, dass wir ein weiteres Weglaufen als klare Aussage sehen, dass du unsere Hilfe nicht mehr länger in Anspruch nehmen möchtest.« Er sieht mich eindringlich an.

»Das verstehe ich. Es tut mir leid, dass ich Ihnen und dem Rest des Teams diese Umstände bereitet habe.«

»Gut. Du bist freiwillig hier, du hättest nicht flüchten müssen.«

»Doch, irgendwie schon. Ich kann es Ihnen nicht erklären, aber … Jetzt bin ich bereit, wirklich zu kämpfen und gesund zu werden.«

»Na, dann legen wir am besten los, oder?« Er stellt mir viele Fragen, zur Reise, über meinen Zustand, über Auslöser und Dinge, die mir anscheinend geholfen haben. Wir sitzen eine ganze Weile da und es tut gut, ihm alles zu erzählen. Auch Gedanken, die ich Matti nicht anvertraut habe, weil sie so schwer auszusprechen waren oder unangenehm.

»Es ist erstaunlich«, sagt er. »Du siehst zwar blass aus, aber so, als hättest du ein Stück Ruhe gefunden. Außerdem hast du ein wenig zugenommen. Kann das sein? Das ist gut, Leni.« Er lächelt und ich lache, weil es stimmt.

Es klopft an der Tür und sofort wird sie aufgestoßen. Die Köpfe von Phillip und Anna erscheinen und als sie mich sehen, gibt es kein Halten mehr, sie laufen auf mich zu, umarmen mich stürmisch und unsere Worte vermischen sich zu einem Brei, den niemand mehr versteht. Es ist egal, es ist so wundervoll.

»Ich nehme an, damit ist das Gespräch vorbei«, höre ich Dr. Brandt noch sagen, bevor ich samt Stuhl, Phillip und Anna nach hinten kippe.

Ich bin bereit.
Ich werde kämpfen.
Ich werde gesund werden.

16. Juli

Liebe oder *Freundschaft* HEILEN NICHT ALLES.

Matti hat das auch nicht getan.

Aber er war der Schubs in die richtige Richtung.

02. SEPTEMBER

Ich sah

PROBLEME

über

PROBLEME

Ängste und Dunkelheit so dicht aneinander, dass kein Platz für anderes war. Heute hat sich der Fokus geändert, denn jede Angst, jedes Problem, jedes Tief war ein Baum und sie alle wurden zu einem Wald. Ich sah nur die Bäume, nicht die Lücken dazwischen, durch die das Licht drang. Wie konnte ich das ganze *Licht* nicht erkennen?

20. DEZEMBER

Du hast mich in einem deiner Briefe gefragt, ob ich dich trotz deiner Fehler mögen kann. Ich habe leise JA gesagt und ich ärgere mich darüber. Ich werde dir die Wahrheit sagen, wenn du wiederkommst. Dass ich dich nicht TROTZ oder WEGEN deiner Fehler mag, sondern wegen der Art, wie du mit ihnen umgehst. Mit den deinen und den meinen. Weil sie sich mit dir nicht wie Fehler anfühlen. DESHALB mag ich dich. Und aus TAUSEND anderen Gründen, die ich dir nicht erklären kann. Das ist es, was es ausmacht, oder?

Epilog

Ein Jahr ist vergangen und es kommt mir wie eine Ewigkeit vor. Wie eine kleine Unendlichkeit. Ich bin nicht gesund, aber ich bin eine Kämpferin und das ist doch fast das Gleiche, oder nicht? Es ist so viel passiert. Anna, Phillip und ich haben unseren stationären Aufenthalt zusammen geschafft, wir haben uns unterstützt und waren immer füreinander da. Wir haben es geschafft, nur noch ambulant behandelt zu werden.
Anna ist wieder nach Hause gegangen, Phillip in eine WG gezogen. Anna sieht an sich jetzt Kurven, keine Fettrollen mehr, sie hat sich nicht ein einziges Mal wieder selbst verletzt. Wir waren letzte Woche mit ihr in einem Tattoo-Studio, dort hat sie sich ihre Narben übertätowieren lassen. Phillip und Emma sind mitgekommen. Wir haben jetzt alle ein Tattoo am Handgelenk auf der Innenseite. Es ist ein Semikolon. Ganz klein und zart, aber es ist da. Wir sind Freunde, wir haben zusammen gekämpft und wir haben entschieden, dass das unser Leben ist, nicht das von anderen und erst recht nicht das unserer Krankheit. Es wird uns daran erinnern, was wir geschafft haben. Dass wir letztlich nicht aufgegeben haben, als wir die Möglichkeit dazu hatten.

Phillip hat vier Kilo zugenommen und das haben wir ordentlich gefeiert.

Ich? Ich habe noch dunkle Tage und Phasen. Es wäre gelogen, wenn ich sagen würde, wir sind alle gesund oder geheilt. So einfach ist es dann doch nicht. Aber wir feiern weiterhin die kleinen Erfolge, die für uns die Welt bedeuten. Ich schaffe es aufzustehen, auch an düsteren Tagen, und ich schaffe es, mir einzugestehen, sie zu haben. Das war mit das Schwerste daran. Die Angst wird weniger und besser. Ich meditiere oft und finde immer wieder neue Wege, mit ihr zu leben, mit ihr umzugehen. Es wird.

Ich habe meinen Abschluss gemacht. Das hätte ich beinahe vergessen. Kein gutes, aber ich habe mein Abitur. Mum und Dad haben gesagt, dass sie schon vorher stolz auf mich waren und es von Tag zu Tag mehr sind. Emma hat mit einem Studium begonnen, Grafikdesign. Bisher mag sie es.

Und Matti ... Der letzte Brief kam vor zwei Monaten. Er war in Neuseeland und meinte, es ist der schönste Ort, an dem er je war. Darüber muss ich immerzu lächeln, da dieser Satz in jedem seiner Briefe steht für jeden Ort, den er besucht hat. Die Ausnahme war Australien, aber auch nur, weil ihm zwei Schlangen und eine Monsterspinne zu nah gekommen sind. Ich denke, er fand es großartig. Seitdem habe ich nichts von ihm gehört und ich kam nicht drum herum, meine Mum jede Woche nach einer Nachricht zu fragen. Daraus wurde alle zwei Tage und jetzt schüttelt sie nur noch den Kopf, wenn ich sie ansehe. Sechsmal hat Matti hier angerufen seit dem Beginn seiner Reise, wir haben telefoniert, aber nicht lange, weil Anrufe vom Ende der Welt nicht so günstig sind und ... Okay, wir haben jedes Mal mindestens eine Stunde telefoniert. Aber das war es wert.

»Bist du bereit, Lenida?« Emma stürmt ins Bad und sieht, dass ich noch weit entfernt davon bin. »Du machst mich fertig«, stöhnt sie. »Gleich stehen in eurem kleinen Wohnzimmer deine Eltern, Anna und Phillip und ein großer wundervoller Schokoladenkuchen und du sitzt hier in Unterwäsche mit mindestens einhundertdreiundvierzig Knoten im Haar.«

Das bringt mich zum Lachen, zum einen, weil Emma immer so leidenschaftlich ist, zum anderen, weil sie recht haben könnte.

»Das ist nicht witzig! Steh auf, wir ziehen dich jetzt an.« Sie nimmt mich mit in mein Zimmer und stülpt mir ein schönes Sommerkleid über, wir haben es erst letzte Woche gekauft. Die Abi-Zeugnisse wurden vergeben und an diesem Wochenende haben alle darauf bestanden, mit mir zu feiern. Sie fragten wie und ich sagte: Mit euch, einer fetten Torte und Pfefferminztee für jeden. Sie waren gerührt und angeekelt zugleich.

»Es sieht wundervoll aus!« Emma hat das Kleid ausgesucht, wer sonst. Es ist dunkelgrün mit weißen Punkten drauf und fällt fast bis auf den Boden, besteht aus einem angenehmen, leichten Stoff. Perfekt für den Sommer. Emmas Kleid ist rot, sie kann es eindeutig tragen.

»Die Haare – dieses Thema ist jedes Mal der Horror. Du weißt, ich liebe sie, aber sie sind so stur.«

»Lass sie einfach.«

»Ja, darauf wird es hinauslaufen«, gibt sie mürrisch zu und pustet sich eine Strähne, die aus ihrem Dutt gefallen ist, aus dem Gesicht. »Make-up?«

»Nope. Meine Sommersprossen müssen reichen.«

»Dann komm, ich brauche ein Stück von diesem Kuchen.«
In diesem Moment höre ich die Klingel, wir eilen hinaus. Am Ende der Treppe warten bereits meine Eltern, sie sehen so glücklich aus. »Der Kuchen steht bereit und keiner wird sterben, weil ich ihn bestellt habe und deine Mum nicht gebacken hat.« Wir lachen laut auf, aber Dad kassiert einen Schlag in den Nacken von Mum. Sein Gesicht sagt: Ich bereue nichts. Ich drücke sie an mich, gebe ihnen einen Kuss und begrüße Phillip und Anna, die mit einem fetten Strauß Blumen hereingekommen sind.

Es ist so wundervoll, sie alle hierzuhaben.

»Auf zum Kuchen!«, schreit Emma, aber meine Mum hält sie auf, legt einen Arm um sie.

»Zuerst ab in die Küche, für die Blumen und so.«

Ich will ihnen helfen, aber Dad nimmt meine Hand und sagt: »Komm, wir beide gehen schon rein.«

Das Wohnzimmer sieht anders aus als sonst, die Möbel wurden verrückt, in der Mitte steht ein Tisch, Kerzen brennen, Girlanden hängen. Ich glaube, Emma hat eine Konfettikanone gezündet. Ich halte mir die Hand vor den Mund, weil es so wundervoll ist. Der Tisch ist mit unserem alten Porzellan gedeckt, das ich so liebe. Sieben Teller ... Ich stutze, gehe einen Schritt näher, zähle nach.

»Hey, Lockenmädchen. Ich hab gehört, du hast es geschafft.«

Ich erstarre, keuche, muss mich an einem der Stühle festhalten. Seine Stimme zu hören, direkt hinter mir, das kann nicht ... das ist nicht ...

Langsam drehe ich mich um. Ich habe Angst, dass er da nicht steht, wenn ich hinsehe. Mein Herz schlägt mir bis zum Hals.

Matti. Er hat gebräunte Haut und längeres Haar, er trägt Jeans und ein Hemd und in seiner Hand ein Glas voller Lichter. »LEDs. Ich wollte erst Glühwürmchen fangen, aber das hat nicht so gut funktioniert. Ich habe keine gefunden«, gibt er zerknirscht zu, während ich ihn anstarre und anfange zu weinen.

»Du bist wirklich hier.«

»Du hast doch nicht geglaubt, dass ich mir das entgehen lasse.«

Ich renne auf ihn zu, überwinde den Abstand zwischen uns und falle ihm um den Hals, drücke ihn an mich. Es tut so gut. Er nimmt mich in den Arm.

»Schön, wieder zu Hause zu sein. Ich hab dich vermisst.«

Seine Hand fährt über meinen Rücken, über meine Haare, er haucht einen Kuss auf meine Schläfe.

Ich dich auch. Ich dich auch ...

22. Juni

Ich denke, ich habe mich in dich verliebt, Matti.

Schleichend, vom ersten Augenblick an, als du wegen mir von der Mauer gefallen bist. Ein Stückchen mehr, als du mich in die Welt geschubst und wieder aufgefangen hast, und danach mit jedem deiner Briefe. Jetzt stehst du vor mir und all diese Stücke setzen sich zusammen. Ich merke, wie groß sie zusammen sind.

10. Juli

ich bin schön und klug, ich bin wertvoll und wunderbar.

Nachwort

Das Buch ist zu Ende. Das klingt so wundervoll und glaub mir, genau so fühlt es sich auch an. Ich dachte, *Die Stille meiner Worte* zu schreiben war hart und intensiv und emotional, aber ganz ehrlich, das hier war es noch mehr.

Die Geschichte ist zu Ende und trotzdem habe ich das Gefühl, dass es noch mehr zu sagen gibt – zu Leni und Matti, zur Geschichte und auch zu dir. Über all das und über mich.

Zuerst möchte ich euch etwas über das Tattoo erzählen, das die vier Freunde sich am Ende des Buches stechen ließen. Ein Semikolon. Diese gibt es wirklich, genauso wie die Organisation *Project Semicolon,* die Mut machen möchte und den Betroffenen sagen will: Ihr seid nicht allein. Für sie und die Betroffenen ist es mehr als ein Zeichen, es ist eine Inspiration, eine Erinnerung und zeigt, wer sie sind – Menschen, die nicht aufgegeben haben. Die Message lautet: Eure Geschichte ist nicht vorbei. Und genau so ist es bei Anna, Phillip und Leni. Emma schließt sich an, weil sie Teil des Ganzen war. Das Semikolon steht dafür, dass der Satz hätte zu Ende sein können, aber der Autor sich dafür entschied, dass es weitergeht. Die Menschen sind Autoren, ihr Leben der Satz!

Ja, manches in diesem Buch wird vielleicht heruntergebrochen und manches vielleicht aufgebauscht. Manche Entscheidungen, Gedanken und Gefühle könnt ihr unter Umständen nur zu gut verstehen und andere wiederum nicht. Es ist und bleibt eine Geschichte. Meine Geschichte. Die von Leni und Matti. Und irgendwie jetzt auch deine.

Leni und Matti sind Teil meiner Fantasie gewesen, eine Idee, die ich zu Papier brachte, aber ihre Probleme und Krankheiten sind real. Nicht nur *eine* gute Freundin hat mit Depressionen zu kämpfen (gehabt), sondern auch familiär durfte ich die Krankheit kennenlernen. Ich sage *durfte* nicht, weil ich sie toll finde oder sie herunterspielen will, sondern genau im Gegenteil: weil ich dadurch ein Stück weit erleben konnte, wie schwerwiegend und furchtbar sie sein kann. Für den Betroffenen, für dich ... Wie grausam es sich anfühlt, wenn ein Mensch, den du liebst, dich anruft und weinend sagt: Ich kann nicht mehr. Und du nicht weißt, was du tun sollst.

Ich habe mich vor und während des Schreibens eingehend mit den geschilderten Krankheitsbildern und Hilfsmaßnahmen, sowohl präventiv als auch interventiv, beschäftigt. Dennoch bin ich kein Experte und die Themen sind sehr komplex. Ursachen, Wirkungen, Diagnosen werden nicht in ihrer Ganzheit erfasst und können sehr unterschiedlich ausfallen und sind breit gefächert, besonders bei Depressionen und Angststörungen. Jede *Panikattacke, Angststörung und Depression* wird anders erlebt, es gibt nicht zwingend die gleichen Beschwerden, die gleiche Intensität, aber es gibt durchaus Parallelen. Manchmal bahnt es sich langsam an, manchmal kommt es ohne Vorwarnung, aber es gibt immer einen Auslöser, auch wenn er am Anfang vielleicht noch nicht ersichtlich ist. Er kann unscheinbar sein oder tiefgreifend und einschneidend. Von Prüfungsangst oder der Angst, nicht genug zu sein, bis hin zu Missbrauch.

So vielschichtig wie die Krankheiten sind ihre Heilungsprozesse und die Wege dahin. Jeder geht anders damit um. Für manche ist ein stationärer Aufenthalt besser als ein ambulanter und umgekehrt. Nicht jede Therapie ist für jeden gut und nicht jede ist für jeden schlecht. Meist finden Arzt und Patient aber genau das, was Letzterer benötigt – auch wenn dies ein langer Prozess sein kann. Und manchmal wird es besser, erträglicher, aber nicht mehr gut. Gerade diese Krankheiten können für immer wie ein Schatten oder ein dumpfes Gefühl bleiben. *HSAN* hingegen ist nicht heilbar. Man kann nur das Beste daraus machen.

An dieser Stelle möchte ich betonen, dass ich die Ärzte in diesem Buch nicht in ein schlechtes Licht rücken wollte. Sie tun ihr Bestes und da die Krankheiten so tückisch sind, so viele Facetten haben, ist es meist nicht so einfach. Deshalb sollten weder Ärzte noch Betroffene sofort aufgeben. Was ich sagen möchte: Hier hat es seine Zeit gedauert, bis man erkannte, was Leni hat, manchmal klappt es aber auch sofort.

Jetzt kommen wir zu dem Teil, der dieses Buch zu meinem persönlichsten macht: meine Ängste. Fast zwei Jahre vor dem Abitur hat es angefangen, der Druck war immens, vor allem die Erwartungen, die ich selbst an mich hatte. Aus vielerlei Gründen. Ich fing an, Panikattacken zu bekommen. Im Bus, vor oder während der Schule. Zu Beginn konnte ich nicht damit umgehen, wusste nicht, woher es kommt. Mir wurde schlecht, mein Herz raste regelrecht, kalter Schweiß brach mir aus und am schlimmsten war, dass mein Magen rebellierte. Ich wusste lange nicht, was es war. Bis heute weiß ich nicht, warum es passierte, aber ich denke, der Auslöser ist mir nun bekannt. Die Angst setzte sich fest. Ich musste oft auf die Toilette, weil es mir nicht gut ging. Ich habe versucht, es zu verstecken. Auch heute – bis jetzt – wussten nur meine engsten Freunde davon, die anderen dachten einfach, ich habe einen nervösen oder empfindlichen Magen. Aus Prüfungsangst wurde mehr. Die Angst vor der Angst. Ich hatte Angst vor der nächsten Attacke, davor, nicht rechtzeitig eine Toilette zu finden, Angst vor zu vielen Menschen, vor Orten und Gegebenheiten, die ich nicht kannte. Keine Kontrolle zu haben. Öffentliche Verkehrsmittel wurden zum Horror. Menschenmassen. Jede Situation, der ich, wenn ich gewollt hätte, nicht hätte sofort entfliehen können. Erst Jahre später habe ich gelernt, damit umzugehen, auf mich und meinen Körper zu hören und zu merken, wenn es losgeht. Ich lebe damit, aber ich lasse mich davon nicht mehr fremdbestimmen. Aber es wäre einfacher gewesen, hätte ich gewusst, wogegen ich kämpfe. Hätte ich mir Hilfe geholt.

Es ist schwer zu erklären, warum ich ungern U-Bahn und S-Bahn fahre. Auch wenn die Leute Verständnis haben möchten, merkt man, wie schwer es ihnen fällt.

Ich weiß, wie das ist ...

An alle Betroffenen. An die, denen es klar ist, und an die, die es noch nicht wahrhaben wollen. Diese Krankheiten sind genau das – Krankheiten. Es sind keine Lappalien, keine Hirngespinste und nichts, wofür man sich schämen sollte. Ihr seid nicht allein. Es gibt Menschen, die verstehen, wie schwer ihr kämpft und wie schlimm es für euch ist. HOLT EUCH HILFE! Ich bitte euch, holt euch Hilfe. Ihr werdet sie bekommen. Freunde, Familie, Ärzte. Es wird jemanden geben, der zuhört. Nach einer Diagnose folgt eine Therapie. Ihr werdet etwas finden, das euch guttut. Was das heißt? Es kann besser werden. Manchmal wird der Weg dahin steinig und er kann lange dauern. Aber es ist ein Weg der Besserung. Geht ihn. Kämpft weiter. Seid stolz auf euch! Sagt der Abwärtsspirale dieser Krankheiten den Kampf an.

Jeder von uns hat sein Päckchen zu tragen. Einige Menschen haben große, andere kleine, manche haben viele, andere wenige. Ein paar Päckchen lassen wir mit der Zeit zurück oder geben sie ab, meist kommen dann neue hinzu. Das ist sicher. Vor allem aber dauert es seine Zeit, bis wir wirklich verstehen können, was diese Päckchen mit dem Menschen vor uns machen. Oder mit uns.

Und neben all diesen Päckchen, die kommen und gehen, gibt es die, die uns nie verlassen – wie das von Matti. Von *HSAN – Hereditäre sensorische und autonome Neuropathie* – sind alleine von Typ IV weltweit weniger als einhundert Fälle bekannt (Stand 2017).

Eine gute Freundin sagte einmal zu mir: Wenn du dein Päckchen nicht mehr alleine tragen kannst, dann such dir jemanden, der mit anpackt! Ich wünsche mir für jeden von euch, dass ihr so einen Jemand habt oder noch finden werdet.

Vielleicht bin ich eine Romantikerin, vielleicht bin ich eine Träumerin. Aber ich denke, Hoffnung zu haben, ist das, was uns alle am Ende des Tages über Wasser hält. Hoffnung. Und jemanden, der uns beim Päckchen-Tragen hilft.

Nun ist es an mir, den Menschen zu danken, die einen Teil meiner Päckchen getragen haben oder das immer noch tun ...

Ich drück euch!
Eure Ava

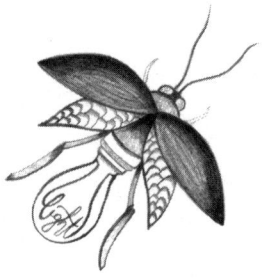

Danksagung

Ich danke meiner **Familie** von Herzen, die mit mir durch dick und dünn gegangen ist. Man sagt, in einer Familie macht man das so, aber sind wir ehrlich: Es ist nicht selbstverständlich. Meine Eltern hatten schlaflose Nächte, viele Sorgen und Mama hat immer gesagt: Mir wirde unser letschtes Hemd hergänn für unser Kinner! Oder wie auch immer man das auf Saarländisch schreibt, haha. Ich liebe euch. Danke an meine Schwester, die auch dunkle Tage hatte und die nicht aufgegeben hat. Du bist eine tolle Mama und eine tolle Schwester. Vergiss das nicht.

Danke, **Fabian**, dass ich deine Freundin sein darf. Dass du schon so lange neben mir gehst, dass du meine Hand nimmst, wenn ich es brauche, dass du mir den Rücken stärkst, wenn es sein muss, dass du mir Einhalt gebietest und mich erdest. Manchmal habe ich das Gefühl, ohne dich bestünde mein Leben aus Extremen. Du bist mein Halt und mein Antrieb. Du bist mein Gleichgewicht.

Danke, lieber **Klaus**, du Superagent. Du sagst immer genau das Richtige zur richtigen Zeit. Du bist eine Bereicherung. Danke, dass du immer glaubst, dass ich das alles schon irgendwie hinkriege.

Danke, liebe **Emily**. Für dein tiefes Vertrauen, deine Geduld und Ruhe. Die Arbeit mit dir zählt zu den schönen Dingen in meinem Leben. Der **Ueberreuter Verlag** ist ein kleines Zuhause. Danke, dass ich diese besonderen Themen zu Papier bringen darf. Gunde, Sandra, Lisa, ohne euch wäre so viel nicht so schön geworden. Ihr seid alle meine Helden!

Alexander Kopainski. Hier könnte eine Konfettikanone losgehen, wenn das auf Papier möglich wäre. Freiwillig werde ich dich nie wieder gehen lassen. Deine Cover sind pure Magie. Du bist unfassbar BEYONCÉ!

Danke an **die helfenden Hände**. An die Menschen, die mit einer der in diesem Buch genannten Krankheiten zu kämpfen haben oder hatten und sich mit mir darüber austauschten. Auf Wunsch und nach Anfrage darf ich die Vornamen nennen. Ihr seid wundervoll! Jennie, Becca, Ina, Seri, Mimmy, Christina, Susan, Carli, Lucy, Kira, Bianca, Desiree, Maike, Susanne, Nancy, Jenny, Tanja, Sophia, Eva-Maria, Alexa, Kristina, Jessika, Vanessa, Peggy, Denise, Sarah, Dominique, Tanja.

Danke an meine **Testleser**, die in Teilen zu den helfenden Händen gehören. Ganz besonders danke an Ina, Ivy und Sonja.

Im Herzen dabei: Olga Reimchen, Sina Mayhack, Lisa Herrmann, Jennie Lenz, Stefanie Hasse und Linda Schipp. Ein besonderer Gruß geht an Marie Graßhoff, deren Buch NEON BIRDS von Matti gelesen wird – es ist episch und wird Ende 2019/Anfang 2020 erscheinen. Ich hab euch lieb. Ohne euch wäre mein Leben nur halb so schön.

Last but not least: Die Blogger und meine Leser. Also ihr! Ihr ahnt nicht, wie sehr ihr meine kleine Welt bewegt, wenn ihr meine Bücher kauft. Ihr habt keine Vorstellung, wie glücklich mich eure Bilder von meinen Büchern machen, egal, ob daheim oder gefunden im Buchladen. Ich kann euch nicht sagen, wie sehr mich eure Nachrichten bewegen und antreiben, auch wenn ich Depp immer zu langsam antworte. Ich werde euch nie genug danken können. Besonders denen, die schon von Anfang an dabei sind. Als mich noch niemand kannte. Danke auch an alle Buchhändler, die meine Bücher lesen und empfehlen, die mir schreiben und so voller Tatendrang sind, dass mein Herz aufgeht. Eure Arbeit ist wichtig. Danke!

Eure Ava

Email: avareed@outlook.de
Instagram: avareed.books
Facebook & YouTube: Ava Reed
Blog: avareed.de

Stimmen und Gedanken von Menschen, die an Depressionen, Angstzuständen, Panikattacken und / oder Hypersensibilität leiden oder gelitten haben.

Ich habe mich mit ihnen ausgetauscht, sie haben mir geholfen, waren so herzlich und liebevoll und nun möchte ich, dass sie selbst noch zu Wort kommen und das, was ihnen auf dem Herzen liegt, loswerden können. An Betroffene, an die Welt, an und über ihre Krankheit.

»Reiß dich mal zusammen!
Steh doch einfach auf!
So schlimm kann es doch gar nicht sein!
Genau das sind ein paar der Sätze, die ich als Mensch mit Depressionen schon so oft gehört habe! Mich macht das dann noch trauriger, weil es von Menschen kommt, die zum Glück nicht mal annähernd eine Ahnung haben, wie es sich anfühlt, nicht mal aus dem Bett aufstehen zu können, weil einem die Kraft fehlt! Ich wünsche mir gar nicht, dass die Gesellschaft nachvollziehen kann, was in solchen Momenten bei mir los ist, sondern ich wünsche mir einfach nur Respekt, Toleranz und Akzeptanz. Weil es sonst dazu führt, dass Betroffene nicht öffentlich darüber reden, sich noch mehr isolieren, als sie es sowieso schon tun! Dabei ist es wichtig, darüber zu reden! Weil nur, wenn Betroffene darüber reden können, ohne verurteilt zu werden, können wir erreichen, dass Depressionen und alles, was damit zusammenhängt, kein Tabuthema in unserer Gesellschaft mehr ist! Das kann Leben retten! Deshalb rede ich darüber.« (Jennie)

»*Stress, Angst und Depressionen entstehen, wenn wir leben, um es allen recht zu machen, außer uns selbst.*« (Seri)

»*Denke immer daran, dass diese Erkrankungen für niemanden offensichtlich sind. Es ist nicht wie bei einem gebrochenen Bein, ein Gips drum und in sechs bis acht Wochen ist alles wieder gut. Deswegen stoßen wir immer wieder auf Unverständnis. Der Heilungsprozess kann erst beginnen, wenn der Erkrankte selbst merkt, dass er krank ist.*« (Christina)

»*Depressionen.*
Die Tränen, die man nicht erklären kann,
die Dunkelheit, der man nicht entfliehen kann,
die Leere, die einen innerlich zerfrisst,
die Hoffnungslosigkeit, der man nicht entfliehen kann,
die Einsamkeit, die einem niemand nehmen kann,
die Liebe, die man nicht mehr empfinden kann,
die Antriebslosigkeit, die einen gefangen hält …
Alles versteckt hinter einem angestrengten Lächeln.
Die wenigsten sehen wirklich hin, verstehen, wie ich mich wirklich fühle,
erkennen einen Grund für meine Niedergeschlagenheit.
Manchmal reicht aber ein Einzelner, der das Licht in einem sieht, dass man selbst schon längst verloren glaubt.
Nur einer, der hinter die Fassade schaut.« (Susan)

»*Ich möchte allen ›Leidensgenossen‹ sagen, vergesst nie, dass ihr es wert seid, für euch zu kämpfen.*« (Carli)

»Was ich mir in Bezug auf Depressionen und allem, was damit einhergeht, wirklich wünsche, ist, dass die Gesellschaft endlich anfängt, sie als das zu sehen, was sie ist: eine Krankheit. Ich würde mir wünschen, dass man nicht mehr belächelt oder abgetan wird, sondern dass man ernst genommen und die Krankheit endlich als solche akzeptiert wird.« (Ina)

»Glaube an dich und das, was dich ausmacht. Du bist ein starker und wunderschöner Mensch. Deine Angst ist keine Schwäche und sie macht dich nicht aus. Sie kann dich nie besiegen. Denn du wirst immer stärker sein als sie.« (Mimmy)

Anlaufstellen

Es gibt viele Möglichkeiten, sich Hilfe zu holen. Es ist euch überlassen, wie ihr das Ganze angeht, sowohl als Betroffener als auch Beteiligter (als Freund oder Familienangehöriger). Ich wiederhole mich, muss es aber betonen: Jede Krankheit ist anders! Jeder Weg zur Hilfe ebenso. Holt sie euch bei Freunden und der Familie, dem Hausarzt für eine erste Anlaufstelle oder Beratung oder in besonderen Fällen dem Krankenhaus. Außerdem gibt es direkt entsprechende Kliniken und Beratungsstellen in eurer Nähe, die ihr über das Netz oder eben mithilfe oben genannter Personen finden könnt. Ansonsten wären diese drei Anlaufstellen ebenso eine Möglichkeit, sich zu informieren und Hilfe zu holen, darüber zu sprechen und einen Schritt nach vorne zu wagen:

Die Deutsche Depressionshilfe
https://www.deutsche-depressionshilfe.de/depression-infos-und-hilfe
Hier findet man neben allgemeinen Auskünften und Informationen zu Depressionen auch diverse Anlaufstellen, Klinikadressen und Erfahrungsberichte.

Dazu gehört auch *FIDEO – fighting depression online* mit Telefon- und Mailberatung, Seelsorge und mehr.

Caritas

https://www.caritas.de/hilfeundberatung/ratgeber/krankheit/behandlungundpflege/depression-erkennen-und-behandeln

Auch durch die Caritas kann man sich informieren, sich Tipps holen und nach Anlaufstellen im Umkreis suchen.

Telefonische Selbsthilfeberatung zu psychischen Erkrankungen – das SeeleFon

https://www.depressionsliga.de/unser-angebot/beratung/telefonberatung.html

Eine Anlaufstelle, um sich Rückendeckung zu holen, mit jemandem zu reden. Manchmal ist das Darüberreden schon schwer genug, aber es kann helfen. Diese Hilfsstelle ist eine ehrenamtliche Beratung von Menschen, die Erfahrungen in den Bereichen der psychischen Erkrankungen haben, für Betroffene und Angehörige. Bitte beachtet, dass sie m.E. aber keine ärztliche Betreuung ersetzen oder auf dieser Stufe beraten kann. Aber sie kann ein erster Schritt sein.

Ava Reed
Die Stille meiner Worte
320 Seiten
Hardcover mit Schutzumschlag
ISBN 978-3-7641-7079-0

 Auch als E-Book erhältlich!

Die ganz großen Gefühle

Hannah hat ihre Worte verloren. In der Nacht, als ihre Zwillingsschwester Izzy ums Leben kam. Wer soll nun ihre Gedanken weiterdenken, ihre Sätze beenden und ihr Lachen vervollständigen? Niemand kann das. Egal, was Hannahs Eltern versuchen, sie schweigt.
Um Izzy nicht loslassen zu müssen, schreibt sie ihr Briefe. Schreibt und verbrennt sie. Immer wieder.
Hannah kann der Stille ihrer Worte nicht entkommen. Bis sie Levi trifft, der mit aller Macht versucht herauszufinden, wer sie wirklich ist ...